論語 주제편과 함께 하는
청춘의 지혜

박균열 지음

책머리에

동양의 경학서라고 하면 4書3經이 있겠는데, 그 중에 『論語』가 가장 많이 읽힌다. 그 이유는 논어가 인격수양의 메시지를 가장 많이 담고 있기 때문일 것이다. 지금껏 비교적 고생은 좀 했지만, 인생의 큰 전환점은 없이 살아왔던 것 같다. 그런데 최근 나는 이성보다는 감성에 치우친 생활을 한동안 했었다. 너무나 어리석었던 일이었다. 책보다는 테니스코트가 더 좋았고, 연구실의 형광등보다는 고깃집의 막걸리 잔에 비친 형광등을 더 오래 보았던 것 같다. 선생으로서 본분을 다하지 못했다. 나는 이러한 나 자신을 반성하기 위해 나의 눈과 귀를 닫고 내면을 성찰하기로 결심했다. 이제 만 일 년이 되었다. 아직도 마음을 다잡지는 못했지만 그동안의 고민의 흔적을 몇 글자로 정리해보고자 했다. 그래서 선택한 책이 『논어』이다.

현재 대학에서 저자가 맡고 있는 분야는 통일학, 북한학, 정치철학 등이라 서양 학문과 더 관련이 많다. 동양정치철학을 담당한다면 『논어』를 더 친숙하게 대할 수 있었을 것이라는 아쉬움도 있다. 다만 과거 대학시절에는 동양철학 분야에도 관심을 가졌었다. 짧은 기간이기는 하지만 서당에서 『맹자』를 수강한 적도 있었다. 제일 기억에 남는 것은 대학을 졸업한 1989년에 한국정신문화연구원(현, 한국학중앙연구원)의 한국윤리 전공으로 국비장학생으로 선발된 적이 있다. 아마도 이런 전력 때문에 저자가 소속된 경상대학교 윤리교육과의 동양철학 담당 교수님이 안계시는 동안 자체 학회인 '유학회'의 지도교수를 행정적으로나마 다년간 맡을 수도 있었던 것 같다.

『논어』에는 편마다 시작되는 첫 구절을 따서 그 편명으로 삼는데, 그 내용의 방대함으로 고려해서 이번에는 인물이 아닌 주제만을 중심으로 탐구하고자 한다. 책의 구성은 우선 『논어』의 본문과 해설을 담고, 거기에 관련하여 나의 반성적인 탐구 결과를 후술하는 방식으로 이루어졌다. 그리고 편마다 마지막 페이지에는 가장 인상 깊게 느꼈던 구절을 붓펜으로 적어보았다. 붓으로 하면 더 좋았겠지만 문명의 이기를 최대한 활용해보고자 하는 편의한 생각으로 그리하게 되었다.

이 책은 순수학문적인 탐구의 결실이라기보다는 나의 최근 인생에 대한 반성의 결과라고 할 수 있다. 따라서 이론적으로 허점이 많을 것이다. 스스로를 반성하는 부분에는 거짓됨이 없으므로 『논어』의 학문적 위상이나 그 근본 정신을 위해하지는 않을 것이라고 생각한다. 중대한 흠결이 발견되면 언제나 지적을 해주기 바란다.

이 작은 결실을 맺기 위해서도 나는 너무나 많은 도움을 받았다. 우선 언제나 믿어주시고 바른 길로 인도해주시는 황두환 명예교수님과 김용대 명예교수님, 그리고 손병욱 교수님께 감사의 말씀을 드린다. 그분들의 가르치심에 어긋나지 않도록 새롭게 마음을 다진다. 같은 학과의 동료교수인 이상호 교수님, 송선영 교수님 두 분께서는 내용에 대한 고증과 인물 색인에 도움을 주셨다. 두 분의 노고에 감사드리며, 인간적인 후의도 잊을 수 없다. 실의에 젖어 있을 때 친형과 같이 내 영혼을 달래준 법학과의 황경환 교수님께 감사드린다. 황 교수님은 변호사로서 법 앞에 겸손하고, 신앙인으로서 신 앞에 겸손한 모습을 내게 보여주셨다. 친구이자 동료로서 변함없는 신뢰와 조언을 아끼지 않은 나의 친구 조우영 교수에게 고맙다는 말을 하고 싶다. 가좌캠퍼스의 가장 높은 건물인 교육문화센터에서도 가장 높은 연구실을 점하고 있는 그는 미네르바의 올빼미처럼 해질녘부터 불을 밝히기 시작한다. 그는 안이한 현실의 불의에 타협하지 않았고 언제나 험난한 정의의 길을 걸어왔다. 그래서인지 그는 투사이미지가 강하다. 하지만 그는 인정이 많은 인물이다. 어느 해인가 늦가을에 고향집에서 막 따온 거라면서 까만색 비닐 봉지에 단감 몇 개를 전해주었다. 어떤 선물보다 머리에 오래 남아 있다. 그의 정감어린 우정과 정의감을 본받고 싶다. 예비독자로서 눈높이를 가늠할 수 있도록 초고를 꼼꼼하게 읽어보고 좋은 의견을 제공해 준 경상대학교 윤리교육과 1학년 김현준 군에게 고맙다는 말을 전하고 싶다. 마음을 다잡을 수 있도록 언제나 기준이 되어 준 아내와 두 아들의 후원이 없었다면 이 책은 시작되지도 못했을 것이다. 가족이 얼마나 소중한지를 새삼 깨닫게 되었다. 끝으로 좋은 책으로 엮어 준 21세기사에 감사드린다.

2015년 10월

진주 가좌골에서

저자 박균열

목 차

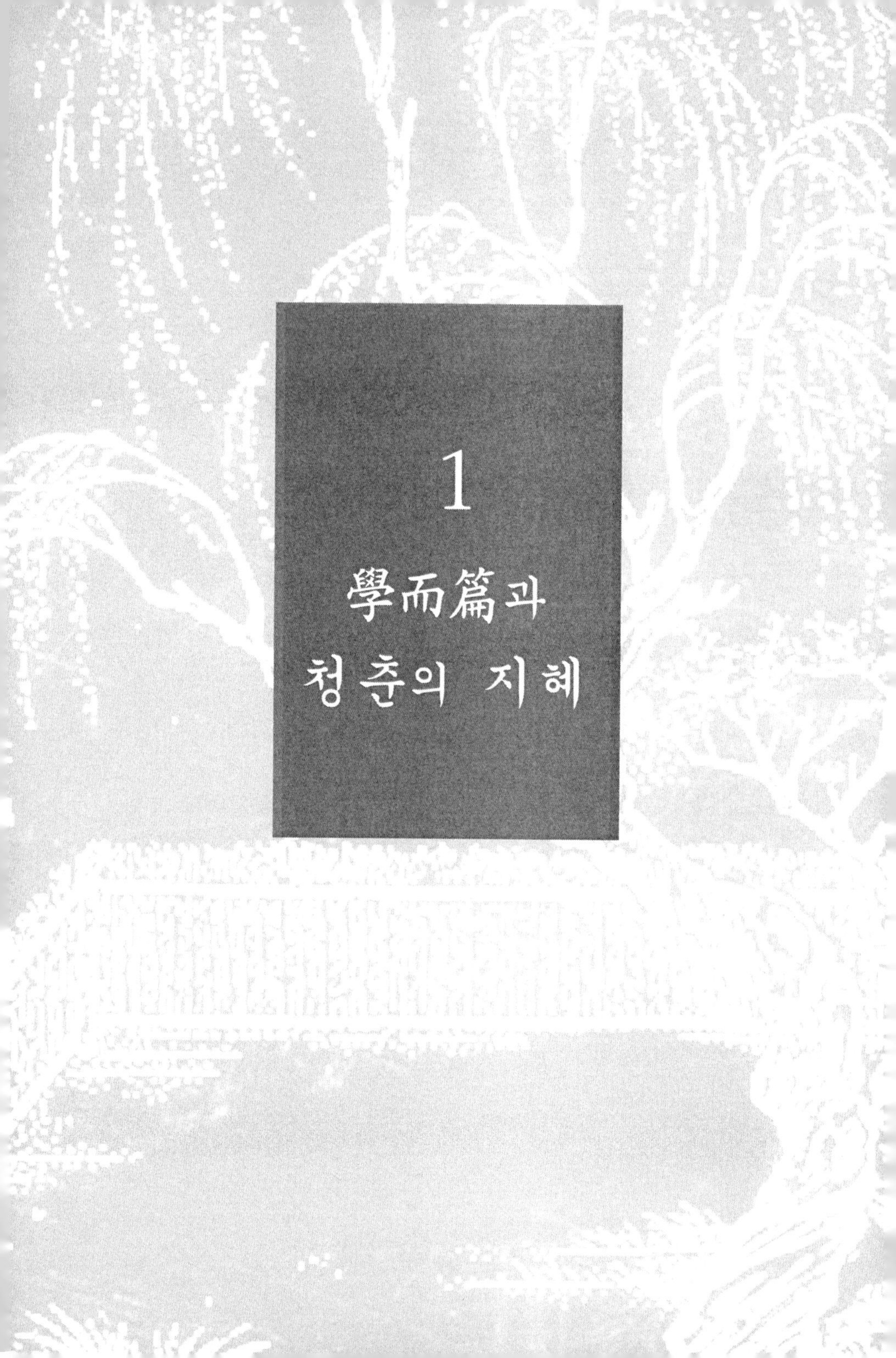

1

學而篇과 청춘의 지혜

원문 子曰 學而時習之면 不亦說乎아 有朋自遠方來면 不亦樂乎아 人不知而不慍면 不亦君子乎아

자왈 학이시습지 불역열호 유붕자원방래 불역락호 인부이지이불온 불역군자호

풀이 공자가 말했다. 배우고 때로 익히면 또한 기쁘지 아니한가. 친구가 먼 곳에서 찾아오면 또한 즐겁지 아니한가. 사람들이 나를 알아주지 않아도 서운해 하지 않으면 어찌 군자라 아니하겠는가.

지혜 인간이 성장하기 위해서는 배우고, 친구를 맞이하고, 대인관계를 잘 해야 한다. 먼저 배우는 일은 일방적으로 성현들의 말씀을 받아들이는 것(=學)이다. 그것을 자기화하기 위해서는 새끼 새가 계속해서 날개짓을 해대는 것처럼 익혀야 한다(=習). 이렇게 할 때 비로소 지식은 완전히 자기 것이 되는 것이다. 성현의 말씀을 받아들일 때에는 선입견을 배제하고 갈증 날 때 물을 기다리는 것처럼 간절하게 탐구해야 한다. 익힐 때에는 요령을 피우면 안 된다. 성실하게 한 이랑 두 이랑 밭의 김을 매는 것처럼 기초부터 잘 다져야 한다. 기초를 탄탄하게 다져놓지 않으면 나중에 어려운 문제가 등장하면 당황하게 된다.

친구는 든든한 보증인이다. 내가 어려울 때 내 옆에 있기만 해도 기분이 좋다. 유익함 때문에 맺어진 친구는 진정한 친구라고 할 수 없다. 원하기만 하면 많은 친구들을 만들 수 있을 텐데 그 모든 친구들에게 내가 유익한

존재가 동시에 모두 되어주기에는 한계가 있기 때문이다. 따라서 내가 책임질 수 있는 친구는 너무 적어도 외롭지만 너무 많아도 좋지 않다. 세 명에서 다섯 명 정도가 적당하다고 본다. 최대 다섯 명 정도면 그들의 부모님, 자녀 등의 대소사에 직접 찾아가서 위로와 축하를 해줄 수 있을 것이다. 직장에서 만나서 점심 때 식당에서 같이 식사하는 사람, 같이 운동 즐기는 사람들까지 진정한 친구로 삼기는 힘들다. 지인 정도로 여기는 것이 좋겠다. 그래야 가족과 친지들을 기본적으로 챙기면서 사회생활을 제대로 할 수 있을 것이다.

대인관계에서는 미묘한 감정이 교차한다. 또 나는 잘 해주는데 상대편은 잘 대해주지 않는 등의 문제가 생길 수 있다. 그럴 때 상대가 나를 알아주지 않더라도 내가 서운해 하지 않는다면 정말 군자라고 할 수 있을 것이다. 대부분은 서운할 따름이다. 그런 서운한 마음이 있다면 그 사안에 대해서만 잠시 생각하고 끝내야 한다. 그리고 새로운 사안을 맞이하면 처음과 같이 대해주는 것이 좋다.

원문 有子曰 其爲人也孝弟요 而好犯上者鮮矣니 不好犯上이요 而好作亂者未之有也니라 君子는 務本이니 本立而道生하나니 孝弟也者는 其爲仁之本與인저

유자왈 기위인야효제 이호범상자 선의 불호범상 이호작란자 미지유야 군자무본 본립이도생 효제야자 기위인지본여

풀 이 유자[1])가 말했다. 부모에게 효도하고, 형을 공경하는 사람이 웃어른을 거역하는 일은 드물고, 웃어른을 거역하지 않는 사람이 난을 일으키는 일은 없다. 군자는 근본에 힘쓰나니, 근본이 서면 나아갈 길이 생긴다. 부모에게 효도하고 형을 공경하는 것, 이 두 가지가 바로 인의 근본이다.

지 혜 인을 실천하는 근본 내용에 관한 것이다. 인은 인간의 가장 근본이 되는 도덕적 도리이다. 그 근본은 부모에게 효도하고 형을 공경하는 것이다. 했다. 부모에게 효도하고 형을 공경하는 사람은 밖에 나가서 웃어른을 잘 대하면 신하가 되면 왕을 잘 보좌할 것이라는 가르침이다. 동시에 유념해야 할 일이 있다. 옛날 대가족제도하에서는 부모와 형이 직접 나서서 가르치지 않아도 사촌들 간에 상호 교류를 통해서나 집안 내 다른 친척들의 훈계 속에 자라게 되어 어린 시절 동안 많은 관심을

---

1) 여기서 유자는 有若(BC 518~?)을 말한다. 유약은 춘추 시대 말기 魯나라 사람이다. 자는 子有이다. 孔門十哲은 아니고, 공자보다 43살 연하다. 曾子 및 閔子騫 등 몇몇과 함께 자(字)가 아닌 자(子)로 불려 孔門에서의 비중을 엿볼 수 있다. 공자가 죽은 뒤 공자의 모습을 닮았다고 해서 그를 공자처럼 섬기려고 했지만 증자의 반대로 이루어지지 않았다. 공자 사후 가장 존경받던 제자 가운데 한 사람이었다. 무엇보다 윤리를 중시했으며, 정치는 백성들의 안락한 생활을 보장하는 것이란 생각을 가지고 있었다. 외모는 공자와 닮았지만 지혜는 그에 미치지 못했다고 한다. 송나라 眞宗 大中祥符 2년(1009) 平陰侯에 추봉되었다. "유약", 『네이버 지식백과』, 2015.9.25. 검색.

받게 된다. 오늘날에는 부모의 자식에 대한 제대로 된 사랑도 필요하고, 형의 동생에 대한 자상한 안내와 격려 또한 필요하다.

원문 曾子曰 吾日三省吾身하노니 爲人謀而不忠乎아 與朋友交而不信乎아 傳不習乎이니라

증자왈 오일삼성오신 위인모이불충호 여붕우교이불신호 전불습호

풀이 증자(曾子)[2]가 말했다. 나는 매일 다음 세 가지 일을 반성한다. 남을 돕는 데 있어 충심으로 했는가, 친구를 사귐에 있어 신의가 없지는 않았는가, 스승님께서 가르쳐 주신 학문을 충분히 복습을 했는가.

---

2) 曾子(BC 505~436)는 춘추 시대 말기 노(魯)나라 남무성(南武城) 사람이다. 이름은 삼(參)이고, 자는 자여(子輿)다. 증점(曾點)의 아들이다. 공자(孔子)의 수제자로 효심이 두텁고 내성궁행(內省躬行)에 힘썼으며, 노나라에서 제자들의 교육에 주력했다. 『효경(孝經)』의 작자라고 전해지지만 확실한 근거는 없다. 일찍이 소리(小吏)를 지냈다. “초상을 당해서는 신중하게 치르고 먼 조상을 추모하면, 백성들이 모두 두터운 덕을 갖추게 될 것(愼終追遠 民德歸厚矣)”이라고 주장하면서 하루에 세 번 반성[일일삼성(一日三省)]하는 수양 방법을 제창했다. 『대학(大學)』을 지었다고 하며, 사상은 자사(子思)에게 전해졌다. 자사의 제자가 이를 다시 맹자(孟子)에게 전했다. 후세에 ‘종성(宗聖)’으로 불린다. 저서에 『증자』 18편 가운데 10편이 『대대례기(大戴禮記)』에 남아 전하는데, 효(孝)와 신(信)을 도덕행위의 근본으로 삼았다. “증자”, 『네이버 지식백과』, 2015.9.25. 검색.

지 혜 반성은 향후 발전을 위한 밑거름이다. 반성하지 않으면 과오를 고칠 수가 없다. 반성하는 자에게만이 성공확률이 높게 다가온다. 그런데 무슨 내용을 반성하는가가 중요하다. 증자의 가르침은 봉사, 신의, 근학으로 요약된다.

우선 남을 돕는 것은 자신의 것이 많이 남아서 주는 것이다. 불쌍한 사람들을 측은히 여기는 마음가짐이 있기 때문에 가능한 것이다. 간혹 유의할 점도 있다. 급박하지 않고, 도움을 청하지 않았는데 나서서 도와주려고 하는 것은 오해를 살 소지가 있다.

친구간의 신의는 매우 중요하다. 친인척들과의 관계에서는 가족이기 때문에 운명적으로 정을 주고받고 한다. 하지만 친구 간에는 믿음이 깨지면 그 관계는 지속될 수 없다. 진정한 친구 간에 돈을 빌리고 제때 갚는 것을 신의라고 할 수는 없을 것이다. 인생의 동반자로서 무엇인가 뜻을 모으기로 했을 때, 최초 합의했던 그 약속을 지키는 것이 신의인 것이다. 이 대의에 대한 공감과 믿음이 있으면 사소한 언쟁이나 오해는 금방 해소된다.

부지런히 공부에 힘써야 하다. 스승의 가르침은 헛됨이 없다. 하지만 좀 딱딱하기는 하다. 이것을 부드러운 나의 삶으로 받아들이기 위해서는 좀 더 진지한 각오가 필요하다. 마냥 외우고 익히고 할 수는 없으므로, 그 공부와 관련된 다양한 사례, 인물, 개념 등을 찾아보고 잘 정리하는 것이 필요하다. 그러면 지루하지 않을 것이다.

원문 子曰 道千乘之國하되 敬事而信하고 節用而愛人하여 使民以時니라

자왈 도천승지국 경사이신 절용이애인 사민이시

풀이 공자가 말했다. 천 대의 병거(兵車)를 낼 수 있는 큰 나라(=千乘之國)[3]를 다스림에는 정사를 신중히 처리하여 백성의 신임을 얻고, 재정을 함부로 사용해서는 안 되며 백성을 사랑하여, 백성을 부릴 때에는 한가한 때를 택해서 하는 것이 좋다.

지혜 국가를 관리함에 관한 가르침이다. 전쟁은 군왕이나 장수 개인이 전쟁을 좋아해서 하는 경우는 거의 없다. 자기 나라의 이익을 도모하거나 원수를 갚거나 도발 예방을 위해 하게 된다. 여기서 전쟁이 거론되는 것은 국가관리에 있어서 가장 규모가 크고 가장 위험한 사건이기 때문이다. 대개 전쟁관리를 잘 하는 나라가 일상적인 국사도 잘 작동되게 되어있다. 이러한 전쟁은 함부로 도발하거나 안이하게 대응할 수 없는 일이다. 잘못하면 나라 전체가 패망으로 치닫기 때문이다.
역사적으로 보면 그런 예를 많이 찾아볼 수 있다. 나라를 세운지 얼마 되지도 않아 고구려를 침략하다가 곧장 패망한 수나라가 대표적인 예이

---

3) 천승지국이란 큰 나라의 제후가 천 대의 전투용 수레(=兵車)를 내놓았으므로, 이 제후가 다스리는 나라를 이르는 말한다.

다. 이와 같이 전쟁과 같은 대국의 정사는 함부로 결정해서는 안 된다. 다른 나라의 침략 의도가 있는지도 살펴야 하고 그 나라의 전쟁수행능력은 얼마나 되는지, 그리고 그 나라를 도와주는 나라는 있는지 등을 평상시부터 꼼꼼하게 점검하고 관리해야 한다. 그리고 국가의 재정관리도 잘 해야 한다. 전쟁을 포함한 모든 일은 모두 돈이 소요된다. 군수물자뿐만 아니라 병력유지에 따른 비용 등 엄청난 돈이 들어가게 된다. 이렇게 되면 자연히 백성들은 국가를 신뢰하게 된다. 이런 나라에 대해 외적이 침입해 온다면 온 백성들이 자발적으로 전쟁에 참여하게 될 것이다.

만약 복합적인 상황에 따라 전쟁을 일으킬 수밖에 없을 경우, 백성들이 기초생계를 유지하는 데 방해가 되어서는 안 된다. 예컨대 파종하는 시기나 추수하는 시기는 피해야 한다. 이러한 처사는 결국 국가에도 도움이 된다. 백성들이 제대로 농사를 지어야 군량미라도 바칠 수 있을 테니 말이다.

원문 子曰 弟子入則孝하고 出則弟하며 謹而信하며 汎愛衆하되 而親仁이니 行有餘力 則以學文이니라

자왈 제자입칙효 출즉제 근이신 범애중 이친인 행유여력 즉이학문

풀이 공자가 말했다. 자네들[4]이 집에서는 효도하고, 밖에 나가서는 공경하며, 삼가고 신의를 지키며, 널리 다른 사람들을 사랑하되 인덕

있는 사람들을 가까이 할지니, 그러고도 여력이 있으면 글을 배워라.

지 혜 학문(學問)과 학문(學文)은 차이 있는 말이다. 전자는 배우고 묻는 진리 탐구의 과정을 강조하는 것이고, 후자는 스스로 탐구하는 하는 것보다는 기존의 진리를 일방적으로 외우는 식의 공부를 강조하는 것이다.

여기서 효도, 공경, 신의, 사랑 그리고 인덕의 덕목을 실천하는 일은 바로 전자의 학문에 해당되는 것이다. 자신의 삶의 현장 속에서 진리를 스스로 터득하고 그것을 실천하는 것이다. 집안에서는 부모에게 효도하고 형제들에게는 우애 있게 행동하며, 밖에 나가서는 웃어른을 공경하고 친구들과 신의를 지키며, 다른 사람들을 사랑하여 그들이 어려움에 처하면 도와주려고 하고, 덕을 갖춘 사람을 보면 가까이 해서 하나라도 더 배우려는 마음을 가져야 한다.

이와 같이 자신이 처한 삶의 현장 속에서 진리를 찾고 그것을 행하려고 하는 최선을 노력을 다 하고, 그래도 힘이 남으면 글자를 배워야 한다.

---

4) 여기서 '弟子'란 자구로 보면 불특정한 제자를 말한다. 한글 번역본에는 '젊은이'라는 3인칭으로 번역하기도 하고, 그냥 '제자'로 번역하기도 한다. 하지만 여기서는 대화의 맥락 속에 등장한 공자의 제자를 지칭하는 2인칭일 것으로 생각하여, '자네' 또는 '자네들'이라고 번역한다. 특정인물의 답에서 등장할 경우는 단수로 하고, 그렇지 않고 전체를 대상으로 하는 강의 중일 것으로 추정될 경우는 복수로 한다. 다만 제3자가 공자의 제자를 통칭하여 얘기할 때는 그냥 '제자'로 번역한다.

여기서는 단지 글공부만을 의미한다기보다는 책 속의 선현들의 말씀 속에 제시된 진리를 확인하는 작업이라고 이해하는 것이 더 좋을 듯하다. 삶 속에서 내가 지금까지 실천한 바와 견주어 나의 지나침과 나의 부족한 점을 또 한 번 반성하게 되는 것이다. 결국 이 구절은 문자보다는 삶이 우선이라는 가르침을 던져주고 있다. 데카르트가 인생을 배우기 위해서 위험한 군 복무를 자진해서 한 장면을 떠올릴 필요가 있다.[5)]

---

5) 데카르트(René Descartes, 1596.3.31.~1650.2.11)는 세상을 배우기 위해 군대에 입대했다고 한다. 1617년 네덜란드 군대에 입대했다. 그러나 30년 전쟁이 터지자 바이에른 군대로 병적을 옮겼다. 1628년에는 위그노 교도의 요새인 라 로셸을 포위 중이던 군대에 들어갔다. B. Russell, 『러셀 서양철학사』, 을유문화사, 2009, p.720. 데카르트는 라틴어 이름(Renatus Cartesius)도 가지고 있다. 데카르트의 사상을 영어로 Cartesianism이라고 하는 이유는 그의 라틴어 이름에서 찾을 수 있다. 그는 프랑스의 물리학자, 근대 철학의 아버지, 해석기하학의 창시자로 불린다. 그는 합리론의 대표주자이며 본인의 대표 저서 『방법서설』에서 "나는 생각한다, 고로 존재한다"(Cogito ergo sum)는 계몽사상의 '자율적이고 합리적인 주체'의 근본 원리를 처음으로 확립한 것으로 유명하다. 1606년 예수회가 운영하는 라 플레쉬 콜레즈(Collège la Flèche)에 입학하여 1614년까지 8년간에 걸쳐 철저한 중세식 그리고 인본주의 교육을 받게 된다. 1626년부터 2년 동안 수학과 굴절광학을 연구하며 미완성 논문 〈정신지도의 규칙〉을 쓴다. 1628년 말, 네덜란드로 돌아온 그는 다시 저술활동에 몰두해 『세계론』(Traite du monde)을 프랑스어로 출판한다. 1637년에는 『방법서설』에 굴절광학, 기상학, 기하학의 세 가지 부분을 덧붙여 익명을 출판했다가 후에 프랑스어로 『방법서설』을 완성한다. 1644년 자신의 철학을 체계적으로 정리하여 라틴어로 『철학원리』를 출판한다. 그 후 그는 여러 사람과

원문 子夏曰 賢賢에 易色하며 事父母에 能竭其力하며 事君에 能致其身하며 與朋友交에 言而有信이면 雖曰未學이라도 吾必謂之學矣니라

자하왈 현현 역색 사부모 능갈기력 사군 능치기신 여붕우교 언이유신 수왈미학 오필위지학의

풀이 자하[6]가 말하였다. 어진 사람을 어질게 여기면 자신의 호색한

편지로 자신의 생각을 전하곤 했는데, 보헤미아의 왕 프리드리히의 딸 팔츠의 엘리자베스에게 최고선에 관한 자신의 생각들을 편지로 보낸 것들이 모여 1649년 출판된 그의 마지막 책인 『정념론』(Les passions de l'ame)이 된다. 1650년 2월 11일, 그는 폐렴에 걸려 54세의 나이로 세상을 떠난다. "데카르트", 『위키 백과사전』, 2015.9.22. 검색.

6) 자하(BC 507~420?)는 전국 시대 衛나라 사람이다. 하지만 晉나라 溫사람이라고도 한다. 이름은 卜商이다. 孔子의 제자로, 공자보다 44살 연하였다. 孔門十哲의 한 사람이다. 공자가 죽은 뒤에 위나라 文侯에게 초빙되어 스승이 되었다. 그는 실명했는데, 공자의 죽음을 슬퍼하여 그렇게 되었다는 말도 있고 아들의 죽음 때문에 슬피 울어 그렇게 되었다고도 한다. 西河에서 講學했다. 李克과 吳起, 田子方, 段干木 등이 모두 그의 문하에서 배웠다. 魏文侯가 그를 스승으로 섬겨 藝를 배웠다. 학문은 詩와 藝에 통했고, 공자의 『春秋』를 전공하여 『公羊傳』과 『穀梁傳』의 원류를 이루었다. 주관적 내면성을 존중하는 曾子 등과 달리 禮의 객관적 형식을 존중하는 것이 특색이다. 『論語』에 그의 말이 적지 않게 실려 있는 것으로 보아 그 무렵 孔門에서의 위치가 어떠했는지 짐작할 수 있다. 『詩序』를 썼다고 전한다. 송나라 眞宗 大中祥符 2년(1009) 東阿公에 추증되었다. "자하", 『네이버 지식백과』, 2015.9.22. 검색.

마음을 고칠 수 있으며,[7] 부모를 섬기되 성심성의를 다하며, 임금을 섬김에 능히 그 몸을 바치며, 친구와 더불어 사귀되 말함에 성실함이 있으면 비록 배우지 않았다고 하더라도 나는 반드시 그를 배웠다고 여기겠다.

지 혜 자하는 호색한 마음을 경계하는 것, 부모님을 섬기는 것, 임금을 섬기는 것, 친구와 신의를 다하는 것에 대해 가르치고 있다. 우선 색에는 주색, 여색과 남색, 각종 취미색이 있다. 여기서 색이란 말 그대로 총천연색을 말한다. 인생 자체는 무미건조한 흑백이 더 잘 어울린다. 본질을 허릴 정도의 색깔은 이성보다는 정욕에 더 가깝다. 색 중의 색은 여색, 남색이다. 성은 하늘이 인간에게 준 오묘한 선물이다. 이러한 색을 종족 번식과 배설 이외에 다른 목적으로 남용할 경우 큰 징벌이 내려진다. 이것을 깨닫기 위해서는 엄청난 대가를 치러야 한다.
그런데 이러한 여색과 남색은 다른 종류의 색과 어울리게 되면 마치 휘발유 앞에 불을 켜는 것과 같다. 특히 주색이 문제이다. 주색은 온갖 정욕에 불을 붙이며 스스로 정지할 줄을 모른다. 취미색도 문제이다.

---

7) 朱子는 이 대목을 다음과 같이 해석했다. 여기서는 朱子 뜻매김이 우리말로 명확히 와 닿지 않아 어쩔 수 없이 曲譯을 감수할 수밖에 없다. "남의 어짐을 어질게 여기되 색을 좋아하는 마음과 바꾼다면 좋아함이 성실함이 있는 것이다"(賢人之賢而易其好色之心 好善有誠也)라고 해석했다. 成百曉 역주, 『論語集註』, 傳統文化硏究會, 1999, p.23.

하나의 운동에 빠지게 되면 그 자체만 즐기면 분명히 스트레스 해소에 도움이 된다. 특히 우리나라의 경우 취미를 위한 친목 도모 명분으로 종종 회식을 하게 된다. 회식을 하면 음식만 먹는 것이 아니라 꼭 술을 마시게 된다. 그렇게 되면 스트레스 해소하러 갔다가 나의 실수로 인해 더 많은 스트레스를 안게 된다. 종국에는 가족에게 큰 상처를 안겨준다. 가급적으로 동아리에 갔을 때에는 취미와 직접 관련이 있는 본래의 활동이외는 만들지 않는 것이 좋으며 참여하지 않는 것이 바람직하다. 온 가족이 같이 하는 취미를 가지면 모든 것이 안전하다. 피치 못해 혼자 하게 된다면, 정한 시간과 정도를 넘지 않는 것이 중요하다.

원문 子曰 君子不重則不威니 學則不固니라 主忠信하며 無友不如己者요 過則勿憚改니라

자왈 군자부중즉불위 학즉불고 주충신 무불여기자 과즉물탄개

풀이 공자가 말했다. 군자는 언행이 무겁지 아니하면 위엄이 없는 법이니 그런 사람은 배워도 견고하지 못하니라. 충직하고 신의를 주로 하며, 나보다 못한 벗을 사귀지 말며 자신의 허물이 있으면 고치는 것을 꺼리면 안 된다.

지혜 군자의 자세에 대한 가르침이다. 군자는 평상시 말을 권위 있게 해야 한다. 이것저것 말을 많이 하면 권위가 없게 된다. 너무 과묵해

서 화난 사람처럼 있는 것도 금물이다. 자기가 해야 할 바의 얘기 이상을 하지 않는 것이 중요하다. 어렸을 적에 우리 동네에는 큰 옹기공장이 세 군데나 있었다. 한 공정이 다 끝나고 나면 좋지 않은 옹기는 파기된다. 그래서 어렸을 적에 옹기의 파편인 사금파리에 무릎을 많이 다친 기억이 난다. 그런데도 옹기공장을 둘러싼 추억은 많다. 가끔 술래잡기를 하면 그곳이 주로 놀이터였다. 거기서 방학이 되면 옹기공장 일을 돕는 아르바이트를 할 때가 있었다. 옹기공장은 돔형식의 흙벽돌로 만든 인공토굴을 10동 정도 언덕을 따라 죽 올라가면서 만들어져 있었는데, 연소가 잘 되도록 하기 위한 것이었다. 가끔 수리보수를 하곤 하는데, 한 곳이 무너지면 땜질이 제한되기 때문에 하나의 돔을 새로 만들어야 한다. 그래서 옹기공장은 벽돌 찍어내는 기계가 별도로 있다. 그런데 흙벽돌은 시멘트 벽돌 만드는 것과는 달리 중간 중간에 볏짚단도 넣어야 한다. 약간은 기술이 필요하다. 그런데 그 벽돌을 만들 때 중간 중간 잘 눌러서 다지지 않으면 작업감독한테 퇴짜를 맞게 된다. 그런 벽돌들은 말리는 과정에서 갈라지거나 돔을 짓고 나서 불을 지피면 얼마 안가서 갈라지게 된다고 한다.

사람의 인격도 이 흙벽돌과 같다. 기초를 탄탄하게 다지지 않고 빨리 만드는 데만 신경을 쓰게 되면 얼마 못가서 불량품이 되고 만다. 다른 사람이 약간 답답할 정도의 신중함이 필요하다. 답답할 정도로 견고한 인격의 기초 위에서 자신만의 고유한 삶의 무늬를 새길 수 있는 것이다. 기초를 다지는 것보다 데코레이션에 신경을 더 많이 쓰는 삶은 망할 수밖에 없다.

이러한 중후한 인격을 갖춘 군자가 되기 위해 필요한 덕목은 충직과 신의이다. 충직은 정성, 진실, 성실, 정직 등의 의미도 가진다. 충직은 우선 먼저 자신에게 최선을 다해 더 이상의 거짓이 없는 것이다. 모든 타인에 대한 진정한 사랑은 자기애(self-love)에서부터 비롯된다. 자기자신에 대한 진중한 사랑이 전제되지 않으면 다른 외물에 대한 사랑을 시작할 수 없다. 이렇게 하면 즐겁다, 저렇게 하면 슬프다 등과 같은 자기 느낌은 언제나 자신의 삶 속에서 이성적 판단과 함께 한다. 이러한 느낌과 판단이 정확하지 않고서야 다른 사람과의 관계 속에서 자신의 명확한 자리매김을 할 수 없는 것이다. 다음으로 필요한 덕목은 신의이다. 신의는 충직의 부수적인 덕목이라고 할 수 있다. 자기 자신에게 충직하게 되면 다른 사람이 자연스럽게 나를 신뢰하게 된다. 신뢰를 얻으려고 애걸하지 않아도 된다. 진정으로 좋은 상품은 마케팅에 그렇게 신경쓰지 않아도 된다. 그것을 사용해 본 사람들이 마케팅을 대신해주기 때문이다.

이렇게 충직과 신의의 덕을 다지고 나며, 이제 실제 행동에서 몇 가지 준수해야 할 일들이 있다. 먼저 나보다 못한 벗을 사귀면 안 된다. 내가 본받을 수 있는 인물을 가까이 하고 그를 통해 나의 덕을 향상하는데 더 많은 노력을 해야 한다. 만약 나보다 못한 사람과 가까이 있을 수밖에 없다면 반면교사로 삼아야 한다. 나도 저런 행동을 했었지. 나는 다시는 저렇게 하지 말아야겠다는 다짐을 할 수 있을 것이다. 이때 자신의 실패담이나 성공담을 나보다 못한 사람에게 묻지도 않았는데 나서서 얘기해주는 것은 금물이다. 무엇이든 간절할 때 도움을 줘야 한다. 더불어 말을 많이 하면 자신의 덕을 실천하는 데도 방해가 된다. 이러한 생각으로 덕을 쌓아가는 노력을 계속해서 해나가야 한다. 인격 수양은 끝이 없다. 그 수양의 과정이 항상 성공적일 수는 없다. 성공은 더 강화하기 위한 도구로 삼고 실패는 반성하기 위한 도구로 삼아서 지속적으로 스스로를 단련해야 한다.

원문 曾子曰 愼終追遠이면 民德이 歸厚矣니라

증자왈 신종추원 민덕귀후의

풀이 증자가 말했다. 부모가 돌아가시면 그 예를 다하게 하고, 조상의 제사를 정성껏 모시게 하면, 온 백성의 덕이 두텁게 될 것이다.

지혜 온 천하의 백성들의 덕을 두텁게 하려면 그들의 부모가 돌아가셨을 때 장례를 예법에 맞게 하고, 제사를 제대로 하게 하면 된다. 예법은 정성을 정례화해 둔 일종의 매뉴얼이다. 개신교에서는 제사를 지내지 않는다고 한다. 조상의 영혼을 하나 밖에 없는 신의 권위에 도전하는 일종의 잡신이라고 여길까봐 예방차원에서 금지하는 것인지도 모른다. 하지만 성경에서 죽은 사람을 아무 예식 없이 하늘로 돌려보내지는 않는다. 이와 같이 그 드러난 행위는 다르지만 망자를 추도한다는 의미는 같다. 미국 사람들이 "Thank you"하는 것이나 한국 사람들이 "고맙습니다"라고 말하는 것이나 그 말 속에 스민 의미와 정성을 같은 것이다. 같은 말이라고 해도 처한 상황에 따라 다를 수도 있다. 같은 의미를 가진 말이라도 "고마워요", "고마워", "고맙소" 등과 같이 조금만 고쳐서 사용하면 뉘앙스는 많은 차이를 나타낸다.
여기서는 이와 같은 문화권마다의 이질적인 양태를 넘어서는 망자에 대한 보편적인 존경과 애정의 마음을 가지는 것을 말한다. 냉수 한 잔 올려놓고 온 가족이 모여서 오늘은 부모가 돌아가신 날이다. 우리가 지금은 이렇게 못 살지만 부모님의 유지를 잘 받들어 이 세상의 밀알이 되자는 다짐을 하는 백성들이 많아지면 그 사회는 도덕적으로 바람직한 세상이 될 것이다. 이러한 추도의 의식을 잡신에 대한 추종이라고 생각한다거나 제사에서 잔을 올릴 때 오른쪽이 아닌 왼쪽으로 돌리면 큰 벌이라도 받는 것처럼 여기는 것도 문제다. 왼쪽으로 다섯 번 돌린다고 벌 받을 일은 없을 것이다. 다만 온 가족이 그것을 조상섬기는 온전한 마음의 예법이라고 전제했을 때 그것을 어기는 것은 바람직하지 않은 것이다.

원문 子禽이 問於子貢曰 夫子至於是邦也하사 必聞其政하시나니 求之與아 抑與之與아 子貢曰 夫子는 溫良恭儉讓以得之시니 夫子之求之也는 其諸異乎人之求之與인저

자금 문어자공왈 부자지어시방야 필문기정 구지여 억여지여 자공왈 부자 온량공검양이득지 부자지구지야 기제이호인지구지여

풀 이 자금이 자공[8]에게 물었다. 부자께서 이 나라에 이르셔서는 반드시 그 정사를 들으실 것인데, 구해서 함께 하는 것입니까? 아니면 주어서 함께 하는 것입니까? 자공이 말했다. 부자는 온순하고 어질고 공손하고 검소하고 겸양한 마음으로 정사를 구하시는 것이니, 부자의 구하심은 일반인의 구함과는 다르다고 할 것이다.

지 혜 여기서 부자는 공자를 지칭한다. 국가통치술에 관한 것이다. 자금이 자공에게 공자의 국가통치술은 어떤 것이냐고 묻자 자공은 공자가 생각하는 국가통치술에 대해 평가해서 말하는 것이다. 국가는 백성들을 그 근본으로 하고 있기 때문에 백성들의 의견을 물어서 정책의 시발로 삼아야 한다. 이것은 오늘날 대의민주주의의 기본원리와도 일맥상통한다. 비록 옛날의 군왕은 투표에 의해 백성의 권리를 위임받은 것은 아니지만 그 권리를 중히 여긴다는 전제에서 출발한 것은 사실이다. 따라서 백성들의 권리는 국가통치의 중요한 고려요소임에 틀림없다. 국가통치를 위해서는 통치자 스스로가 온순하고 어질고 공손하고 검소

---

8) 자공(BC 520?~456?)은 성은 端木이고, 이름은 賜이다. 공문십철의 한 사람으로 宰我와 더불어 언어에 뛰어났다고 한다. 齊나라가 魯나라를 치려고 할 때, 공자의 허락을 받고 吳나라와 越나라를 설득하여 노나라를 구함과 동시에 월을 霸王으로 하여 네 나라의 세력관계에 새로운 국면을 열었다. 理財家로서도 알려져 공문의 번영은 그의 경제적 원조에 의한 바가 컸다고 한다. 공자가 죽은 뒤 노나라를 떠나 위나라에 가서 벼슬하였으며, 제나라에서 죽었다. “자공”, 『네이버 지식백과』, 2015.9.22. 검색.

하고 겸양한 마음을 가져야 하다. 그런 마음으로 백성들의 기쁨과 슬픔이 무엇인지를 살펴야 하는 것이다.

통치자는 백성의 어려움이 무엇인지, 그리고 통치자가 무엇을 해주면 되는지 백성들에게 물어야 한다. 그냥 물어보는 것은 어느 군왕도 할 수 있는 일이다. 일반 통치자들은 백성들에게 직접 애로사항이 무엇인가를 물어보겠지만, 현대식으로 표현하자면 부자는 최고통치자의 능력과 시각의 제한사항 등을 고려해서 중간단계의 통치자들에게 권한을 위임해서(=empowerment) 그들에게 적절한 권한을 주고 통치하게 하고 그 중요한 결과를 점검하게 해서 백성들의 복지를 제도화하는 것이다.

원문 子曰 父在에 觀其志요 父沒에 觀其行이니 三年을 無改於父之道라야 可謂孝矣니라

자왈 부재 관기지 부몰 관기행 삼년 무개어부지도 가위효의

풀이 공자가 말했다. 아버지가 살아 계실 때에는 그 뜻을 살피고, 돌아가셨을 때에는 그 행동을 살피고, 3년이 될 때까지는 아버지의 도를 고치지 말아야 가히 효라고 할 수 있다.

지혜 아버지에 대한 효도를 말한다. 비단 아버지뿐만 아니라 어머니에 대한 효도도 포함된다. 부모님이 살아계실 때에는 무슨 말씀을 하시는지 그 의도와 뜻을 잘 살핀다. 특히 대가족일 경우, 처한 상황이 미묘한

경우가 있을 수 있기 때문에 자구대로 해석해서는 안 된다. 일간친척들 앞에서 자식을 꾸지람할 경우 다른 분들이 꾸지람하는 것을 예방하는 경우도 많다. 굳이 그것을 일가친척들 앞에서 부모님이 나에게 모욕감을 주는 것으로 이해해서는 안 된다. 그 의도를 명찰해야 하는 것이다. 그리고 그 부모가 돌아가셨을 때에는 생전에 행한 모든 행실을 다시 생각해서 그대로 하려고 해야 한다. 부모 생전에 봉사활동을 많이 하셨다면 그 행실을 본받아서 잘 하도록 해야 할 것이다. 또한 잘못한 행실에 대해서는 반성하면서 고쳐 행해야 한다. 아버지가 주정뱅이에다 평상시에 매일 도박만 일삼는 사람이었다면 그 행실을 그대로 배워서는 안 될 것이다. 3년이 될 때까지 부모의 좋은 행실은 잊어버리면 안 되고 그대로 본받으려고 해야 하고, 동시에 부모의 패덕은 3년 동안은 자식된 도리로서 진지하게 대신하여 반성하면서 나는 저렇게 하면 안 되겠다고 마음속으로 깊이 반성해야 한다. 그렇게 하는 것이 효이고, 곧 그것을 실천하면 효자라 할 수 있는 것이다.

원문 有子曰 禮之用이 和爲貴하니 先王之道는 斯爲美라 小大由之니라 有所不行하니 知和而和요 不以禮章之면 亦不可行也니라

유자왈 예지용 화위귀 선왕지도 사위미 소대유지 유소불행 지화이화 불이예장지 역불가행야

풀 이 유자가 말했다. 예의 변용은 화해야 귀하니, 선왕의 도리는 이것을 아름답게 여겼다. 그리하여 작은 일과 큰 일에 모두 이것을 따랐다. 행하지 못할 것이 있는데, 화를 알아서 화만 하고, 예로서 절제할 수 없으면 그 또한 행해서는 안 된다.

지 혜 덕에는 체(體)와 용(用)이 있다. 전자는 본질, 원리, 이론이 될 것이고, 후자는 외형, 부수, 실천이 될 것이다. 우리가 흔히 변통의 실천을 도모하려다 본질을 훼손하는 경우가 있다. 배를 만들고 있을 경우, 주변에서 배를 만드는 기술에 대해 잘 모르는 시찰 간부들이 이것저것 주문을 하게 되어 필요이상으로 구조물이 더 설치되게 되면, 그 배는 진수식과 함께 침몰하고 말 것이다. 또한 자녀의 지혜를 키워주기 위해 이곳저곳의 사설 학원을 전전하면서 저녁도 제대로 먹지 못하고 소위 '컵밥'을 먹으면서 전전하게 될 때 그 자녀의 인성이나 지혜가 얼마나 길러지겠는가. 이것은 곧 곁가지가 몸통을 위협하는 꼴과 같은 것이다. 또한 변통은 변통일 뿐이라야 하지 변통으로 본질을 훼손하려 해서는 안 된다. 비근한 예로 공식적인 회의를 다 끝마치고 회의 멤버들이 저녁 식사하러 갔는데, 회의 주관자가 갑자기 생각이 났다고 하면서 낮 시간에 했었던 회의 내용을 다시 꺼내려고 하는 것도 여기에 해당될 수 있다. 정상적인 상태에서 약정된 범위와 수위를 넘어서는 일은 절제해야 한다. 만약 그럴 필요가 있을 경우 가장 선임자나 간사 역할을 하는 사람에게 개별적으로 지금 생각난 중요한 얘기의 핵심을 전해주고 내일 그 일로 다시 논의하자고 얘기하고 저녁식사 하는 일에만 집중해야 하는 것이다. 아니면 간단히 자기 수첩에 메모해 두었다가 다음날 부가적인 회의를 통해 그 말을 이어갈 필요가 있다.

원문 有子曰 信近於義면 言可復也며 恭近於禮면 遠恥辱也며 因不失其親이면 亦可宗也니라

유자왈 신근어의 언가복야 공근어례 원치욕야 인부실기친 역가종야

풀이 유자가 말했다. 신뢰를 의리에 가깝게 하면 그 약속한 말은 실천에 옮길 수 있으며, 공손함이 예에 가까우면 치욕을 멀리할 수 있으며, 그 친함을 잃지 않는다면 그 사람을 끝까지 종주로 삼을 수 있는 것이다.

지혜 신뢰와 공손함, 그리고 지속성에 대한 가르침이다. 신뢰는 이치에 합당할 때 신의라고 하는 고차적 덕이 되는데, 그러한 말은 실천해도 아무 탈이 없다. 목동과 늑대의 우화 속에서 볼 수 있듯이 거짓말 하는 목동의 얘기는 아무도 믿지 않는 법이다. 공손함을 견지하는 사람에게는 적이 없다. 혹 실수를 하더라도 큰 책망을 받지 않는다. 반대로 거만한 사람은 주변에 적이 많다. 아무리 그 사람이 틀린 말을 하지 않는다고 하더라도 언제 한 번 만이라도 실수한다면 되갚아줄 모양으로 경계하게 된다. 그래서 곧장 반발을 사게 된다.

오래 전의 일이 아니다. 대학 본부에서 보직을 맡고 있을 때의 일이다. 나는 과거에 행정적인 일을 많이 했었다. 공문서를 접수하고, 기획하고, 하달하고, 점검하고, 종합하는 등의 제반 일들을 해보았다. 주로 현역시절에는 국방부 대변인실에서 외신보도 담당장교로 근무할 때 그런 경험을 많이 하게 되었다. 주로 총리실 국정상황실과 공보처 해외공보관실(현재의 문화관광부 소관), 통일부 남북대화사무국 등의 담당자들과 업무협조를 많이 했었다. 요새 통용되고 있는 문서생산시 사용하는 일자별 번호 붙이는 관례, 예컨대 2015년 7월 31일 생산한 AAA관련 내용은 "2015-0731-AAA"와 같이 표기하는 것을 당시 저자 본인이 처음으로 사용했는데, 이제는 전 정부부처에서 활용하고 있는 것 같다. 이런 경험으로 인해 교수이면서도 행정과 관련된 일에 강한 자부심을 가지고 있었다. 그런데 어떤 부서에서 자신들의 일을 처리하면서, 총괄결과보고를 하면서 우리 부서와 관련된 내용(예산 지원 등)을 포함해서 사전 협조서명도 없이 그대로 총장 결재를 맡았고, 그 내용을 우리 부서로 보내왔고, 그 일로 협조회의를 하겠다는 것이었다. 그것도 상위부서가 아니라 하위독립부서에서 말이다. 전혀 행정 마인드가 없는 처사였다. 나는 정말 화가 났다. 물론 상대 부서의 행정직원은 연세가 많은 분이었다. 결국 우리 부서에서 예산 지원을 해주는 것으로 결정하게 되었지만, 그쪽 기관장과 행정담당자들의 행태는 정말 잘못된 것이다. 하지만 지금 생각해보니 그쪽 사람들이 잘 몰라서 그런 실수를 한 듯하다. 중앙부처의 행정담당관처럼 내용의 수준은 차치하고서라도 절차상 늘 해왔던 일이라면 그들도 실수하지 않았을 것이다. 그나저나 나는 그 일로 많은 인심을 잃었다. 앞서 말한 대로 한 번 걸리기만을 기다리는 눈치였다. 아니나 다를까 내가 본부의 보직을 그만두고 학과로 복귀하고 난 뒤에 어떤 부서에 뭘 좀 알아보려고 다른 사무실에 문의전화를 한 적이 있었다. 그 행정직원이 잘 아는 어떤 다른 행정직원이 전화를 받았는데, 그 얘기를 전해 들었는지 원칙 이상의 답변을 해주지 않았다. 나는 하나를 얻고 둘을 잃어버린 것이었다. 이렇게 늘 자신의 주어진 역할 속에서 곧이곧대로 원칙을 준수하는 것만이 좋은 것은 아니라는 것을 알게 되었다.

어떤 사람의 행실이 믿을 수 있고, 공손하면, 그 사람과 친함이 생기게 된다. 무슨 일이 있으면 더 도와줄 게 없는가 생각나게 되고, 해로인 일이 생길 것 같으면 미리 알려주기도 하는 것이다. 이렇게 친하게 여기게 되는 것은 그 사람과 오래토록 인연을 이어갈 수 있는 계기가 되는 것이다.

원문 子曰 君子는 食無求飽하며 居無求安하며 敏於事而愼於言이요 就有道而正焉이면 可謂好學也已니라

자왈 군자 식무구포 거무구안 민어사이신어언 취유도이정언 가위호학야이

풀이 공자가 말했다. 군자는 먹음에 배부름을 구하지 않으며, 거처할 때에 편안함을 구하지 않으며, 일을 민첩하게 하되 말은 신중하게 하고,

도가 있으면 바르게 삼는다면 가히 학문을 좋아하는 사람이라고 말할 수 있을 것이다.

지 혜 군자의 현대어는 교양인이라고 보면 무리가 없을 것이다. 교양인의 학문관에 관한 내용이다. 교양인은 배고프다고 허겁지겁 먹어대서는 안 된다. 언젠가 밥 먹는 나의 모습을 찍은 동영상을 본 적이 있다. 얼마나 게걸스럽게 먹는지 모를 지경이었다. 심지어 밉게 보이기까지 했다. 심지어 물도 씹어 먹을 정도로 조심스러워야 한다. 거처할 때 지나친 편안함을 찾아서는 안 된다. 편안하게 살려고 하는 것인 당연하다. 그러나 10만원이면 충분한 안락의자를 100만원짜리 소가죽으로 장만한다면 그것은 지나친 것이다. 또한 일을 할 때는 말할 때보다는 민첩하게 하고 말은 좀 더 신중하게 해야 한다. 행동은 설령 헛된 동작이 있었다고 하더라도 그 미운 의미를 찾기란 힘들다. 하지만 말은 신중하지 않으면 많은 오해를 불러일으키기 때문이다. 행동 또한 너무 민첩하면 좋지 않다. 거의 생각의 속도로 행동하면 경거망동(輕擧妄動)하다고 비난받을 수 있다. 일상생활에서 도리를 보게 되면 자신의 행실과 생각을 바르게 잡는 기준으로 삼아야 한다. 이렇게 살아간다면 군자라 할 수 있고, 오늘날의 교양인이라 할 수 있을 것이다. 그러한 배움의 여정은 군자의 학문과정이요 교양인의 학문과정인 것이다.

원 문 子貢曰 貧而無諂하며 富而無驕하며 何如잇고 子曰 可也나

未若貧而樂하며 富而好禮者也니라 子貢曰 詩云 如切如磋하며 如琢如磨하니 其斯之謂與인저 子曰 賜也는 始可與言詩已矣로다 告諸往而知來者온저

자공왈 빈이무첨 부이무교 하여 자왈 가야 미약빈이락 부이호례자야 자공왈 시운 여절여차 여탁여마 기사지위여 자왈 사야 시가여언시이의 고제왕이지래자

풀 이 자공이 가난하되 아첨함이 없으며, 부유하되 교만함이 없으면 어떻습니까라고 물었다. 이에 공자는 그것도 좋으나 가난하면서도 즐거워하며, 부유하면서도 예를 좋아하는 자보다는 못하다고 답했다. 자공이 말했다. 시경에서 말하는 절차탁마가 이러한 것을 말한다고 봅니다. 공자가 말했다. 사(=자공)는 비로소 더불어 시를 말할 만하구나. 지나간 것을 말해주자 올 것을 아는구나.

지 혜 이 가르침은 공자의 재물관(財物觀)에 관한 내용이다. 가난하되 아첨함이 없는 사람보다 그것을 즐겁게 여기는 자가 더 훌륭하고, 부유하되 교만하지 않는 사람보다 예를 좋아하는 사람이 더 훌륭하다는 점을 강조하고 있다. 가난을 즐기는 사람은 상대가 부자인 것을 염두에 두지 않는다. 기초 생계 수준 이상의 욕심을 부리지 않기 때문에 많은 재산을 탐낼 필요가 없다. 그런 사람은 아첨하지 않는다는 국한된 행동을 훨씬 뛰어넘게 생각한다. 부유하면서 예를 좋아하는 사람은 남을 도와주기를

좋아하고, 자신의 부를 이루는 데 도움을 준 사람에게 대해 감사하며, 이런 일들을 모두 관장한 하늘에 감사할 줄도 알 것이다. 이것이 곧 예를 좋아하는 행동이다. 부자가 교만하지 않음은 그 많은 예에 맞는 행동 중의 하나에 불과하다. 따라서 제한된 어떤 것 한 가지를 안 한다고 해서 어떤 인물이 되는 것이 아니라 더 넓은 덕의 세계 더 넓은 예를 세계의 법도를 따르는 것이 진정한 군자라고 할 수 있는 것이다. 『시경』에서 말하는 절차탁마는 대강의 것을 만들어 놓고 그 대의를 벗어나지 않으면서 상세한 것을 뒤이어 구체화한다는 의미로 볼 수 있다. 공자의 대답에 대해 자공이 시경의 대목을 인용해서 그와 같은 질문을 다시 하게 되자 공자는 또 다시 그의 응용 탐구 능력을 높이 평가하는 것이다. 실례를 들어 설명해주었는데, 다른 독서 자료 중의 어떤 것과 연계해서 새로운 해석을 제시했던 것이다. 그러므로 공자는 자공에 대해 향후 새로운 진리 탐구까지 논의할 수 있는 인물임을 높이 평가하는 것이다.

원문 子曰 不患人之不己知요 患不知人也니라

자왈 불환인지불기지 환부지인야

풀이 공자가 말했다. 남이 나를 알아주지 않는 것을 걱정하지 말고,[9]

---

9) 여기서 '己知'는 '知己'가 도치된 것으로 해석한다.

내가 남을 알지 못하는 것을 걱정하여라.

지 혜 남이 나를 알아주는지 아닌지는 고정변수이다. 고정변수는 나의 의지로 결정되는 것이 아니다. 이미 결정되어 주어진 변수이다. 만약 그것에 관심을 가진다면 관련되는 많은 가변요소들을 변경해야 한다. 만약 여러분이 나이가 마음에 너무 많다고 해서 그것을 적게 하거나 많게 할 수 있는가? 그것은 불가능에 가깝다. 혹시 타임머신을 타고 시간이동을 하거나 공상과학영화에나 나오는 급속 냉동고에 들어가는 방법이 있을 것이다. 아니면 나만 알고 다른 모든 사람들에게 나의 나이를 속이는 방법 등도 있을 수 있다. 이러한 객관적이고 주관적인 속임수들은 불가능하거나 거의 불가능에 가까운 얘기이다.
이것은 곧 남이 나를 알아주지 않는 것을 걱정하는 것과 같다. 남이 나를 알아주지 않는 이유는 많을 것이다. 우선 내가 짐작하는 특정 이유만 있다고 가정하고 대응하다가는 큰 낭패를 당할 수 있다. 다만 내가 정직하다면 크게 신경 쓸 필요가 없는 것이다. 오히려 나의 거울이 될 사람, 나의 반면거울이 될 사람이 누구인지를 찾아서 탐색하는 것이 더 중요한 것이다.

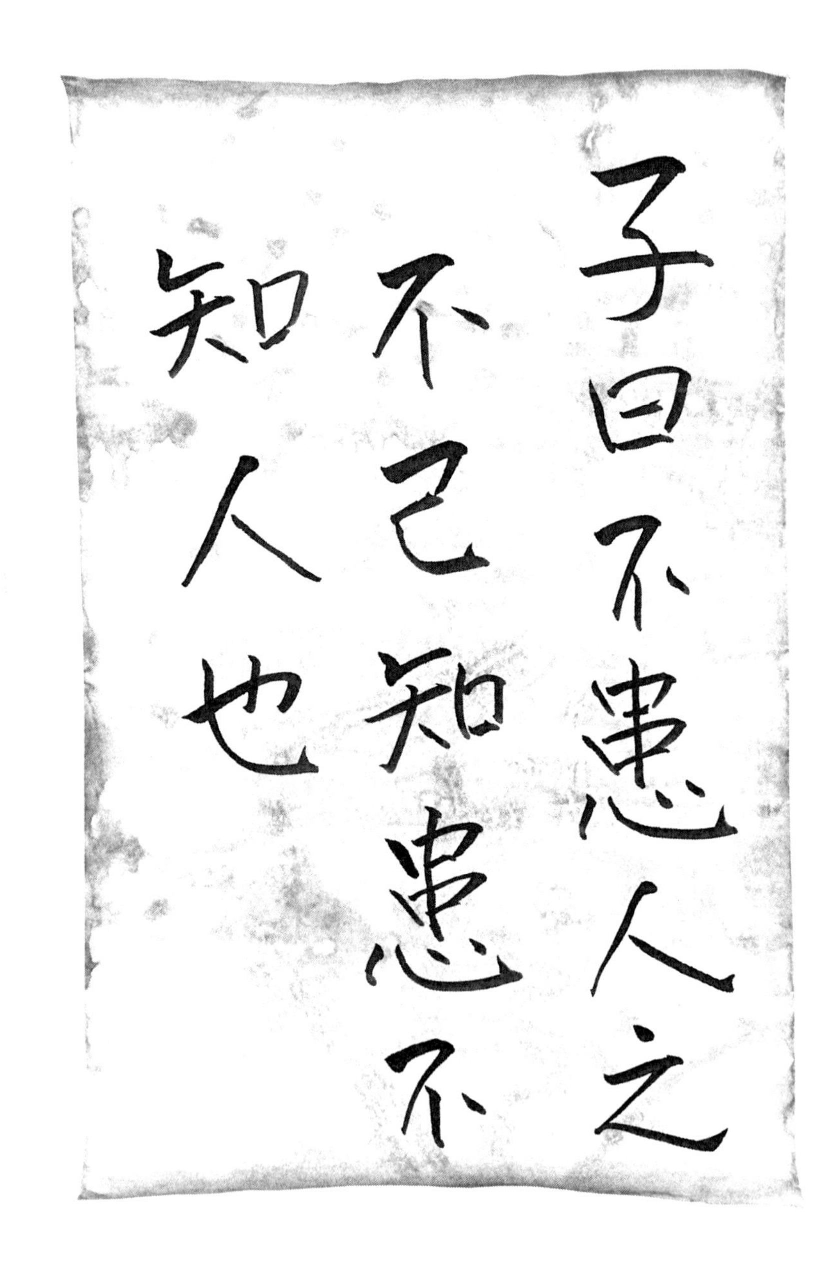
子曰不患人之
不己知患不
知人也

2

爲政篇과 청춘의 지혜

원문 子曰 爲政以德은 譬如北辰居其所어든 而衆星共之니라

자왈 위정이덕 비여북진, 거기소 이중성공지

풀이 공자가 말했다. 나라를 다스림에 덕으로써 하는 것은 비유컨대 북진(=북극성)[10]이 제자리에 머물러 있으면 많은 별들이 그에게로 향하는 것과 같은 이치이다.[11]

지혜 나라를 다스림에 있어서는 누구나 바라보고 지킬 수 있는 원칙이 있어야 한다. 정치를 펴나가는 데 기준으로 삼을 수 있기 때문이다. 처음 원칙을 세우는 일은 매우 힘들다. 만약 그 원칙을 제시하는 어떤 사람이 자신이 북극성이라고 외치면서 등장하게 된다면 공동체는 혼란에 휩싸이게 된다. 또한 확고한 북극성이 지위를 가지고 있다고 하더라도 고정된 그 위치에 있으면서 주변 별들을 괴롭히는 것을 자신의 정체성으로 삼는다면 그것도 큰 문제이다. 모든 사람이 따라야 할 원칙이 있음을 전제하되, 그 원칙도 주변의 작은 원칙들을 필요로 하며 그 원칙을 지키는 많은 사람들이 있을 때 의미가 있다는 점을 간과해서는 안 된다.

---

10) 여기서 북진은 북극성을 말한다.

11) 여기서 '居其所'란 북극성을 중심으로 성좌를 이루는 별들이 일주 운동을 하지만, '고정적인 위치'에 있다는 뜻이다.

원문 子曰 詩三百을 一言以蔽之하니 曰思無邪니라

자왈 시삼백 일언이폐지 왈사무사

풀이 공자가 말했다. 『詩經』에 실린 3백편의 시를 한 마디로 단정한다면 그것은 간사함이 없는 것이다.

지혜 시는 일정한 운율(韻律)에 따라 자신의 마음을 읊은 말로 된 노래이다. 흥에 겨운 노래도 형식에 맞아야 한다. 마음을 노래한 시는 인간의 가장 내면의 세계를 가감 없이 표출해낸다. 이 시가 길지는 않지만 감동을 주는 것은 담백하기 때문이며, 남에게 보여주기 위한 것이 아니기 때문일 것이다. 요새는 원고료 받고 시를 쓰는 경우도 있다고 하지만 대개의 경우 마음의 상태를 표현하는 중요한 수단인 것이다.

원문 子曰 道之以政하고 齊之以刑이면 民免而無恥니라 道之以德하고 齊之以禮면 有恥且格이니라

자왈 도지이정 제지이형 민면이무치 도지이덕 제지이례 유치차격

풀이 공자가 말했다. 정치로서 도리를, 형벌로서 질서를 바로 잡으려고 하면, 백성들은 형벌을 면할 수는 있으나 부끄러워함은 없을 것이다. 덕으로서 도리를, 예로서 질서를 잡으려 하면, 백성들은 부끄러워함이

있고 또한 격조 있게 될 것이다.

지 혜 정치와 형벌과 같은 유형의 제도보다는 덕과 예의 무형의 도리가 더 중요함을 얘기하고 있다. 장발장[12]의 예를 생각해보자. 먹을 것이 없어서 성당의 금촛대를 훔치게 되었다. 나중에 그것이 훔친 것이라는 것이 발각되자 경찰은 그 금으로 만든 촛대를 들고 장발장이 훔친 장소로 지목한 성당으로 가져가서 주임사제에게 그것을 건네려하자 그 사제는 "내가 선물로 준 것이오"라고 말했다. 만약 곧이곧대로, 이른바 법대로 그 사제가 경찰에게 "그게 바로 내가 잃어버린 촛대 맞소"라고 증언했다면 장발장은 결국 형벌을 받게 될 것이다. 하지만 장발장의 좋은 심성을 알고 있던 그 사제의 포용하는 마음에 감동을 받은 장발장은 개심을 하고 착한 사람으로 돌아왔던 것이다.
법과 형벌은 사회를 움직여나가는 도덕의 최소한이다. 법과 형벌로서 모든 것을 다 해결하려고 하면 이 세상이 송사로 얼룩지고 말 것이다. 그렇지 않아도 우리나라는 전 세계에서 소송쟁의가 가장 많은 나라 중의 하나이다. 우리는 법에 명문화하지 않은 마음속의 도덕률을 모두

---

12) 장 발장(Jean Valjean)은 프랑스의 소설가 빅토르 위고(Victor Hugo)의 장편소설 『레미제라블』(Les Miserables)의 주인공이다. 작자는 이 인물을 통하여 빵 한 조각을 훔친 죄로 19년간 감옥살이를 하고 나온 자가 한 司祭의 자비심으로 선악에 눈뜨게 되고, 사회에 항거해 가면서 고민하다가 점차 순화되고, 聖化되어 죽음에 이르러서 비로소 완전한 자유를 찾게 되는 영혼의 과정을 묘사하였다. "장발장", 『네이버 지식백과』, 2015.9.22.

가지고 있다. 그것을 양심이라고 말하는데, 거의 대부분은 그 양심에 따라 행동해야 한다. 지나치거나 현격하게 벗어나거나 상대방이나 공동체 전체에 심대한 위험이 될 때 법에 따라 제재를 받는 것이 마땅하다.

원문 子曰 吾十有五而志于學하고 三十而立하고 四十而不惑하고 五十而知天命하고 六十而耳順하고 七十而從心所欲하되 不踰矩니라

자왈 오십유오이지우학 삼십이립 사십이불혹 오십이지천명 육십이이순 칠십이종심소욕 불유구

풀이 공자가 말했다. 나는 15세 때 학문에 뜻을 두었고(=志學), 30세가 되어서는 일어섰고(=而立), 40세가 되어서는 미혹(迷惑)됨이 없었고(=不惑), 50세가 되어서는 하늘의 천명을 알게 되었고(=知天命), 60세가 되어서는 자연스럽게 아로새겨 들을 수 있었고(=耳順), 70세가 되어서는 마음 가는 대로 해도 법도(法度)를 벗어남이 없었다(=從心所欲).

지혜 나이가 들어감에 따라 어떤 태도로 학문을 하고 처세를 해야 하는지에 대한 가르침이다. 공자 나이 15세 때 학문을 해야겠다는 뜻을 두었고, 30세가 되어서는 배우고 익힌 것을 토대로 일어섰고, 40세가 되어서는 스스로의 정체성을 분명히 해서 다른 사람의 잘못된 제안에 추호의 미혹됨이 없었고, 50세가 되어서는 하늘의 천명을 알게 되었고,

60세가 되어서는 자연의 풍파와 인간의 거친 주장에도 자신의 본분에 따라 거칠게 반응하는 것이 아니라 자연스럽게 아로새겨 들을 수 있었고, 70세가 되어서는 마음 가는 대로 해도 법도를 벗어남이 없었다.
오늘날에도 이런 인생수련의 여정은 통용될 수 있을 것이다. 현대의 도덕성을 높이려는 노력은 많은데, 그 중에서 연령의 변화를 토대로 한 이론으로는 발달심리학(developmental psychology)이라는 분야가 있다.[13] 이 이론에 따르면 연령이 높아짐에 따라 마치 세포가 분열되는 것처럼 하늘이 인간의 지성에 부여해 준 주름진 품성이 점차 제 모습으로 분화되어 발달한다고 보는 것이다. 환경과 개인 심성의 상호작용에 따라 더 강화될 수도 있고 더 약화될 수도 있는 것이다.
공자의 연령대별 수행방법에서 우리는 몇 가지 특징을 생각해볼 수 있다. 먼저 맨 처음 무엇인가를 시작할 때 공부를 목표로 했다는 점이다. 사업이나, 운동, 또는 음악을 먼저 할 수도 있었을 텐데 왜 하필이면 공부를 먼저 시작해야 한다고 했을까. 여기서 말하는 공부는 기존의 진리를 겸허한 마음으로 배우겠다는 의미로 이해해야 한다. 즉 사업이나

---

13) 발달심리학이란 인간의 생애를 통하여 심신의 성장 · 발달 과정을 심리학 이론을 배경으로 연구하는 심리학의 한 분야이다. 넓은 뜻으로는 개인적인 발달(개체발생)의 연구뿐 아니라 계통발생의 연구도 포함된다. 즉 동물로부터 인간으로의 생물학적 진화, 원시인으로부터 문명인으로의 민족학적 발전, 정상인으로부터 정신이상자로의 병리학적 퇴화 영역까지도 포함되며, 발달의 일반법칙을 연구하는 것이다. "발달심리학", 『네이버 지식백과』, 2015.9.22. 검색.

운동 또는 음악 등의 학문이나 인생의 세부 주제 중의 하나가 아닌 것이다. 일차적으로는 생업으로서의 사업이나 운동, 음악을 하겠다고 하면 거기에 맞는 객관적 지식을 깨우치는 공부를 말하는 것이고, 더 본질적으로는 덜 갖추어진 원목과도 같은 자신의 몸과 마음을 깨우치겠다는 공부를 동시에 말하는 것이다. 결국 배우겠다는 생각은 자신이 부족하다는 것을 전제하는 것부터 시작되는 것이다. 여기서 우리는 공자의 겸손함을 발견할 수가 있다.

40대의 불혹은 의미심장하다. 인생 40이면 가정을 꾸리고 자식들이 입지를 해야 할 시점, 즉 자식들의 앞날까지 생각해야 하는 매우 책임 있는 시기가 된다. 대인관계도 그 혈기에 따라 왕성하게 일어날 시기이다. 주변사람들로부터 무엇을 도모해보자든가 무엇인 좋다 나쁘다 또는 어떤 사람이 좋다 나쁘다는 등의 얘기를 듣게 되는데, 이때 자신이 처한 상황과 역량을 고려하지 않고 무턱대도 응하는 경우가 생길 수 있다. 이렇게 되면 그 당사자뿐만 아니라 같이 엮여 들어가는 상대방, 그리고 온 가족들이 같이 피해를 보게 된다. 주로 그런 일이란 사치와 허영심 등의 말초적 심리의 만족을 위한 것이 많기 때문에 사회 전체로 볼 때도 사회악이다. 누군가 좋은 게 있다고 해도 "고민해보겠습니다"라고 하는 신중함이 자기를 살린다는 점을 결코 잊어서는 안 된다.

60이 되어 이순의 상태도 의미심장하다. 회갑이 넘게 되면 인체의 많은 부분들의 기능이 쇠약해진다. 눈, 귀, 이빨, 관절, 뇌 등이 가장 큰 변화를 겪게 된다. 그래서 여유있는 사람들은 백내장 수술도 하게 되고, 보청기도 끼고, 임플란트 수술로 이빨도 보강하고, 인공관절을 끼워서 관절도 보강하게 된다. 그런데 뇌는 너무 복잡해서 현대 최첨단의 의학기술로도 대체하거나 보강할 수 있는 수단이 많이 제한되는 것 같다. 우리는 이 시점에서 회갑이 넘는 인간에게 주는 하늘의 이치가 무엇인지 곰곰이 생각해볼 필요가 있다. 눈이 어두워지는 것은 많이 보지 말라는 것이 아니겠는가. 그리고 귀가 어두워지는 것은 웬만하면 듣지 말라는 것일 게다. 이빨이 좋지 않은 것은 성긴 음식을 먹지 말라는 뜻이고, 관절이 좋지 않은 것은 이곳저곳 기웃거리지 말라는 뜻일 게다. 뇌에 이상이 생겨서 치매가 걸리는 것은 인생 고해의 모든 영욕을 너무 많이 생각하지 말고 잊어먹고 살라는 것일 게다. 그러나 당사자가 되어 보면 다른 생각이 들 것이다. 그 고통이 이루 말 할 수 없을 때 수술을 받는 것은 있을 수 있다고 본다. 다만 자연의 섭리를 생각해 보건데, 욕심을 줄여야만 한다는 사실을 절대 잊어서는 안 된다. 회갑이 지나면서 모든 것은 줄이되 단 한 가지 늘려야 할 습관은 마로 그 줄이는 습관을 늘리는 것이다.

이렇게 인생을 항상 배우는 자세로, 겸손하게, 미혹됨이 없이 살고, 내려놓는 삶을 살고 나면 자연스럽게 모든 사람의 존경을 받을 정도로 원만한 인품을 갖게 된다. 다만 한 가지 유의할 점은 술을 마시면서 사람을 만나면 안 된다는 것이다. 아무리 고매한 인품을 갖추고 있는 사람이라도 술을 마시면 자신의 차가운 이성을 잃어버린다. 뜨거운 정욕이 노인의 온 몸을 불태우게 된다. 그렇게 되면 다른 모든 몸의 기능들이 비틀어지면서 결국 도덕적으로 붕괴되고 마는 것이다. 이른바 노망(老妄) 속으로 빠져들고 마는 것이다. 종심소욕이냐 노망이냐의 갈림길 한 가운데는 술이 항상 놓여있다. 그 술병을 선택하는 순간 곧장 노망으로 이르는 미끄럼틀을 타고 만다. 중간에 내릴 수도 없다. 모름지기 늙어서는 술을 멀리해야 한다.

원문 孟懿子問孝한대 子曰 無違니라 樊遲御러니 子告之曰 孟孫이 問孝於我어늘 我對曰 無違니라 樊遲曰 何謂也니잇고 子曰 生事之以禮하며 死葬之以禮하며 祭之以禮니라

맹의자문효 자왈 무위 번지어 자고지왈 맹손 문효어아 아대왈 무위 번지왈 하위야 자왈 생사지이예 사장지이예 제지이예

풀이 맹의자[14]가 효에 대해 문자, 공자는 어김이 없는 것이라고 대답했다. 번지[15]가 수레를 물고 있었는데, 공자가 말하기를 맹손씨(맹

14) 맹의자는 생몰미상이다. 춘추 시대 노(魯)나라 사람이다. 대부(大夫)를 지냈다. "맹의자", 『네이버 지식백과』, 2015.9.25. 검색.

15) 번지(BC 515~?)는 춘추 시대 魯나라 사람이다. 齊나라 사람이라고도 한다. 孔子의 제자로, 이름은 須이고, 자는 子遲다. 공자보다 36살 연하로, 비교적 공자의 측근으로 일을 했던 것으로 보인다. 일찍이 계씨(季氏)에게 벼슬했다. 공자의 수레를 몰았다는 기록이 『論語』 爲政篇에 나온다. 그가 관심을 가졌던 분야는 知와 仁의 문제였던 것 같은데, 그다지 총명한 제자는 아니어서 엉뚱한 질문, 예컨대 농사짓는 법이나 채소 가꾸는 법 따위를 공자에게 물어 小人이라는 비난을 듣기도 했다. 재치는 없었어도 비교적 성실하고 순박한 성격의 소유자였다. 송나라 眞宗 大中祥符 2년(1009) 益都侯에 추봉되었다. "번지", 『네이버 지식백과』, 2015.8.6. 검색.

의자를 말함)가 나에게 효에 대해 묻기에 나는 어김이 없는 것이라고 대답했다. 번지가 그것이 무슨 말인지 묻자, 공자가 대답하기를, 살아계시면 예로 섬기고, 돌아가시면 예로 장사지내고 예로 제사지내는 것을 말한다고 했다.

지 혜 효는 거꾸로 하는 사랑이다. 내리 사랑 즉, 부모의 자식사랑은 하늘의 이치이기 때문에 자연스럽게 받아들인다. 하지만 자식이 부모를 잘 섬기는 효도는 하늘이 인간에게만 내린 특별한 이치이다. 능력을 중시하는 진화론자들은 자식들이 부모봉양을 덜 하고 생계에 더 치중한다면 더 많은 부를 얻을 수 있을 것이고 그렇게 되면 자연스럽게 부모가 물려준 유전자를 더 강하게 후대에 물려줄 수 있을 것이라고 주장할 수 있을 것이다. 그러나 오히려 그렇게 될 경우 머리 좋고 강건한 아주 우수한 유전자를 물려받은 인간들끼리 살아가게 된다면 너무나 많은 갈등이 있게 될 것이다. 그런 분쟁까지도 잘 조절할 수 있는 현명함이 인간에게 있다고 강변할 수도 있지만, 현대 국제관계에서 끊임없는 분쟁과 갈등이 초 문명국들의 핵을 중심으로 한 패권 다툼이라는 점을 생각해보면 그러한 주장은 설득력이 없게 된다. 오히려 인간은 더디게 가더라도 함께 생존할 수 있는 진화의 길을 선택했는지도 모른다. 물론 거기에는 하느님의 섭리가 항상 함께 하고 있는 것이다.

여기서 효에 대한 공자의 가르침은 지키는 것이다. 전통으로 내려오는 부모에 대해 마땅히 해야 할 바를 지키는 것이다. 그것은 바로 부모의 늙음과 병듦과 죽음과 그리고 그 이후의 사후 영혼에 대해 전통의 예법대로 공경하는 마음을 가져야 한다는 것이다.

오늘날 우리 사회에 볼 때, 부모의 늙음, 병듦, 죽음에 이르는 과정에서는 대부분의 사람이 큰 차이 없이 따르는 것 같다. 그런데 죽고 난 뒤 그 영혼을 추도하는 데 있어서는 부자와 가난한 자 사이에는 엄청난 차이가 난다. 일부 돈 많은 사람들은 호화분묘는 말할 것도 없고, 아예 자신의 출세를 위해 소위 명당자리라는 곳으로 선조들의 묘를 이장하기도 하고, 공적을 기리기 위해 세워진 조상의 비석들 또한 명당자리로 모시는 과잉 효도가 판을 치고 있다. 공자가 개탄할 일이다. 모두 조상을 섬기는 의도가 아니라 자신의 출세를 위해 조상들의 묘지와 비석을 이용하는 작태라고 할 수 있다.

경남의 특정 지역에는 현대 한국의 초일류 그룹의 창업자들의 생가들이 많다. 견학을 위해 한 번 방문한 적이 있다. 한결같이 조선시대 거유들의 집안처럼 꾸며놓았다. 대문 앞에서부터 집안 기둥마다 고시조나 경전에서 뽑은 말로 치장을 해놓았다. 정체성에 맞지 않는 조상 현양 방식이다. 오히려 어려운 와중에서도 창업하게 된 초창기 기업의 사진이나 창업주의 일기장 등과 같은 소중한 유품들이 많을 텐데 그런 것들로 생가를 조성했다면 많은 방문자들에게 정말 깊은 감명을 주었을 것이다. 아쉬움이 많은 견학이었다.

원문 孟武伯問孝한대 子曰 父母는 唯其疾之憂시니라

맹무백문효 자왈 부모 유기질지우

풀 이 맹무백[16]이 효에 대해 묻자, 공자가 말하기를, 부모는 오로지 자식이 병들까 그게 걱정일 따름이라.

지 혜 부모가 자식이 병들까 걱정하는 것은 자연의 이치이다. 어떻게 하면 효를 행하는지를 답한 것이다. 여기서 두 가지로 해석될 수 있다. 우선 효란 글자 그대로 다른 일은 잘 하고 오직 자식의 질병만을 부모가 걱정하도록 하는 것으로 이해할 수 있다.[17] 원문 해석으로야 이렇게

---

16) 孟武伯은 孟懿子의 아들로서, 이름은 체(彘)이다. 춘추시대 노나라에 애공이 다스릴 때 맹무백이라는 대신이 있었다. 맹무백이 항상 식언을 일삼았으므로 애공은 그를 탐탁치 않게 여겼다. 어느 날, 애공이 연회를 베풀어 여러 신하들을 초대하였는데, 맹무백도 참석하였다. 그 연회에는 郭重이라는 대신도 참석하였다. 곽중은 체구가 매우 비대한 인물로, 애공의 총애를 받았기 때문에 평소에 맹무백으로부터 시기를 당하였다. 맹무백은 그에게 모욕을 줄 생각으로 "무엇을 먹고 그렇게 살이 찌셨소?"하고 물었다. 그 말을 들은 애공은 불현듯 기분이 나빠져서 "식언을 하도 많이 하니 살이 찌지 않을 수 있겠소(是食言多矣, 能無肥乎)"라고 곽중을 대신하여 대답하였다. 애공은 식언을 많이 하는 맹무백을 비꼬아 말한 것인데, 맹무백도 애공이 자신을 빗대어 말한 것임을 알고 몸 둘 바를 몰라 했다. 이 고사는 『좌씨전』의 애공25년條에 실려 있다. 여기서 유래하여 '食言而肥'는 자신이 한 말이나 약속에 대하여 책임을 지지 않고 거짓말이나 흰소리를 늘어 놓는 사람 또는 그러한 행위를 비유하는 고사성어로 사용된다. "맹무백", 『네이버 지식백과』, 2015.8.6. 검색.

밖에 이해되지 않는다. 그러나 당시 처한 특수한 사정이 있을지도 모른다. 예컨대 맹무백이 어렸을 적이나 대화 당시에 건강이 좋지 않았는지 가정해볼 수 있다. 그렇다면 공자는 자연스럽게 위와 같이 다른 사람들처럼 부모에게 물질로 봉양하려거나 입신출세하려고 하기 전에 우선 먼저 부모가 본인의 몸 걱정을 하지 않도록 해야 한다고 충분히 말할 수 있었을 것이다.

이와 같이 효란 일정하게 정해진 행위양식이 있는 것이 아니라고 볼 수 있다. 부모의 마음을 편하게 하고 정성으로 대하면 그것이 곧 효도인 것이다.

원문 子游問孝한대 子曰 今之孝者는 是謂能養이니 至於犬馬하여도 皆能有養이나 不敬이면 何以別乎리오

자유문효 자왈 금지효자 시위능양 지어견마 개능유양 불경 하이별호

풀이 子游[18]가 효에 대해서 묻자, 공자가 말했다. 대개들 효란 부모를

---

17) 朱子는 이 대목의 뒷부분에 대해 舊說을 인용하여 마치 부모가 자식 질병 걱정을 하게 하면 그 자식이 효를 다하는 것으로 오해할 수 있는 내용을 소개하고 있다. "자식이 부모로 하여금 자식이 不義에 빠지는 것을 근심하게 하지 않고, 오직 자식의 질병을 근심하게 하여야 孝가 될 수 있다"(人子能使父母 不以其陷於不義爲憂 而獨以其疾爲憂 乃可爲孝 亦通). 成百曉, 앞의 책, p.38.

18) 子游(BC 506~?)는 춘추 시대 吳나라 사람. 孔子의 제자로, 성은 言이고,

잘 먹이고 잘 입히는 것으로만 알고 있지만 사람들이 개나 말도 먹이거늘, 공경하는 마음이 없으면 개나 말을 먹이는 것과 무엇이 다르겠는가?

지 혜 진정한 부모에 대한 효도가 무엇인지를 생각해보자. 부모에게 아침, 점심, 저녁 끼니를 잘 챙겨드리거나 아니면 때마다 호텔이나 유명한 맛집으로 모시고 가서 맛있는 음식을 대접하는 것으로 부모에 대한 효도의 전부로 생각하면 안 된다. 가난한 자식이 맛있는 음식을 부모에게 대접하면, 그 부모는 오히려 긴장하게 된다. 왜냐하면 자기 자식이 자신에게 이렇게 값비싼 음식을 대접하다니 혹시 가계에 축이나 나지 않을까 생각할 수도 있기 때문이다. 아니면 그랬다가 집에 돌아가서 며느리한테 빈축을 사지 않을까 아들 걱정으로 노심초사할 것이다.
진정한 공경하는 마음으로, 보리밥에 된장국, 그리고 호박잎과 풋고추 몇 개를 상에 올린다면, 부모는 기쁜 마음을 간직할 것이다. 공경하는 마음은 매우 주관적이기 때문에 특별한 기준은 없다. 우선 얼굴을 밝게 하고, 말씨를 곱게 하면서, 옛날 그 음식과 관련된 추억을 자연스럽게

이름은 偃이며, 자유는 그의 자다. 공자보다 45살 연하였고, 20여 살부터 관직 생활을 했다. 武城의 재상이 되어 禮樂으로 정치를 펼쳤다. 孔門十哲의 한 사람이다. 顔淵, 子夏와 함께 공자가 가장 아낀 제자였으며, 학문에 밝았다고 한다. 공자가 무성을 지나갈 때 현가(弦歌)를 듣고 기뻐했다. 『논어』와 『예기』에 그에 관한 기록이 보인다. 송나라 진종(眞宗) 대중상부(大中祥符) 2년(1009) 단양공(丹陽公)에 추봉되었다("자유", 『네이버 지식백과』, 2015.8.6. 재인용)

같이 애기한다면 그것이 공경하는 마음의 표현이 될 수 있을 것이라고 생각한다. 해장국집에서 밥을 먹고 있는데 상관의 부부가 식사하러 왔을 경우, 얼마 되지 않는 밥값을 대신 지불해주는 것은 비리라기보다는 오히려 미덕에 가깝다. 그것을 청렴이라고 자랑삼아 애기하는 것은 예가 아니다.

원문 子夏問孝한대 子曰 色難이니 有事어든 弟子服其勞하고 有酒食어든 先生饌이 曾是以爲孝乎아

자하문효 자왈 색난 유사 제자복기로 유주식 선생선 증시이위효호

풀이 자하가 효에 대해 묻자, 공자가 말했다. 몸의 상태를 모두 살피기는 어려우니, 일이 있으면, 그 어려운 일에 대해 고민하기 보다는 술과 밥이 있으면 드시게 하는 것을 일찍이 말하는 효라고 볼 수 있지 않겠는가라고 답했다.

지혜 부모에 대한 물질봉양의 방도를 애기하고 있다. 여기서 '色難'에서 '色'을 '몸의 상태'라고 번역했다. '일이 있으면'은 몸이 아프거나 다치는 경우를 말한다. 몸의 양태에는 우선 얼굴빛이 있는데, 근심어린 표정과 밝은 표정 등 얼굴에서 나타나는 제반 모습을 말한다. 눈동자의 양태도 있다. 눈동자의 흰자위가 누렇게 되면 간(肝)에 문제가 있고, 눈가에 경련이 일면 시력이 나빠질 징조이다. 심지어 변의 색깔도 특징을 가지고

있다. 건강이 좋지 않으면 소변의 색깔이 진하고, 대변은 설사나 변비가 올 수 있다. 심지어 부모의 말의 양태도 생각해볼 수 있다. 평상시보다 말이 어눌하게 되면 뇌에 문제가 있는 것이다. 흔히 치매라고 하는 병에 걸리면 기억조차 못하고 표출되는 언어가 상황과 대상에 맞지 않는 경우가 많다.

이와 같이 부모의 몸 상태를 모두 고려해서 거기에 맞게 효도하는 것은 매우 어려운 일이다. 옛날 임금이 몸이 좋지 않으면 변의 맛을 직접 보기도 했다고 한다. 외양만으로는 모든 것을 진단할 수가 없기 때문이다. 요즈음에는 여러 가지 정밀진단을 하기 위한 분석법이 있기 때문에 그러한 비위생적인 방법은 동원되지 않지만 그 정성만은 배울 필요가 있다. 부모가 병이 들거나 다치게 될 경우 부모가 어떤 모습을 보이는지 외양을 살펴서 어떻게 효를 행할 것인지를 생각하지 말고 생활 속에서 마시고 먹고 할 수 있는 것이 있으면 드시게 하는 것이 효라는 것이다. 이와 같은 방법은 간명한 효행의 개략적인 방도이다. 하지만 의학기술이 발달한 요즘에는 질병의 종류에 따라 음식을 조절해서 할 필요가 있다. 예컨대 당뇨병에 걸린 부모에게 단맛 나는 음식을 많이 드린다거나 돼지고기 드리고 난 뒤에 몸 마르다고 냉수를 드린다거나 수술하고 난 뒤에 아직 방귀도 나오지 않았는데 생선회나 육회와 같은 성긴 음식을 드리는 것 등은 삼가야 한다. 또한 대부분의 약은 입에 쓴데 먹기 싫다고 해서 권하지 않으면 안 된다.

원문 子曰 吾與回言終日에 不違如愚러니 退而省其私한대 亦足以發하나니 回也不愚로다

자왈 오여회언종일 불위여우 퇴이성기사 역족이발 회야불우

풀이 공자가 말했다. 내가 회(回)와 더불어 온종일 이야기를 하였으나, 어리석은 것 같이 내 말을 거역하지 않았는데, 물러간 뒤에 그 사생활을 살펴보니 충분히 활발하니 회는 어리석지 않도다.

지혜 안회는 공자의 애제자이다. 자신이 존경하는 사람 앞에서 무슨 할 말이 있다고 하더라도 특별히 대답을 하지 않는다고 해서 어리석은 것은 아니다. 나서지 말아야 할 때 자신이 조금 아는 것을 조금 살을 더 보태어 이렇다 저렇다 얘기하고 돌아다니면 그것만큼 어리석은 것이 없다. 하루 종일 어떤 사람과 얘기를 하면서 듣기만 잘 해도 분별없이 대답하는 것보다는 나은 때가 많다. 나도 개인적으로 어떤 존경하는 분과의 대화에서 이러한 점을 느낀 적이 있다. 한 가지를 물으시면 두 개나 세 개 정도 관련되는 얘기를 답변 드린 것 같다. 그것이 오히려 더 친절하게 연세 드신 분을 잘 모시는 것으로 생각했었다. 그런데 지금 생각해보면 오히려 진중하게 듣고 천천히 "잘 알겠습니다"라고만 답변을 하는 것이 적절했다고 생각한다. 아무 말 없이 한 동안 같은 공간에서 각자 할 일을 하면서 머무를 수 있을 때 자연스럽고 친하고 오히려 더 배려하는 관계일 수 있다.

원문 子曰 視其所以하고 觀其所由하여 察其所安이면 人焉廋哉리오 人焉廋哉리오

자왈 시기소이 관기소유 찰기소안 인언수재 인언수재

풀이 공자가 말했다. 그 하는 것을 보고 그 이유를 살피어 그 편안함을 알게 되면, 사람들이 어떻게 자신을 숨길 수 있겠는가? 사람들은 자신을 숨길 수 없으리라.

지혜 사람의 행동거지와 의도, 그리고 생활의 편안함을 잘 살펴보면, 그 사람이 진정으로 행복한지 아닌가를 알 수 있다. 행복하지 않은 사람은 행동거지와 생활 속의 여러 가지 모습에서 곧바로 드러나게 되어 있다. 막 결혼한 신혼부부의 얼굴에는 설렘의 모습이 드러나고, 집장만한 부인의 모습에는 보금자리 안주의 행복감이 드러난다. 자녀들이 직장에 취직하면 부모 얼굴에는 보람의 모습이 드러난다. 손자와 손녀가 밥 먹는 모습을 보고 있는 할아버지와 할머니의 얼굴에는 언제나 온화한 행복이 느껴진다.

원문 子曰 溫故而知新이면 可以爲師矣니라

자왈 온고이지신 가이위사의

풀이 공자가 말했다. 옛것을 익히고 새것을 배우면, 능히 남의 스승이

될 수 있느니라.

지 혜 스승이란 남을 가르칠 수 있고 모범이 되는 것이다. 그 스승은 하늘에서 어느 날 갑자기 떨어진 것이 아니다. 계속해서 묻고 배우고 하는 과정에서 터득한 진리를 가르쳐주는 것이다. 진리를 터득하는 과정이란 곧, 옛것을 버리지 않고 나의 것이 되도록 마치 닭이 계란을 품듯이 따뜻하게 간직해야 한다. 그 속에서 새로운 정보를 걸러서 제자리에 맞게 수용한다면, 능히 다른 사람을 가르칠 수 있는 것이다. 곧 훌륭한 스승이 될 수 있는 것이다.

원 문 子曰 君子는 不器니라

자왈 군자 불기

풀 이 공자가 말했다. 군자는 그릇처럼 국한되지 않는다.

지 혜 군자는 하나의 형체로 국한된 것은 아니다. 한 가득 차게 되면 연방 더 큰 그릇의 크기가 될 수도 있는 것이다. 군자의 삶은 하나의 이념에 구속되지 않는다. 깊은 계곡을 가다보면 집 없이 기어다니는 아주 큰 민달팽이를 보게 된다. 아마도 큰 자연이 자신의 삶의 터전이자 보호자이기 때문일 것이다.

달팽이는 아주 느리다. 중학교 3학년 때 친구들이랑 고향에 있는 옥천사에 놀러가다 보았던 민달팽이의 모습이 지금도 눈에 선하다. 그런데 요새는 민달팽이가 눈에 잘 안 띈다. 달팽이에게서 느리지만 진중한 군자의 모습을 떠올린다.

원 문 子貢問君子한대 子曰 先行其言이요 而後從之니라

자공문군자 자왈 선행기언 이후종지

풀 이 자공이 군자에 대해 묻자 공자가 말했다. 군자는 말에 앞서 먼저 행하고, 행한 후라야 말하느니라.

지 혜 말과 행동의 관계에 대한 가르침이다. 흔히 촐랑대는 사람보고 말이 앞선다고 한다. 사실 나도 이런 소리를 종종 듣는다. 호기심이 많아 이곳저곳으로 기웃대다보니 하고 싶은 일들이 많다. 그런데 꼼꼼히 따져보게 되면 말할 시점을 놓치는 것만 같아서 일단 말부터 해놓고 보는 잘못된 습관을 가졌었다. 이게 아니지 싶으면서도 늘 실수를 한다. 행하는 것이 힘들면 아예 말도 하면 안 되는 것이다. 그렇게 되면 결국 푼수가 되고 만다.

말과 행동의 관계에 대해서는 다른 중요한 용어가 있다. 언행일치(言行一致)가 그것이다. 앞의 가르침이 말과 행동의 순서에 관한 것이라면 언행일치는 그 내용과 맥락이 일관성을 가져야 한다는 것이다. 말은 A로 해놓고 행동은 B로 하면 안 된다는 것이다.

원문 子曰 君子는 周而不比하고 小人比而不周니라

자왈 군자주이불비 소인비이부주

풀이 공자가 말했다. 군자(君子)는 두루 사귀어 편협되지 아니하고, 소인(小人)은 편협되어 두루 사귀지 못한다.

지혜 군자는 보편적이라 세계 어디에도 다 통한다. 소인은 편협되어 자기만의 세계에 빠져서 다른 사람과 소통할 줄을 모른다. 나이가 많고 지위가 높다고 해서 소인이 아닌 것은 아니다. 후배보다 더 옹졸한 생각을 가지고 있으면서, 후배를 시기 질투한다면 그 또한 소인이다. 선생이 제자들을 잘 포용하지 못하고 제자에게 서운한 감정을 잊어버리지 않고 매사에 트집을 잡는다면 그 또한 소인이다. 이 점에서 나는 반성할 점이 많다.

오래 전의 일이 아니다. 학과장을 할 때의 일인데, 몇 가지 행사도 주관해서 했고, 수업이외로 행정적인 일로 참으로 많은 일을 한 것 같다. 가장 인상 깊었던 일은 교육부의 교원양성기관평가라는 것이 있는데 그 3주기 평가를 아주 성공적으로 받았다. 우리 학과에서는 학부와 교육대학원 과정이 해당되는데, 우리 학교에서는 다른 1개 학과와 함께 가장 높은 점수를 받았다. 그 결과 행정실에 건의하여 학부생들을 위한 독서실(4학년 임용시험준비실)도 지원받을 수 있었다.

또한 학과 창설 30주년 행사도 기획해서 했다. 하지만 30주년 행사는 기대 이하였다. 왜냐하면 동문회와 학과 자체의 기금이 없었기 때문이었다. 그래서 당시 통일부의 후원으로 내가 참여하고 있던 '통일공론화사업'이라고 하는 프로젝트의 일환으로 그 예산의 지원을 받아서 실시하게 되었다. 초청대상자가 졸업생과 경남 일원의 초중등 교사, 그리고 통일교육위원 등 다양한 분들이 한꺼번에 참여하다보니 학과 자체의 30주년 행사는 그 취지가 묻히게 되었고, 동시에 은퇴하신 원로교수님들에 대해서도 관심이 부족하게 되었다. 더욱이 노력 봉사한 학부생들의 뒤풀이 식사 자리에도 참석하지 못했다. 왜냐하면 예산을 지원해준 통일부 고위공직자와 저녁식사를 해야만 했기 때문에, 당시 조교선생에게 50만원을 주면서 봉사한 학생들에게 저녁 식사 사주라고 부탁만 했던 것이다. 나중에 학생들은 부려먹기만 하고 내가 밥도 한 끼 안사준 것으로 생각하고 대단히 서운했었던 것 같다. 그리고 행사 진행 중에 여러 가지 상황 조치를 하느라 지적하는 일이 있었는데, 야단을 받은 학생들은 마음에 상처가 컸던 것 같았다.

그 행사가 끝나고 학생들의 분위기가 약간 이상한 것을 느꼈다. 그러던 어느 날 어떤 남학생이 학과사무실에서 양말도 신지 않고 슬리퍼를 신은 채로 체육복을 입고 있는 것이었다. 조교선생이 어느 정도 조정을 해주는 것이 마땅했었는데, 내가 월권을 행사한 것도 같다. 어떻든 나는 당장 그 학생을 불렀고, 그 학생의 잘못을 꾸짖었다. 그랬더니 그 학생은 기다렸다는 듯이 그동안 나에 대해 가졌던 불만을 자신의 경험뿐만 아니라 다른 학부생들의 불만까지 합쳐서 풀어놓는 것이었다. 내 연구실 의자에 앉아서 말하는 그 자세이며 말하는 태도 모두 불량하기 짝이 없었다. 그 학생의 말 중에 사실과 맞는 부분도 있었지만, 그렇지 않은 점도 있었다. 일일이 해명하고 싶은 생각조차 들지 않았다. 너무나 서운했기 때문이다.

그동안 나는 군대 다녀오는 학생들을 위해서는 학기마다 축구 한 게임하고 밥도 같이 먹으면서 격려해주었고, 가정이 어려운 학생을 보면 개인적으로 용돈을 아껴서 장학금을 제공해주기도 했었는데 모든 것이 배반당한 느낌이 들었다. 당시 나는 선생으로서의 자괴감마저 들어서 며칠동안 잠을 이룰 수가 없었다. 나중에 그 학생 뒤에서 누가 동조를 했고 또 누가 부추겼는지 모두 알게 되었다. 그리고 그 무렵 연구동의 입구에 있는 아크릴로 제작된 내 명패가 없어진 일이 있는데, 그들 중 누군가에 의해 자행된 것도 알고 있다.

지금 생각해보면 우선 내 잘못이 컸다. 학생들마다 요구하는 바가 다 다르고 그 환경도 다르고 내가 초청한 행사에 모두 참석한 것도 아니었던 것이다. 무엇보다도 학생들도 성인들이다. 침해받고 싶지 않은 자존심과 고유영역이 있다는 사실을 망각했던 것이다. 가장 기본인 수업에 충실히 임하는 것이 제일 중요했던 것이다. 나는 연구중심의 대학원에 더 중점을 두었던 터라 학부학생들에게 소홀했던 것 같다. 또한 약간의 도움을 주긴 했어도, 왼손이 하는 일을 오른손이 알게 하려고 했고, 또 그것을 생색내려했던 것 같다. 모두가 나의 잘못에서 비롯되었다는 것을 알게 되었다.

하지만 나의 큰 잘못에도 불구하고 여전히 그 문제의 졸업생과 그를 부추긴 사람에 대해 서운한 감정이 남아있는 걸보면 아직도 나는 소인배

임에 틀림없다.

원문 子曰 學而不思則罔이요 思而不學則殆니라

자왈 학이불사즉망 사이불학즉태

풀이 공자가 말했다. 배우기만 하고 생각하지 않으면 어지럽고, 생각하기만 하고 배우지 않으면 위험하다.

지혜 학문을 하는 연구방법론에 대한 가르침이다. 흔히 연구방법에는 양적 연구(quantitative research)와 질적 연구(qualitative research)가 있다. 양적 연구는 경험적 사례를 통해서 어떤 원리를 도출하는 것이고, 질적 연구는 연구자의 생각과 의도를 기준으로 그것이 현실에서 어떻게 구현되는지를 역으로 탐구하는 것이다. 여기서 '배움'(學)은 양적 공부를 말하고, '생각'(思)은 질적 공부를 말한다. 양적인 공부를 많이 하면서 자신만의 생각을 전제하지 않으면 자신의 기준이 명확하지 않기 때문에 어지럽다. 분간할 수 없다는 것이다. 이 이론을 보면 이해가 되는데, 갑자기 다른 이론을 보게 되면 이것도 저것도 다 헷갈리게 된다. 반면에 자기 혼자만의 생각을 기준으로 그것만이 옳다고 강조하면서 객관적으로 알려져 있는 경험이나 사실들을 탐구하지 않으면 독단에 빠지기 쉽다. 독단은 위험을 부를 수밖에 없다. 역사상 독재정치를 단행한 사람들은 대부분 자기만이 옳다고 생각하고 다른 사람의 의견을 듣지 않았기 때문에 빚어진 비극이다. 따라서 진정한 공부는 양적 공부와 질적 공부가 병행되어야 한다. 문구를 만들어보자면 진정한 학문의 방법은 학사병진(學思竝進) 또는 학사병행(學思竝行)이라야 한다.

원문 子曰 攻乎異端이면 斯害也已니라

자왈 공호이단 사해야이

풀이 공자가 말했다. 이단(異端)을 주로 공략하면 해로울 뿐이다.

지혜 어떤 일을 도모할 때 가장 중요한 것은 원칙을 준수하는 것이다. 왜냐하면 원칙은 과거의 모든 경험이 농축되어 있기 때문이다. 그런데 이 원칙의 길은 굳세기 때문에 그것을 따르는 것은 대단한 각오와 집념이 필요하다. 반면에 원칙을 벗어나는 길은 너무나 쉽고 달콤하다. 심지어 굳이 벗어나려고 하지 않고 각오와 집념을 가지지 않으면 자연스럽게 찾아오기도 한다. 이단의 길을 정통이 아니다. 편한 길만을 모아 둔 것이다.

하지만 인생의 길이 항상 원칙만이 통용되는 것은 아니다. 간혹 예외 상황이 발생한다. 예컨대 고속도로 주행을 자기 차선에 맞춰서 가야하기는 하지만, 중간에 공사를 할 상황에서는 차선을 넘어서 그 상황에 맞게 주행해야 한다. 인생의 대강은 원칙을 준수해야 하지만 간혹 그 상황에 맞게 변통할 수도 있어야 한다.

원문 子曰 由아 誨女知之乎인저 知之爲知之요 不知爲不知是知也니라

자왈 유 회여지지호 지지위지지 부지위부지 시지야

풀이 공자가 말했다. 유(由)야, 내 너에게 안다는 것이 무엇인지를 가르쳐 주겠다. 아는 것을 안다고 하고 모르는 것을 모른다고 하는 것이 진실로 아는 것이니라.

지혜 '앎'이란 진리를 말한다. 원시시대 이래로 내가 무엇인가를 모른다는 것은 위험에 처할 수도 있고, 굶주릴 수도 있다는 것을 암시한다. 반대로 무엇인가를 안다는 것은 내가 가질 수 있고, 느낄 수 있고, 더 나아가서 대비할 수 있게 하는 여유를 가져다준다. 그래서 안다는 것은 일상생활에서 매우 중요한 덕이다. 뿐만 아니라 도덕적으로도 안다는 것은 중요한 의미를 가지는데, 내가 뭘 잘못했는지를 알게 되면 똑같은 실수를 하지 않을 수 있다.

여기서 공자가 말하는 아는 것을 안다고 하고 모르는 것을 모른다고 하는 것은 진리를 향한 첫 출발점인 것이다. 모르는 것을 모른다고 하는 것 자체는 진리 자체일 수는 없다. 새로운 것을 알기 위한 전제가 되는 것이다. 아주 역설적이게도 서양 철학의 비조 소크라테스가 모른다는 것을 안다고 말했는데, 자구 상으로는 모순되는 것 같이 보이지만 그 뜻은 일맥상통한다. 공자의 가르침은 모르는 것을 모른다고 하지

않고 대강 넘어가게 되면 진리를 제대로 알 수 없다는 점과 잘 모르고서 아는 체 할 수도 있다는 점을 경계하는 것이다. 반면 소크라테스의 가르침은 내가 무엇을 대체 모른다는 것을 알아서 거기에 부합되는 진리를 받아들일 수 있을 것이라는 점을 강조하는 것이다. 그러니 다른 말 같은 뜻이라고 할 수 있다.

원문 **子張學干祿한대 子曰 多問闕疑요 愼言其餘則寡尤며 多見闕殆요 愼行其餘則寡悔니 言寡尤하며 行寡悔면 祿在其中矣니라**

자장학간녹 자왈 다문궐의 신언기여즉과우 다견궐태 신행기여즉과회 언과우 행과회 녹재기중의

풀이 자공이 녹을 구하는 방법을 배우려고 했다. 공자가 말했다. 많이 듣고서 의심나는 것을 빼버리고 그 나머지를 삼가서 말하면 허물이 적어지며, 많이 보고서 위태로운 것을 빼버리고 그 나머지를 삼가서 행하면 후회하는 일이 적어질 것이니, 말에 허물이 적으며 행실에 후회할 일이 적으면 록이 그 가운데에 있게 된다.

지혜 록(祿)은 녹봉(祿俸)을 말하기도 하고 행복(幸福)을 말하기도 한다. 요즈음 말로 다시 표현하자면 어떻게 하면 취직 잘 할 수 있는 것인지 또는 어떻게 하면 행복하게 사는 것인지에 대한 해답이다. 공자가

말하는 취직 잘 하는 법은 하는 말에 허물이 없고, 행실에 후회할 일이 없을 정도면 된다는 것이다. 우선 공자는 넓게 묻고 배워야 함을 강조한다. 세계 넓은 줄도 모르고 자기 나라만의 일로만 살아가려고 하지 말고 방학 동안에 여러 가지 프로그램을 활용해서 해외견학도 해봄직하다. 그리고 그렇게 해서 널리 보고 느낀 바를 토대로 그것을 다 말하는 것이 아니라 신중하게 걸러서 말하라는 것이다. 공자가 강조하는 말 잘 하는 비법은 고대 그리스의 소피스트들이 강조했던 웅변술이나 수사법 등에서 강조하는 유창성과 논리성이 아니라, 의심 없이 완전히 체득한 것만을 말하라는 것이다. 행함에 있어서도 본 바를 그대로 다 행하는 것을 권하는 것이 아니라 위태로움이 없도록 삼가야 함을 강조한다. 둘러 본 것 중에 혁신적인 일들도 많이 있을 것이다. 이 일을 하게 되었을 때 주변사람들이 위험에 빠지지 않을까 생각해보고 그렇다면 해서는 안 되는 것이다.

이와 같이 말과 행동에 절제됨이 있으면, 곧 그 사람은 취직도 잘 할 수 있고 취직을 하더라도 승진을 잘 할 수 있다는 것이다. 그것이 결과 인생을 행복하게 사는 길이다.

원문 哀公問曰 何爲則民服잇고 孔子對曰 擧直錯諸枉이면 則民服하고 擧枉錯諸直이면 則民不服이니라

애공문왈 하위즉민복 공자대왈 거직착제왕 즉민복 거왕착제직 즉민불복

풀 이 애공이 어떻게 하면 백성이 복종하게 되는지 물었다. 그러자 공자가 말했다. 정직한 사람을 등용하여 모든 정직하지 않은 사람들을 다스리게 하면 백성들이 복종하며, 정직하지 않은 사람을 등용하여 모든 정직한 사람들을 다스리게 하면 백성들이 복종하지 않게 된다.

지 혜 대국은 혼자서 통치할 수 없으므로 중간의 대소 관료들이 필요하다. 이때 최고 통치자가 개인적으로 자기가 안다고 해서 그 사람의 도덕적 올곧음을 따지 않고 등용해서 쓴다면 백성들은 복종하지 않을 것이다. 우선 정직하지 못한 관리는 자신의 곧지 못함을 곧은 원칙이라고 생각할 터이니 정직한 다른 모든 사람들에게 불편을 주게 될 것이다. 반면에 정직한 사람을 등용해 놓으면 법과 원칙을 바로 세울 수 있고, 백성들은 복종하게 된다. 본인이 정직하기 때문에 기존의 법과 질서를 중히 여길 것이고, 백성들은 법과 원칙 그리고 그 관리의 도덕성의 일관성을 보고 한결같은 복종을 하게 될 것이다. 여기서 중요한 것은 개혁한다면서 그 법과 원칙을 너무 자주 바꾸면 안 된다. 속도조절이 대단히 중요하다. 너무 빨리 개혁을 하는 것은 불법을 자행하는 것처럼 보일 수 있기 때문이다. 사전에 충분한 여론 수렴의 절차가 필요하고 그 원칙을 바꿨다고 하면 계속해서 일반 백성들이 알 수 있도록 계도해야 한다.

원 문 季康子問 使民敬忠以勸 如之何 子曰 臨之以莊則敬 孝慈則忠 擧善而敎不能則勸

계강자문 사민경충이권 여지하 자왈 임지이장즉경 효자즉충 거선이교 불능즉권

풀 이 계강자[19]가 백성으로 하여금 윗사람을 공경하고 충성하게 하며, 이것을 성실하게 잘 하게 하려는데, 어찌하면 되겠습니까라고 물었다. 그러자 공자가 말했다. 대하기를 장엄하게 하면 백성들이 공경하고, 효를 실천하고 사랑하면 백성들이 충성할 것이고, 이것을 실천하는 자를 등용하여 잘못하는 자를 가르치도록 하면 서로 권하는 분위기가 될 것이다.

지 혜 통치술에 관한 가르침이다. 백성들이 윗사람과 임금에게 변함없이 충성하게 하는 비책이다. 우선 윗사람이 먼저 행동거지를 바르게 하고 장엄하게 해야 한다. 촐랑댄다거나 원칙없이 왔다갔다 한다거나

---

19) 계강자(?~BC 468)는 춘추 시대 말기 魯나라 사람이다. 季孫斯의 아들이고, 季孫肥로도 불린다. 아버지를 이어 大夫가 되어 국정을 전담했다. 哀公 7년 노나라가 吳나라와 증(鄫)에서 회합을 가졌는데, 오나라 왕 夫差가 百牢를 쓰라고 강요하면서 준행을 요구했다. 그가 거절하고 회합에 나가지 않았다. 오나라 太宰 백비(伯嚭)가 부르자 子貢을 보내 거절했다. 齊나라가 여러 차례 노나라를 공격했는데, 冉有를 宰로 삼고 左師를 이끌고 나가 싸워 공을 세웠다. 나중에 孔子를 맞아 衛나라에서 노나라로 돌아오게 했지만 등용하지는 못했다. 시호는 康이다. “계강자”, 『네이버 지식백과』, 2015.9.22. 검색.

하는 등의 행동은 백성들에게 실망만 안겨줄 것이다. 또 윗사람이 스스로 효를 실천해야 따라 배울 것이며, 윗사람으로서 아랫사람을 사랑으로 베풀어주어야 백성들이 충성할 것이다. 평상시 이러한 삶을 실천하는 사람을 관료로 등용해서 쓰면 나라의 근본이 바로 서고 온 백성들도 집안에서부터 사회, 국가에 이르기까지 윗사람을 공경하게 될 것이다.

원문 **或謂孔子曰 子 奚不爲政 子曰 書云孝乎 惟孝 友于兄弟 施於有政 是亦爲政 奚其爲爲政**

혹위공자왈 자 해불위정 자왈 서운효호 유효 우우형제 시어유정 시역위정 해기위위정

풀이 혹자가 공자에게 묻기를 선생께서는 어찌하여 정사를 하지 않으십니까라고 했다. 그러자 공자가 말했다. 『詩經』에 효에 대해 이르기를 효하며 형제간에 우애하여 정사에 베푼다고 하였으니, 이 또한 정사를 하는 것이니, 어찌하여 벼슬해서 하는 것만이 정사라 할 수 있겠는가?

지혜 가정에서 효를 행하고 형제간에 우애가 깊은 것은 결국 정사를 통해서 얻고자 하는 목표를 선행해서 실천하고 있는 셈이다. 따라서 비록 작은 단위에서 효와 우애를 실천하는 것이지만 정사를 하지 않는다고 할 수는 없을 것이다. 더 큰 정사를 펼 때에도 효와 우애는 그대로 이어진다. 가정에서 어버이를 대하는 것은 나라 일을 할 때 군왕을

대하는 것이요, 가정에서 형제를 대하는 것은 동료들을 대하는 것과 같다.

원문 子曰 人而無信이면 不知其可也라 大車無輗하고 小車無軏이면 其何以行之哉리오

자왈 인이무신 부지기가야 대거무예 소거무월 기하이행지재

풀이 공자가 말했다. 사람으로서 신의가 없으면, 그 가함을 알 수가 없다. 큰 수레와 작은 수레의 바깥쪽 고정핀이 없다면 어떻게 먼 길을 갈 수 있겠는가?

지혜 대인관계에서 신뢰를 확보하지 못하면 같이 일을 도모하지 않으려고 할 것이다. 마치 수레바퀴의 양쪽 고정 핀이 없는 것과 같다. 아무리 큰 황소가 수레를 끈다고 해도 바퀴의 고정 핀이 제대로 꽂혀있지 않다면 수레는 얼마 못가서 금방 무너져버리고 말 것이다. 그렇다면 그 수레는 쓸모가 없게 되는 것이다. 신의는 바로 이와 같은 것이다. 얼굴도 반반하고 집안도 그만하면 됐다는 평판을 얻는 사람일지라도 어떤 일을 두 번도 채 하기 전에 다른 사람들에게 실망감을 안겨다 준다면 그 사람은 신뢰할 수 없는 존재가 된다.

원문 子張問 十世可知也잇가 子曰 殷因於夏禮하니 所損益을

可知也며 周因於殷禮하니 所損益을 可知也니 其或繼周者면 雖百世라도 可知也니라

자장문 십세가지야 자왈 은인어하례 소손익 가지야 주인어은례 소손익 가지야 기혹계주자 수백세 가지야

풀 이 자장이 열 왕조 뒤의 일을 미리 알 수 있습니까라고 물었다. 그러자 공자가 말했다. 은나라는 하나라의 예를 물려받았으니 그 차이를 알 수 있으며, 주나라는 은나라의 예를 물려받았으니 그 차이 또한 알 수 있다. 이후 주나라를 잇는 나라가 있게 되면 비록 백세 뒤라도 알 수 있을 것이다.

지 혜 무엇이 예법인가를 평가하는 명확한 기준이 있다면 과거뿐만 아니라 현재와 미래까지도 평가할 수 있다. 즉 열 왕조가 아니라 백 왕조 뒤의 일이라도 그 나라를 어떻게 다스리는 지를 살필 수 있다면 능히 평가할 수 있는 것이다. 어떤 나라가 경제에 거품이 끼어서 갑자기 망하는 경우가 있다. 최근 국가부도위기에 직면한 그리스가 그 대표적인 나라이다. 정책을 입안하는 사람들은 한결같이 상대편이 잘못해서 그렇다고 하고 국민들은 위정자들이 잘못해서 그렇다고 한다. 모두 남이 잘못했다고 한다. 국가 회생을 위해 빚을 빌려주는 나라들에서 그 나라에 각고의 노력을 할 것을 당부하지만 그리스 국내에서는 더 이상 국민들의 허리띠를 졸라매는 개혁은 수용할 수 없다고 극심한 항의 시위를 하고

있다. 쓰는 재미만 붙였지 절제하는 것은 모르는 사람들이다. 문제가 발생하면 근신하는 자세가 필요하다. 그리고 모든 것이 자신에게서부터 비롯되었다는 반성이 필요하다. 그럴 때만이 국가 재건은 이뤄질 수 있다. 똑같은 현상을 우리 대한민국 국민들도 겪었다. 갑자기 찾아온 민주화 분위 속에서 너도 나도 권리를 찾았다. 하지만 우리 대한민국은 달랐다. IMF 구제금융지원의 조건으로 제시된 여러 가지 방안들을 기꺼이 수용하면서 자발적인 구조조정을 단행했다. 얼마나 많은 실직자가 발생했는가. 비록 외국계 거대 자본들의 국내 기업사냥에 따라 희생된 억울한 사례들도 많이 있었지만, 그럼에도 불구하고 우리 국민들은 금모으기 캠페인을 벌이는 등 각고의 노력으로 그 위기를 조기에 극복해 냈다. 예방주사를 톡톡히 맞았던 셈이다.

원문 子曰 非其鬼而祭之는 諂也요 見義不爲는 無勇也니라

자왈 비기귀이제지 첨야 견의불위 무용야

풀이 공자가 말했다. 귀신이 아닌데 제사를 지내는 것은 아첨하는 것이요, 의를 보고도 하지 않음은 용기가 없는 것이다.

지혜 우리가 제사를 지낼 때에는 그 죽은 혼령을 불러서 거기에 대고 한다. 숭배 받아야 할 귀신이 존재하지도 않기 때문에 딱히 아첨하는 것도 아니다. 결국 무단히 제사를 지내는 것은 주변사람들에게 보여주기

위한 일종의 전시행정에 불과한 것이다. 어떤 일을 할 때 대상이 없는 제사라 할지라도 전혀 하지 않는 것보다는 낫다. 왜냐하면 제사에는 같이 동참하는 사람들과의 마음의 다짐을 제공해주는 역할도 있기 때문이다. 그 일을 자주 하게 되면 결국 가산만 축나게 될 것이다. 꼭 필요할 때 하는 것이 중요한 것이다. 물을 마시는 것이 좋다고 해서 10분마다 물 한잔씩 계속해서 마신다면 오히려 몸에 더 무리가 갈 것이다.

그런데 우리 주변에 불의의 장면을 보고서는 반드시 용기를 발휘해야 한다. 얼마 전 TV에서 교통사고로 자동차 앞 엔진 부분에 불이 솟아오르는 위험천만한 장면을 볼 수 있었다. 그 때 폭발의 위험을 무릅쓰고 시민 몇 명이 용감하게 뛰어 들어 운전자를 구출하고, 옆의 음식점 물 호스를 연결해서 119구조대원이 도착할 때까지 불을 진화하는 장면을 보았다. 이것이 바로 용기있는 올바른 시민의 모습이다.

子曰學而不思則罔思而不學則殆

3

八佾篇과 청춘의 지혜

원문 孔子謂季氏하시되 八佾로 舞於庭을 是可忍也면 孰不可忍也리오

공자위계씨 팔일 무어정 시가인야 숙불가인야

풀이 공자가 계씨(=계손씨)[20]를 두고 말했다. 팔일무[21]를 뜰에서 추게 하면 누군들 못하기야 하겠는가?

---

20) 季孫氏는 노나라의 權門勢家이다. 춘추시대 말기 노나라의 정권을 전횡한 삼환(三桓, 노나라 제16대 제후 환공의 후손)의 하나. 공자 시대 노나라의 권력을 장악했다. "계손씨", 『네이버 지식백과』, 2015.9.25. 검색.

21) 팔일무란 天子의 祭享 때 쓰이는 춤이다. 우리나라에서는 文廟·宗廟 제향에 쓰인다. 佾은 列을 의미한다. 일무는 지위에 따라 八佾舞·六佾舞·四佾舞·二佾舞의 네 가지가 있다. 팔일무는 한 줄에 8명씩 여덟 줄로 늘어서서 64명이 추며, 文舞와 武舞가 있다. 문무는 迎神·奠幣·初獻의 禮에 추며, 무무는 亞獻과 終獻에서 춘다. 문묘에서는 문무는 왼손에 약(籥), 오른손에 적(翟)을 들고 추며, 무무는 왼손에 방패[干], 오른손에 도끼[戚]를 들고 춘다. 종묘에서는 원래 육일무를 추었으나, 1897년에 팔일무를 채택하였다가 1910년부터 다시 육일무로 바꾸었고, 1960년대부터 전주이씨종친회에서 종묘제향을 부활하면서 다시 팔일무를 채택하여 현재에 이르고 있다. 문무는 왼손에 약, 오른손에 적을 들고 추며, 무무는 앞의 네 줄은 검(劍), 뒤의 네 줄은 창(槍)을 들고 춘다. "팔일무", 『네이버 지식백과』, 2015.9.22. 검색. 한편 조선조에서는 36명으로 구성된 육일무의 춤을 추었다가 고종의 稱帝建元 이후에 팔일무를 추었다고 한다. http://blog.daum. net/robustus/16887491, 2015.8.25. 검색.

지 혜 팔일무는 춤의 일종인데, 그것이 여덟 명이 기본이 되어 펼치는 것인지 아니면 가로 세로 여덟 명(총64명)이 동원되는 것인지는 정확히 알 수는 없다. 최소로 잡아 여덟 명이 동원되는 춤의 규모라고 하더라도 조그마한 집 뜰에서 억지로라도 그 춤을 추게 한다면, 누구든지 하긴 할 것이다. 하지만 그 모양새는 난장판이 되고 말 것이다. 그리고 그 춤을 통해서 얻고자 했던 품위와 정서는 처음부터 생각해서는 안 될 것이다. 이런 식으로 장난 비슷하게 만사를 처리한다면 온천하도 재미삼아 다스리는 것이 문제될 것이 하나도 없을 것이다. 아무렇게나 많은 것을 하는 것이 중요한 것이 아니라 아무리 규모가 작다고 하더라도 제대로 하는 것이 중요한 것이다.

원 문 三家者以雍徹이러니 子曰 相維辟公하고 天子穆穆을 奚取於三家之堂잇고

삼가자이옹철 자왈 상유벽공 천자목목 해취어삼가지당

풀 이 삼가[22]에서 제사를 마치고 『시경』의 옹(雍)장을 노래하면서 철상하였다.[23] 공자가 이에 대해 말했다. 제후들이 제사를 돕거늘 천자는

---

22) 삼가란 노나라 대부인 맹손, 숙손, 계손의 세 집안을 말한다. 맹손과 계손에 대해서는 앞에서 언급하였다. 여기서 숙손씨는 노나라의 권문세가(權門勢家)로서 춘추시대 말기 노나라의 정권을 전횡한 삼환(三桓: 노나라 제16대 제후 환공의 후손)의 한 집안 사람이다.

엄숙하게 계신다는 가사를 어찌해서 삼가의 당에서 취해 쓸 수 있겠는가?

지 혜 천자에 대한 불경을 지적하는 것이다. 천자가 제사를 지내면 손수 나서서 이것저것 제사상에 올리는 것이 아니다. 주위에서 도움을 주는 것이다. 천자는 묵묵히 자리하면서 장엄한 위태를 유지하고 있어야 하는 것이다. 삼가에서 철상을 하면서 이 대목을 인용했다고 하는 것은

---

23) 여기서 '雍'은 『詩經』「周頌」의 편명인 '雝'을 말한다. 천자가 종묘에 제사를 지낼 때 제사가 끝나고 나서 '옹'을 연주했다고 한다.
有來雝雝(유내옹옹) 온화한 모습으로 찾아
至止肅肅(지지숙숙) 엄숙한 묘당에 들어간다
相維辟公(상유벽공) 제사를 돕는 제후들
天子穆穆(천자목목) 천자의 훌륭한 모습
於薦廣牡(어천광모) 아, 큰 짐승 통째로 바쳐서
相予肆祀(상여사사) 나를 도와 제사드린다
假哉皇考(가재황고) 위대하신 부왕께서
綏予孝子(수여효자) 불효자인 나를 편안케 하시어 효자가 되었도다
宣哲維人(선철유인) 밝고 어지신 문덕
文武維后(문무유후) 문무를 겸하신 왕이시여
燕及皇天(연급황천) 위로는 하늘을 편안케 하시고
克昌厥後(극창궐후) 아래로는 그 후손을 창성하게 하신다
綏我眉壽(수아미수) 나에게 오랜 수명을 주시고
介以繁祉(개이번지) 많은 번영을 내려주시어
旣右烈考(기우렬고) 이미 烈考(先考의 높임말)를 높이 모시고
亦右文母(역우문모) 문덕이 있으신 어머님께도 제물을 올린다
成百曉 역주, 『詩經集傳下』, 傳統文化研究會, 1999, pp.375-377.

비록 자기들은 도와주는 사람이 없이 스스로 철상을 잘 하는데 천자는 그렇지 못하다고 비판하는 것으로도 보일 수 있고, 천자의 제사 행위를 모방하려는 저의마저도 느껴질 수 있다. 그것은 이치에 맞지 않다는 것이다.

원문 子曰 人而不仁 如禮何 人而不仁 如樂何

자왈 인이불인 여례하 인이불인 여악하

풀이 공자가 말했다. 사람으로서 인하지 못하면 예를 어떻게 사용하며, 사람으로서 인하지 못하면 악을 어떻게 사용할 수 있겠는가?

지혜 유교에서 인간됨의 가장 근본은 인이라고 한다. 이 인을 지지해 주는 덕이 있는데, 그것은 바로 예(禮)와 악(樂)이다. 이 두 개의 개념은 서로 좋은 관계를 유지한다(=禮樂相交). 그래서 예를 보여주는 곳에서는 항상 악이 따라 다닌다. 예가 형식적인 틀이라고 한다면, 악은 그 내용에 해당되는 것으로 이해될 수 있다.

원문 林放이 問禮之本한대 子曰 大哉問이라 禮與其奢也寧儉하고 喪與其易也寧戚이라

임방 문례지본 자왈 대재문 예여기사야녕검 상여기역야녕척

풀 이 임방이 예의 근본을 물었다. 그러자 공자가 말했다. 훌륭한 질문이다. 예는 사치보다는 검소해야 하고, 상은 형식을 벗어나기보다는 슬퍼하는 마음이 있어야 한다.

지 혜 예는 인간이라면 갖추어야 할 근본 도리이다. 예는 문화적 양태이므로 인공적이다. 따라서 아무리 소박하게 한다고 하더라도 자연 상태(state of nature)의 행태보다는 복잡하고 다양하다. 그 예의 특수한 형태로서 상례(喪禮)가 있다. 곡을 하고 제사를 지내는 등의 예가 그 종류이다. 그런데 지나친 허례로 가산을 탕진한다거나 몸이 축이 나서 같이 죽게 된다든가 하면 안 된다. 이 문장에서 '其易'은 앞서 번역한 것과 같이 '거슬러다'는 뜻도 있지만, '쉽다'는 뜻도 있다. 후자를 기준으로 뜻매김해도 우리에게 시사하는 바는 있다. 즉 상례를 너무 쉽게 생각해서 대강 하고 끝내버리려 해서는 안 되고 진심으로 슬픈 마음을 가져야 한다고 해석할 수 있다. 혹 초상집에 가서 문상을 핑계로 도박을 하는 것은 후자의 경계를 보여주는 한 예라고 할 수 있을 것이다.

원 문 **子曰 狄之有君 不如諸夏之亡也**

자왈 적지유군 불여제하지망야

풀 이 공자가 말했다. 오랑캐에도 군주가 있으나 제하[24]의 망국상과는 같지 않다.

지 혜 공자는 백성 한 개인에서부터 군주에 이르기까지, 더 나아가서 천자에 이르기까지 인(仁)의 도리를 기준으로 질서를 확립하는 데 목표를 두었다. 따라서 그 중요한 한 축인 군주의 존재와 위상은 매우 중요하다. 하나 나라를 다스리는 통치자이자 상징이기 때문이다. 그런데 공자 당대의 여러 제후국들의 망국상은 그들이 업신여기던 오랑캐의 군주국과 견줄 수 없을 정도라고 개탄하고 있다.

원 문 **季氏旅於泰山 子謂冉有曰 女不能救與 對曰 不能 子曰 嗚呼 曾謂泰山不如林放乎**

계씨려어태산 자위염유왈 녀불능구여 대왈 불능 자왈 오호 증위태산 불여림방호

풀 이 계씨가 태산에 여제를 지냈다. 공자가 염유[25]에게 이르기를 네가 그것을 바로잡을 수 없겠느냐하자, 염유가 불가능합니다라고 대답

---

24) 제하(諸夏)란 중국의 여러 제후국을 의미한다.

25) 염유(BC 522~489)는 魯나라 陶사람으로 자는 子有이다. 冉有, 冉子로 불리기도 한다. 春秋 말기 孔子의 제자로 周文王의 열 번째 아들 冉季載의 후예이다. 일찍이 季氏의 宰臣이 되었다. BC 487년에 병사를 이끌고 齊나라 군대의 침입을 막았다. 또 季康子를 설득하여 망명 중인 공자를 노나라로 다시 돌아오게 만들었다. 그러나 季氏의 致富를 도와 공자에게 혹독한 비판을 받은 적이 있다. 孔門十哲 중 한 사람이다. "염유", 『네이버 지식백과』, 2015.9.22. 검색.

했다. 공자가 말했다. 어찌 자네는 일찍이 태산의 신령이 예의 근본을 물어 본 임방만도 못하다고 생각하는가?

지 혜 옛날에는 어떤 일을 함에도 그 위계가 정해져 있었던가보다. 태산[26]에서 제사를 지내는 것은 최고 권위를 가진 사람에게 국한되어 있었다. 제후는 자신의 봉토 내에서 제사를 지내야 한다.
이와 비슷한 예를 현대의 우리 생활 속에서도 생각해볼 수 있다. 체육대회 때 자신의 소속은 A공동체인데, 응원할 때 B공동체에 가서 하는 것과 같은 것이다. 군대의 예를 들자면, 어떤 대대가 야외전술훈련 출정식을 연대장이 주둔하고 있는 연대 연병장에서 하는 것과 같은 일이다. 격에 맞지 않는 행동이다.

원 문 子曰 君子無所爭이나 必也射乎인저 揖讓而升하고 下而飮하니 其爭也君子니라

자왈 군자무소쟁 필야사호 읍양이승 하이음 기쟁야군자

풀 이 공자가 말했다. 군자는 경쟁하는 일이 없다. 있다면 활쏘기 시합에서 뿐이다. 시합 전에 서로 예(禮)로써 읍(揖)하여 사양(辭讓)한 뒤, 단에 올라 활을 쏘고, 읍하고 다시 내려와서 술을 마시니 이것이

---

26) 태산에 대한 공자의 인식을 잘 드러내는 대목이다.

곧 군자의 경쟁이다.

지 혜 교양인은 자신의 이익을 추구하는 데 골몰하지 않기 때문에 이해다툼을 해서는 안 된다. 이러한 기품이 쌓이게 되면 이익에 초탈한 사람처럼 보일 수 있다. 공식적으로 하게 되는 모든 게임에 룰이 있지만 그것도 순서이기 때문에 서로 사양하는 것이 좋다. 대부분의 게임에서는 가위바위보로 결정하는 경우가 많다. 친선 경기를 할 경우 얼핏 봐서 약자가 먼저 하게 하기도 한다. 치수가 정해진 당구나 바둑의 경우 핸디캡을 접고 약자가 먼저 한다. 모든 교양인은 친선을 위한 게임에서 양보하는 마음, 상대편을 배려하는 마음, 특히 약자를 배려하는 마음을 가져야 한다. 바둑을 둘 때 상대편 대마를 잡았을 때 너무 늦게 사석(死石)을 집어내서는 안 된다. 그렇다고 맛있다는 식으로 허겁지겁 집어내서도 안 된다. 약간 미안한 마음으로 처리해야 한다. 야구에서 홈런치고 난 뒤 지나친 세러모니를 지양하는 것과 같다. 아마추어 테니스 경기에서 리시브를 할 경우, 상대편이 첫 서브를 실패했을 때 그것을 강력하게 리턴하면 안 된다. 자신의 네트 쪽에 도달할 수 있을 정도로 약하게 받아야 한다. 그리고 "fault"라고 콜을 명확히 해줘야 한다.

원문 子夏問曰 巧笑倩兮며 未目盼兮여 素以爲絢兮하니 何謂也잇고 子曰 繪事後素니라 曰 禮後乎잇가 子曰 起予者는 商也로다 始可與言詩已矣로다

자하문왈 교소천혜 미목반혜 소이위현혜 하위야 자왈 회사후소 왈 예후호 자왈 기여자 상야 시가여언시이의

풀 이 자하가 물었다. 예쁜 웃음에 보조개가 예쁘며 아름다운 눈에 눈동자가 선명하고, 흰 비단으로 채색을 한다는 말은 무슨 말인지요? 공자가 말했다. 그림 그리는 일은 뒤에 하는 것이다. 자하가 말했다. 예가 뒤에 있겠지요? 그러자 공자가 말했다. "나를 일으키는 사람은 상이구나"라고 하면서 "함께 시를 논할만하다"고 했다.

지 혜 매사 기초를 먼저 다지고 그리고 나서 채색을 해야 한다. 아무리 아름다운 그림이라도 그릴 수 있는 종이가 없으면 헛일이다. 허공에 대고 그릴 수도 없는 노릇이다. 인간다운 터전을 먼저 닦는 일에 전념하고 바로 서지 않는 데서 예를 운운한다는 것은 바로 이와 같은 것일 게다. 예로부터 시(詩)는 풍류를 전달하는 매체였다. 문장은 메시지를 전달하는 기능을 주로 하기 때문에 무미건조하다. 하지만 시는 누구에게 전달하는 메시지보다는 자신의 감정을 표현하는 문학적 수단이기 때문에 인생의 중의적인 맛과 멋을 표현할 수 있다. 공자가 자하에게 시를 같이 논할 수 있다고 한 것은 그만큼 제자의 학문적 성장을 칭찬한 것이다.

원 문 子曰 夏禮吾能言之나 杞不足徵也며 殷禮吾能言之나 宋不足徵也니라 文獻不足故也니라 足則吾能徵之矣로다

자왈 하례오능언지 기불족징야 은례오능언지 송불족징야 문헌불족고야 족즉오능징지의

풀 이 공자가 말했다. "하나라의 예를 내가 능히 말할 수 있으나 (그 후계인) 기나라가 충분히 입증해주지 못하며, 은나라의 예를 내가 말할 수 있으나 (그 후계인) 송나라가 충분히 입증해주지 못한다. 이러한 것은 문헌이 부족하기 때문이다. 만약 문헌만 충족된다면 내가 능히 그 증거를 댈 수 있을 것이다."

지 혜 이 구절은 두 가지로 해석된다. 우선 예의 전승에 있어서 기나라와 송나라의 예법이 이전 시대만 못하였다는 뜻으로 이해될 수 있다. 둘째, 예법이 잘 구축되어 있는데도 불구하고 그에 관한 문헌이 부족해서 말할 수 없는 상황이라면 그 예법이 상황을 공자 스스로가 평가해낼 수 있다는 주장으로도 이해될 수 있다. 앞 뒤 맥락으로 볼 때 전자의 해석이 맞다고 본다.

어떤 사실을 분석할 수 있는 안목이 형성되지 않은 사람에게는 많은 자료도 쓰레기에 불과하다. 쓰레기와 정보의 차이는 정리되어 있는가 아닌가의 차이에 의해 결정된다. 그것을 분류하는 기준은 정리하는 마인드를 가지고 있는가와 직결된다. 매사 모든 것에 임하면서 홍수처럼 몰려오는 자료를 자신의 관점에서 분류하고 정리할 수 있는 능력을 구비하는 것이 중요하다.

원문 子曰 禘自旣灌而往者를 吾不欲觀之矣로다

자왈 체자기관이왕자 오불욕관지의

풀이 공자가 말했다. "체(禘)제사[27]가 진행되어 이윽고 땅에 술을 부어 신을 불러들이려는 것을 나는 보고 싶지 않도다."

지혜 제사 지내는 장소에는 참석했으나, 제사 지내는 사람들의 태도와 그 예법이 맞지 않음에 대한 공자의 불만을 말하는 것이다. 제주는 아니지만 친척의 일원으로 제사에 참석하는 경우가 있다. 그런데 그 집 제주가 늦게 술을 한잔 하고 들어온다거나 큰 아들이 모임에서 늦게 들어오는 경우가 있을 수 있다. 이는 형식상으로는 제사가 시작되기는 했지만, 마음의 준비가 전혀 되어 있지 않다고 볼 수 있다. 이때 할 수 있는 방법은 손위의 제주에게 항의할 수도 없는 노릇이고, 자기가 주도해서 제사를 진행할 수도 없는 노릇이다. 이러한 딜레마 상황에서 할 수 있는 것은 소극적으로 조용히 제사를 지내가 빨리 자리를 떠는 것이 좋을 것이다.

---

27) 여기서 체 제사란 제후들의 종주국인 周의 천자가 일 년에 한번 지내는 천자 전유(專有)의 제사였다. 이것이 제후국에서 지내는 것이 예에 합당치도 않고 또한 이미 체 제사도 형식에 치우친 상황이라 공자는 그 자체를 비례(非禮)라고 본 것이다. http://gahuon.blog.me/ 220097356316, 2015. 9.22. 검색.

원문 或問禘之說한대 子曰 不知也라 知其說者之於天下也에 其如示諸斯乎인저 指其掌라

혹문체지설 자왈 부지야 지기설자지어천하야 기여시제사호 지기장

풀이 혹자가 체제사의 내용을 묻자, 공자가 말했다. 나는 알지 못한다. 그 내용을 아는 자는 천하를 다스림에 있어 여기에다 올려놓고 볼 수 있는 것과 같다. 그러면서 자신의 손바닥을 가리켰다.

지혜 누군가가 체제사의 내용에 대해 물었는데, 공자는 모른다고 했다. 이것은 겸손의 표현이다. 다만 공자는 자신이 대답할 수 없는 입장을 고려해서 그런 대답을 했을 것이다. 다만 공자는 그 제사의 내용보다는 방법에 더 문제가 있다고 보았을 것이다. 더 구체적으로는 그 제사에 임하는 사람들이 정성이 과거만 못하다고 지적했던 것이다. 모든 제사의 내용이라야 예나 지금이나 큰 차이가 없을 것이다. 제물을 준비하고, 제기를 잘 닦아서, 촛대를 세우고, 신위를 세우고, 제철 음식이나 망자가 생전에 즐겨 들었던 음식 등을 준비하면 될 것이다. 하지만 망자와의 오랜 추억을 생각하고, 그것을 오래오래 기억하려고 하고, 또 그것을 자녀들에게 알려줄 마음의 준비를 하는 것은 내용의 문제가 아닐 것이다.

원문 祭如在며 祭神如神在라 子曰 吾不與祭면 如不祭이니라

제여재 제신여신재 자왈 오불여제 여부제

풀 이 제사를 지낼 때에는 망자가 계신 듯 했고, 신을 제사지낼 때에는 신이 계신 듯 했다. 공자가 말했다. 내가 제사에 참여하지 않으면 마치 제사를 지내지 않은 것과 같다.

지 혜 집안의 제사를 지낼 때는 조상들이 앞에 계신 듯이 하고, 신에게 제사지낼 때에는 신 또한 앞에 계신 듯했다. 이는 공자의 제사지내는 태도에 관한 것이다. 제사를 온 정성으로 모셔야 한다는 가르침이다. 제사 지내러 갔다가 자신의 개인적인 일을 처리하느라 동분서주하는 모습은 적절치 못하다. 혼신의 힘을 다해 영령을 가까이 모시며 그 일에 집중해야 한다. 이 부분에서는 나도 지난날 잘못한 점이 많다. 명절 때 업무 협조 한다면서 이곳저곳 전화한 일도 있고, 불필요하게 안부 전화한 적도 있다. 스스로에게도 간절하지 못했고 진중하지 못한 행동이었다. 특히 명절 때 전화를 하게 되면 전화 받는 상대방에 대해서도 결례를 하게 되는 것이다. 말을 아끼듯이 행동도 아끼고 아껴서 절제되게 해야 한다.

원 문 王孫賈問曰 與其媚於奧寧媚於竈라 何謂也잇고 子曰 不然이라 獲罪於天이면 無所禱也니라

왕손가문왈 여기미어오 녕미어조 하위야 자왈 불연 획죄어천 무소도야

풀 이 왕손가가 물었다. 아랫목 신에게 잘 보이기보다는 차라리 부엌 신에게 잘 보이라하는 말이 있는데 그것은 무슨 뜻입니까? 공자가 말했다. 그렇지 않다. 하늘에 죄를 지으면 빌 곳이 없다.

지 혜 우리의 일상생활에서 접할 수 있는 온갖 것에는 신의 섭리가 작용한다. 그렇기 때문에 임하는 상황과 대상에 온 정성을 다하는 것은 중요하다. 하지만 그 작은 물건에 깃든 섭리에 자신의 온 정성을 맞추느라 가장 원천적이며 크고 숭고한 신의 섭리를 이해하고 따르는 것을 게을리 하면 안 된다. 그것은 주객이 전도된 것이다.

원 문 子曰 周監於二代하니 郁郁乎文哉라 吾從周니라

자왈 주감어이대 욱욱호문재 오종주

풀 이 공자가 말했다. 주나라는 하와 은 2대를 보았다. 찬란하다. 그 문이여! 나는 주를 따르겠다.

지 혜 주나라는 하나라와 은나라를 이어받았다. 앞의 두 나라도 태평성대(太平聖代)했는데, 주나라는 이들 문명을 잘 계승했으므로 주나라를 마음으로 따르겠다는 뜻이다. 하지만 태평성대의 나라도 망할 수가 있다. 주나라가 본 것 중에는 하나라와 은나라의 좋은 점도 지켜보았을 테지만 해서는 안 될 폐습도 보았을 것이다. 당시로서는 주나라가 그러한

폐습을 잊지 않고 좋은 점을 잘 계승하고 있기 때문에 주나라를 따르고 싶다고 볼 수 있다.

원문 **子入大廟하니 每事問하니 或曰 孰謂鄹人之子知禮乎아 入大廟每事問하온데 子聞之曰 是禮也라**

자입대묘 매사문 혹왈 숙위추인지자지례호 입대묘 매사문 자문지왈 시례야

풀이 공자가 대묘(=太廟)[28]에 들어가서 매사를 물었다. 그러자 어떤 사람이 누가 추인(鄒人)의 아들[29]이 예를 안다고 했는가? 태묘에 들어가서 매사를 묻기만 하온데. 그것을 공자가 듣고 말했다. 그것이 예(禮)이니라.

지혜 예에 대한 공자의 태도를 비웃는 질문에 대한 답이다. 공경함 마음을 갖고 일을 행하기는 하지만 모르는 일이 있거나 미심쩍으면 주변사람에게 물어서 해야 한다. 잘 알지도 못하면서 자신의 짧은 생각이 전부인 것처럼 밀어붙이는 것은 예가 아니다. 더디 가더라도 제대로

---

28) 여기서 대묘란 태묘를 말한다.

29) 여기서 추인의 아들은 공자를 말한다. 鄹는 노나라의 읍 이름으로 공자의 아버지 숙량흘(叔梁紇)이 이 읍의 대부를 지낸바 있기 때문에 그렇게 불릴 수도 있고, 추에서 태어난 유명한 인물이라고 해서 그렇게 불릴 수도 있을 것이다.

가는 정신이 바로 예에서 비롯된 것이다.

원문 子曰 射不主皮는 爲力不同科니 古之道也니라

자왈 사부주피 위력부동과 고지도야

풀이 공자가 말했다. 활을 쏘는데 가죽을 뚫는 것을 주된 목적으로 삼으면 안 된다. 힘이 다르기 때문이다. 이것이 옛적의 도리이다.

지혜 활을 쏘는 것은 정신을 모으는 훈련이다. 전쟁터에서는 적군을 맞혀서 적의 기세를 꺾는 중요한 수단이었다. 『亂中日記』에 보면, 충무공 이순신도 매일 활을 쏘았다. 심지어 취중(醉中)에도 활을 쏘았다. 오늘날로 치면 음주사격에 해당 되는 셈이다. 당시 상황에서 취중 사격은 오히려 정신을 맑게 하는 중요한 수단이었던 것 같다. 하지만 오늘날에는 금물이다. 왜냐하면 엄청난 화약의 폭발력으로 추진되는 오늘날의 소총은 엄청난 위력을 가졌기 때문에 자칫하면 주변 동료장병들에게 피해를 주기 때문이다.
이와 같이 정신수양을 위해 활을 쏘는데 과녁 맞추는 것이 중요한 것이지 과녁을 적중시키지도 못하면서 가죽으로 된 과녁을 뚫는 데 더 집중하면 안 되는 것이다. 힘이 좋은 사람은 뚫게 되는 것이고, 아직 어린 사람은 뚫지 못할 수도 있기 때문이다.

원문 **子貢欲去告朔之餼羊**하니 **子曰 賜也 爾愛其羊**이나 **我愛其禮**노라

자공 욕거고삭지희양 자왈 사야 이애기양 아애기례

풀이 자공이 고삭제[30]에 바치는 양을 치우려고 하자, 공자가 말했다. 사야, 너는 그 양을 아끼려 하느냐? 나는 그 예를 아끼고 싶구나.

지혜 우리가 흔히 하는 말 중에 제사지내는 것보다 젯밥에 더 신경을 쓴다는 말이 있다. 제사를 지내는 것은 혼령에게 온 정성을 다하는 것이고, 제물들은 그 정성의 증거이자 상징이다. 어렸을 적 제사지낼 때를 돌이켜보면, 맛있는 제물이 있을 경우 제사가 끝나고 그것 먹는 일에 온 정신을 쏟았던 것 같다. 공자는 이런 점을 경계한 것이다. 제사가 끝나자마자 제물로 올린 희생양을 먹어치우는 것보다 조금 더 두고 정성을 온전히 간직하는 것이 중요하다는 가르침을 주고 있다.

---

30) 고삭제란 연말에 천자가 이듬해의 책력을 제후들에게 나누어주면 제후들이 이를 받아 선조의 종묘에 보관해두었다가 매월 초하루에 양을 희생으로 삼아 종묘에 고하던 의식을 말한다. 魯나라는 文公 때부터 초하루를 알리는 의식은 폐지했지만 양을 바치는 일은 계속되었다고 한다. “고삭제”, 『네이버 지식백과』, 2015.9.22. 검색.

원문 子曰 事君盡禮人을 以爲諂也로다

자왈 사군진례인 이위첨야

풀이 공자가 말했다. 임금을 섬기는 데 예를 다하는 사람을 아첨한다고 하는구나.

지혜 예를 다해서 행해도 주변사람들이 시기심에서 험담하는 수가 있다. 이런 경우를 대비해서 예법을 제정하는 것이 중요하다. 어떤 일에는 어떤 예를, 얼마만큼 해야 한다는 것을 정해두는 것이 좋다. 그 정도도 어느 정도 정해두는 것이 좋다. 예컨대 악수할 때 상대방의 몸 상태를 고려하지 않고 억세게 손을 잡고 흔들어대는 것은 좋지 않다. 군대에서 예포를 발사하는 경우가 있는데, 의전 서열에 맞게 정해두었다. 장군에 대한 경례를 할 때에도 소위 말하는 빵빠레 주악을 몇 회 하는지 정해둔다.

지금 생각해도 나는 좋은 예법인 것 같은데, 당시로선 생경한 군대문화가 있다. 중위 시절의 일이다. 보병부대와는 상당히 다른 문화를 가지고 있었다. 지휘관들은 예하 부대와 진지가 외진 곳에 넓게 분포되어 있어서 원격 통제 및 지휘를 어떻게 할 것인가를 상당히 많이 고민하는 것 같았다. 무슨 문제가 발생하면 방공부대 용어로 '원인분석보고'를 하게 된다. 그 지시를 받으면 아무리 먼 거리의 사령부라도 자신의 과오에 대한 원인을 분석해서 보고를 해야 한다. 생활단위는 좁지만 작전 반경은 아주 넓은 것이 특징이었다.

그런데 어느 날 당시 근무했던 부대로 방공사령관이 방문하게 되었다. 메모지에서부터 헬기착륙지점과 유도계획 등을 상세히 검토했다. 그러면서 추가로 사령관이 무슨 차를 선호하고 무슨 차를 기피하는지를 확인하는 것이었다. 나는 당시에 도무지 이해되지 않았다. 지금 생각해보면 참으로 좋은 군대문화였다. 특히 오늘날 다문화시대에는 더 큰 효과가 있는 조치라고 생각한다. 외국의 다양한 먹거리가 들어오고 있고 사회평판으로 혐오식품이라고 여겨지는 것도 있는 마당에 방문자가 어떤 취향을 가지고 있는지를 알아본다는 것은 지극히 당연하고 그 방문자를 예를 다해 모시는 행위라고 생각한다.

원문 **定公問 君使臣**하며 **臣使君**하되 **如之何**잇고 **孔子對曰 君使臣以禮**하며 **臣事君以忠**이니이다

정공문 군사신 신사군 여지하 공자대왈 군사신이례 신사군이충

풀이 노나라 정공(定公)[31]이 물었다. 임금이 어떻게 신하를 다스리고 신하가 어떻게 임금을 섬겨야 하오? 공자가 대답했다. 임금은 예로써 신하를 다스리고 신하는 충성으로써 임금을 섬겨야 합니다.

지혜 예는 정성이다. 임금이 신하에게 합당한 예우를 해주지 않으면

---

31) 정공(BC 509~495)은 노나라 25대 임금 송(宋)을 말한다.

신하의 마음 속에는 자발적인 충성심이 우러나지 않는다. 대개의 경우 상하관계에서 문제가 발생하는 것은 상급자가 하급자에게 사랑을 베풀지 않았기 때문이다. 동의하지 않는 사람도 있을 것이다. 우리 내무반에 새로운 신병 누구는 도무지 이해 안 되는 행동을 하는 데 이런 경우 어떻게 해야 하느냐고 물을 수 있다. 만약 그 이전에 그렇게 심각한 문제가 있었다면 그 전입신병이 우리의 눈 앞에 반듯하게 그렇게 서 있을 수 있겠는가? 다만 문제가 있다면 새로운 환경에 적응을 더디게 해서 그럴 뿐이다. 이 때 제일 중요한 것은 눈높이 적응이라고 본다. 바로 위 상급자가 멘토가 되어서 일상생활의 이모저모를 1주일 정도 견학시켜주면 적응하는 데 아무런 문제가 없을 것이다.

원문 子曰 關雎 樂而不淫 哀而不傷

자왈 관저 락이불음 애이불상 백경 백

풀이 공자가 말했다. 『시경』의 관저편[32]은 즐거우면서도 음탕하지 않고 슬프면서도 몸을 해치지 않는다.

---

32) 『시경』 관저편의 원문은 다음과 같다.
關關雎鳩(관관저구) 關關히 우는 雎鳩새
在河之洲(재하지주) 河水의 모래섬에 있도다
窈窕淑女(요조숙녀) 고상하고 정숙한 숙녀여
君子好逑(군자호구) 군자의 좋은 짝이로다

지 혜 정제된 말은 사람의 귀에 거슬리지 않고, 좋은 약은 병을 다스림에 거슬림이 없다. 그렇듯 좋은 시는 듣기에 거북하지 않고, 내용에서 슬픈 감정을 느끼긴 해도 몸을 해롭게 하지는 않는다. 흔히 사회적으로 유명한 인물이 자살을 하면 모방 자살이 많이 발생한다. 그러한 위인도 저런 고통을 잊지 못해 자살하는데 나도 할 수 있다는 식으로 따라하게 되는 것 같다. 이른바 '베르테르 효과'[33]라고 하는데, 어떤 장면이 다른 사람에게 극단적으로 영향을 미치는 경우이다. 오늘날처럼 미디어와 스마트폰의 기술이 극도로 발달된 상황에서는 그 파급효과는 일파만파

---

33) 베르테르 효과(Werther effect)는 동조자살(copycat suicide) 또는 모방자살이라고도 한다. 독일의 문호 괴테가 1774년 출간한 서한체 소설 『젊은 베르테르의 슬픔』(Die Leiden des jungen Werthers)에서 유래하였다. 이 작품에서 남자 주인공 베르테르는 여자 주인공 로테를 열렬히 사랑하지만, 그녀에게 약혼자가 있다는 것을 알고 실의와 고독감에 빠져 끝내 권총 자살로 삶을 마감한다. 이 소설은 당시 문학계에 새로운 바람을 일으키면서 유럽 전역에서 베스트셀러로 자리잡았다. 그러나 작품이 유명해지면서 시대와의 단절로 고민하는 베르테르의 모습에 공감한 젊은 세대의 자살이 급증하는 사태가 벌어졌다. 이 때문에 유럽 일부 지역에서는 발간이 중단되는 일까지 생겼다. 베르테르효과는 이처럼 자신이 모델로 삼거나 존경하던 인물, 또는 사회적으로 영향력 있는 유명인이 자살할 경우, 그 사람과 자신을 동일시해서 자살을 시도하는 현상을 일컫는다. 1974년 미국의 사회학자 필립스(David Phillips)가 이름 붙였다. 그는 20년 동안 자살을 연구하면서 유명인의 자살이 언론에 보도된 뒤, 자살률이 급증한다는 사실을 토대로 이런 연구 결과를 이끌어 냈다. "베르테르 효과", 『네이버 지식백과』, 2015.9.22. 검색.

이다.

원문 哀公問社於宰我한대 宰我對曰 夏后氏以松이요 殷人以栢이요 周人以栗이니 曰使民戰栗이니이다 子聞之曰 成事不說하며 遂事不諫하며 旣往不咎로다

애공문사어재아 재아대왈 하후씨이송 은인이백 주인이률 왈사민전률 자문지왈 성사불설 수사불간 기왕불구

풀이 애공[34]이 재아[35]에게 사(社)에 대해 물었다. 재아가 대답했다. 하후씨[36]는 소나무를 사용하였고, 은나라 사람들은 잣나무를 사용하였

---

34) 애공(?~BC 468)은 성은 姬이고, 이름은 將이다. 定公의 아들이다. 재위 중 孔子가 衛나라에서 노나라로 돌아왔으나, 정치를 단념한 그를 등용할 수 없었다. 국내적으로는 三桓이라고 하는 公族三家의 세력이 강하였고, 대외적으로는 吳·齊나라의 공격으로 국력을 펴지 못하였다. 越나라의 도움으로 삼환씨를 제거하려다 오히려 왕위에서 쫓겨나 有山氏에서 죽었다. "애공", 『네이버 지식백과』, 2015.9.22. 검색.

35) 재아(BC 522~458)는 춘추 시대 말기 魯나라 사람이다. 자는 子我 또는 宰我라 했다. 孔子의 제자로, 언어에 뛰어났다. 일찍이 齊나라에서 벼슬하여 임치대부(臨淄大夫)가 되었다. 공자가 3년상을 지내도록 한 것에 대해 異議를 제기해 공자로부터 不仁하다는 비난을 들었다. 재여(宰予)라고 하기도 한다. "재아", 『네이버 지식백과』, 2015.9.22. 검색.

36) 하후씨는 禹 임금의 나라 이름 또는 우 임금이 천하를 통치한 號를 말한다. "하후씨", 『네이버 지식백과』, 2015.9.22. 검색.

고, 주나라 사람들은 밤나무를 사용했으니, 이는 백성들로 하여금 전율(戰栗)을 느끼게 하려고 해서였습니다. 공자가 이를 듣고 말했다. 나는 이미 일어난 일이라 말하지 않으며, 끝난 일이라 간하지 않으며, 이미 지나간 일이라 탓하지 않는다.

지혜 사란 제사지내는 장소를 말한다. 하나라와 은나라, 그리고 주나라가 모두 그들의 땅에서 나는 목재를 사용해서 그 기둥을 삼았는데, 특히 주나라는 밤나무를 사용했다고 한다. 백성들에게 전율을 느끼게 하기 위해서라고 한다. 그런데 이 전율(戰栗)이라는 말이 공포감을 주는 전율(戰慄)과 같다는 점에 유의할 필요가 있다. 제자 재아가 한 말이 사리에 맞지 않는 말이라 그 내용에 대해 중언부언하지 않는다는 얘기다. 잘 알지도 못하면서 자신이 추측으로만 얘기하는 것은 배우는 사람으로서의 기본 도리가 아니다.

원문 子曰 管仲之器小哉 或曰 管仲儉乎 曰 管氏有三歸 官事不攝 焉得儉 然則管仲知禮乎 曰 邦君樹塞門 管氏亦樹塞門 邦君爲兩君之好 有反坫 管氏亦有反坫 管氏而知禮 孰不知禮

자왈 관중지기소재 혹왈 관중검호 왈 관씨유삼귀 관사불섭 언득검 연즉관중지례호 왈 방군수새문 관씨역수새문 방군위량군지호 유반점 관씨역유반점 관씨이지례 숙불지례

풀 이 공자가 말했다. 관중[37]은 그릇이 작은 사람이라. 혹자가 관중은 검소했습니까라고 묻자, 공자가 말했다. 관씨는 삼귀[38]를 두었으며, 가신의 일을 겸직시키지 않았으니, 어찌 검소하다고 할 수 있겠는가? 그러면 관중은 예를 알았습니까라고 묻자, 공자가 말했다. 나라의 임금이라야 병풍으로 문을 가릴 수 있는데도 관씨는 병풍으로 문을 가렸으며, 임금만이 친구를 만났을 때 술잔을 되돌려 놓는 자리를 둘 수 있는데 관씨도 그렇게 했으니 그가 예를 안다면 누구나 예를 알지 못하는 이가 없을 것이다.

---

37) 관중(?~BC 645)은 춘추시대 齊나라의 재상이다. 소년시절부터 평생토록 변함이 없었던 鮑叔牙와의 깊은 우정은 '관포지교'라 하여 유명하다. 환공을 도와 군사력의 강화, 상업 · 수공업의 육성을 통하여 부국강병을 꾀하였다. 가난했던 소년시절부터 평생토록 변함이 없었던 鮑叔牙와의 깊은 우정은 管鮑之交라 하여 유명하다. 桓公이 즉위할 무렵 환공의 형인 糾의 편에 섰다가 패전하여 魯나라로 망명하였다. 그러나 포숙아의 進言으로 환공에게 기용되어, 國政에 참여하게 되었다. 환공을 도와 군사력의 강화, 상업 · 수공업의 육성을 통하여 부국강병을 꾀하였다. 대외적으로는 동방이나 中原의 諸侯와 9번 會盟하여 환공에 대한 제후의 신뢰를 얻게 하였으며, 남쪽에서 세력을 떨치기 시작한 楚나라를 누르려고 하였다. 저서로 알려진 《管子》는 후세 사람들에 의하여 가필된 것으로 여겨지고 있다. "관중", 『네이버 지식백과』, 2015.9.22. 검색.

38) 朱子는 三歸를 臺의 이름이라고 했다. 成百曉 역주, 『論語集註』, 傳統文化硏究會, 1999, p.65. 오늘날로 치면 대궐같은 집에 딸린 별장이라고 보면 될 듯하다.

지 혜 산업이 발달하면서 분업이라는 제도가 만들어졌다. 그래서 전문가도 있고 담당자라는 용어도 만들어졌다. 그 분야에 전문적인 역량을 구비한 사람이 필요했던 것이다. 이러한 분업과 그에 해당하는 전문적인 일을 하는 사람이 필요한 것은 공동체의 규모가 클 경우에 해당된다. 개인의 경우에는 한 사람이 여러 가지 일을 하는 것이 마땅하다. 관중의 집에서는 가신들의 겸직을 하지 않고 자신만의 고유한 일을 가지고 있다는 것은 사치인 것이다.

이러한 사치는 일상생활의 모든 부분에서 일어날 수 있다. 먹고, 마시고, 입고, 치장하고, 사용하는 모든 일과 관련된다. 분에 벗어나는 일은 모두 예가 아니다. 가진 재산이 없는 사람이 사치하는 일은 곧 망하여 자신의 몸을 버리기 때문에 예가 아니다. 가진 재산이 많은 사람이 분에 벗어나는 사치를 하는 것은 위화감을 조성할 수 있기 때문에 예가 아니다. 가진 사람이 지나치게 검약한 것도 예가 아니다. 적절하게 주변사람들에게 베풀기도 해야 하고, 주어진 분에 맞춰서 살아갈 필요가 있다. 간혹 어떤 사람들은 검약한 생활을 보여주기 위한 사례로 삼기 위해 정치적으로 이용하는 경우도 주변에서 볼 수 있다.

원 문 子語魯大師樂曰 樂其可知也며 始作翕如也며 從之純如也하고 皦如也하며 繹如也니라 以成이니라 역

자어로대사락왈 락기가지야 시작흡여야 종지순여야 교 여야 역여야 이성

풀이 공자가 노나라 태사[39]에게 음악에 대해 말했다. 음악은 알아 둘만한 일이다. 처음에는 오음을 합해서 시작하며, 전개는 부드럽고 밝게 해야 하며, 마칠 때에는 잘 다스려져야 한다.

지혜 음악은 예와 친구로서 인을 보충하는 중요한 도구이다. 주요한 소리의 근원은 다섯 가지인데, 이것의 오묘한 배합에 의해서 조화로운 소리가 태어난다. 그 소리를 일러 음악이라 한다. 실제 더 많은 소리가 있겠지만 다른 소리들은 앞선 다섯 가지의 조합에 의해 일어나는 것이다. 음식의 맛도 다섯 가지인데, 더 많은 맛은 그 다섯 가지의 배합에 의해 빚어지는 것과 같다. 이 소리는 다섯 음에 의해서 시작되며, 부드럽고 밝게 진행되다가 끝마무리는 음식을 먹고 입가심을 하듯이 가지런하게 잘 정돈되어야 한다.
요즘에는 워낙 다양한 음악이 있어서, 춤추듯이 부르는 여러 종류의 춤곡, 편안히 감상하는 노래, 태교에 좋은 노래, 밥 먹을 때 듣는 노래 등 그 종류도 다양하다. 모두 취향과 의식행사의 목적에 따라 듣기 좋은 것이 무엇인지에 선호에 따라 결정되는 것이다. 어떤 경우에는 그러한 특수한 목적을 위해서 작곡하는 경우도 있다. 예컨대 나폴레옹의 프러시아 진출을 기념하기 위해 베토벤이 영웅교향곡[40]을 만든 것이

---

39) 태사란 악관의 명칭이다. 成百曉 역주, 『論語集註』, 傳統文化硏究會, 1999, p.67.
40) 영웅교향곡이란 베토벤의 교향곡 3번 '영웅'은 장애를 딛고 일어선 한 예

있다. 최근에는 치료목적의 음악에 대한 개념도 등장했다.[41]

술가의 당당한 자기 확신이며 거칠 것 없는 외침과도 같은 곡이다. 베토벤은 1802년 고질적으로 앓아오던 귓병이 급속도로 악화되어 거의 들을 수 없었으며, 그해 10월 6일 세상에 알려지지 않았던 '하일리겐슈타트의 유서'를 작성하여 두 동생에게 남긴다. "… … 만일 죽음이 나의 모든 예술적 재능을 충분히 발휘할 만한 기회를 갖기도 전에 찾아온다면, 아무리 내 운명이 험난한 상황에 처해 있다고 하더라도 너무 일찍 찾아왔다고 해야 할 것 같다. 죽음이 조금 더 늦게 찾아오기를 바란다. 그러나 이대로 죽는다 해도 난 행복해 할 것이다. 죽음이 나를 끝없는 고뇌에서 해방시켜 줄 테니까. 죽음아, 올 테면 오너라, 용감하게 그대를 맞아주마 … …." 베토벤은 이 비장한 유서에 담긴 각오를 통해 새로운 인생을 시작했다. 음악적으로도 1801년부터 1803년 사이엔 하이든, 모차르트의 영향에서 완전히 벗어난 새로운 어법을 창조해내기 시작했다. 그의 특징적 작법은 매우 건축적이며, 장대한 기상과 함께 강렬한 개성을 보여주고 있었다. http://navercast.naver.com/contents.nhn?rid=66&contents_id=1619, 2015.9.22. 검색.

41) 음악치료란 음악을 치료 목적으로 활용하는 것을 말한다. 현재 행해지고 있는 근대 음악 요법은 20세기 초 미국이 그 발상지이다. 20세기 초 미국에서는 정신병원의 격리된 병동에서 황폐한 삶을 살아가는 환자들이 늘어가고 있었다. 이러한 만성 정신 질환자들은 때때로 찾아주는 독지가들의 위문을 통해서만 사회와 연결될 수 있었다. 이와 같은 자선적인 위문 음악 활동의 하나에 성 토마스 길드가 했던 '치료 음악회'라는 것이 있었는데, 이로부터 근대 음악 치료법의 큰 흐름이 시작되었다고 한다. '음악치료'라는 용어는 1950년 국립음악협회(National Music Council, NMC)에서 공식 명칭으로 채택되었다. 음악 치료의 목적은 장애나 질환을 갖고 있는 사람들의 증상이나 기능의 저하를 조금이라도 완화시키고, 그 사람들이 당하고 있는 고통이나 번뇌를 될 수 있으면 경감시켜 주는 것이다. 충분

이와 같이 다양한 음악이 만들어지고 향유되고 있지만, 그것이 귀만을 즐겁해 주는 것이 아니라는 점은 명확한 사실이다. 음악은 인간다움을 재발견하고 그 모자란 부분을 독려해주고 넘치는 부분을 덜게 해주는 역할을 한다. 인격수양의 보조수단인 것이다. 따라서 음악은 음학적 윤리학(musical ethics)라고 할 수 있는 것이다.

원문 **儀封人請見曰 君子之至於斯也에 吾未嘗不得見也로다 從者見之出曰 二三子何患於喪乎잇가 天下之無道也久矣인데 天將以夫子爲木鐸인저**

의봉인청견왈 군자지지어사야 오미상불득견야 종자견지출왈 이삼자하환어상호 천하지무도야구의 천장이부자위목탁

풀이 衛나라의 성읍인 의의 봉인[42]이 뵙기를 청하며 말하기를, 군자

한 사회적 경험이나 훈련이 쌓여지지 않은 상태에서 발병한 조현병(정신분열병) 환자의 경우에 병세가 어느 정도 호전된 뒤에 사회 복귀를 목표로 하는 단계가 되어도 자립을 위한 생활 기술이나 대인 관계의 구체적인 기능을 체득하지 못하는 경우가 많다. 이런 경우 생활 기술을 체득시키는 것도 음악 요법의 빠질 수 없는 훈련 과제의 하나가 된다. 음악 치료를 통하여 불필요한 걱정이나 불안을 피할 수 있고, 사회 적응이 양호해져서 재발도 예방할 수 있다. 음악 치료에는 교육적 영역, 심리 치료 영역, 의료 및 재활 영역 등이 있다. "음악치료", 『네이버 지식백과』, 2015.9.22. 검색.

42) 여기서 封人은 국경을 관리하는 관리를 말한다.

가 이곳에 이르면 내 일찍이 만나보지 않은 적이 없었다. 종자가 뵙게 해주자 나와서 말했다. 그대들은 어찌 벼슬 잃음을 걱정하는가. 천하에 도가 없어진지 오래되었다. 하늘이 장차 부자를 목탁[43]으로 삼으실 것이다.

지 혜 공자의 덕에 대한 숭상하는 내용이다. 공자가 의 나라를 방문할 때 그곳 봉토를 맡은 제후가 만나 뵙기를 청해 면담을 한 후에, 향후 천하의 도를 바로 세울 인물은 공자라는 점을 강조한다. 송곳은 호주머니에 들어 있어도 자연스럽게 드러난다고 했다(=囊中之錐)[44]. 도가 무너진

---

43) 목탁은 나무로 만든 방울을 연결해서 만든 것으로, 佛家에서 많이 쓰이지만 그 이전에 儒家에서도 이 말은 되었다. “목탁”, 『네이버 지식백과』, 2015.9.22. 검색.

44) 낭중지추라는 말은 『史記』「平原君傳」에서 유래되었다. 戰國時代 말엽, 진秦나라의 공격을 받은 趙나라 惠文王은 동생이자 宰相인 平原君을 楚나라에 보내어 구원군을 청하기로 했다. 20명의 수행원이 필요한 평원군은 그의 3000여 食客 중에서 19명은 쉽게 뽑았으나, 나머지 한 명을 뽑지 못한 채 고심했다. 이 때에 毛遂라는 식객이 “나리, 저를 데려가 주십시오”하고 나섰다. 평원군은 어이없어 하며 “그대는 내 집에 온 지 얼마나 되었소?”하고 물었다. 그가 “이제 3년이 됩니다”하고 對答하자 “재능이 뛰어난 사람은 마치 주머니 속의 송곳 끝이 밖으로 나오듯이 남의 눈에 드러나는 법이오. 그런데 내 집에 온 지 3년이나 되었다는 그대는 단 한 번도 이름이 드러난 일이 없지 않소?”하고 반문했다. 모수는 “나리께서 이제까지 저를 단 한 번도 주머니 속에 넣어 주시지 않았기 때문입니다. 하지만 이번에 주머니 속에 넣어 주신다면 끝뿐이 아니라 자루(=柄)까지 드러

천하의 난맥상 속에서 인의의 도를 주창하는 공자의 주장과 노력은 그 어떤 나라에서도 중요하게 여기지 않는 나라가 없을 것이다. 오늘날 어떤 나라에서 천재지변이 발생하면 상가와 은행이 제일 먼저 약탈의 표적이 된다고 한다. 도가 땅에 떨어지게 되면 인간은 동물로 변한다. 오직 눈에 보이는 것은 자신만의 이익을 챙기는 것이다. 인간이 인간인 이유는 개와 돼지와는 품격이 다른 행동을 하기 때문이다. 자신이 배가 고픔에도 불구하고 그것을 참고 절제하면서, 더 배고픈 사람에게 빵을 양보하는 것이 바로 인간의 도리이고 예인 것이다.

원문 **子謂韶하되 盡美矣요 又盡善也라 謂武하되 盡美矣요 未盡善也라**

자위소 진미의 우진선야 위무 진미의 미진선야

풀이 공자가 말했다. 소[45]는 지극히 아름답고 지극히 좋다. 무[46]는 지극히 아름답지만 지극히 좋지는 못하다.

내 보이겠습니다"하고 재치있는 답변을 했다. 만족한 평원군은 모수를 수행원으로 뽑았고, 초나라에 도착한 평원군은 모수가 활약한 덕분에 國賓으로 환대받고, 구원군도 얻을 수 있었다고 한다. "낭중지추", 『네이버 한자 사전』, 2015.9.22. 검색.

45) 소는 순임금의 음악이다.

46) 무는 무왕의 음악이다.

지 혜 순임금과 무왕의 덕을 비교하는 것이다. 여기서 아름다움은 듣는 사람의 귀에 다가오는 미를 말한다. 좋다는 것은 결과 및 효과를 총칭하는 것이다. 정치를 잘 베풀어서 온 백성들에게 미치는 영향까지 좋다는 것이다. 우리의 음악 중에도 그런 경우가 있다. 지극히 아름답지만 좋지 않은 음악은 목소리 잘 나오게 하는 약용을 복용하고 목소리의 음색을 꾸며서 곱게 하는 경우이다. 그러한 목소리를 아름답기는 하겠으나 좋다고는 볼 수 없다. 역으로 아름답지는 않지만 좋은 음악도 있다. 장애우들이 내는 소리는 객관적으로 균형미 있는 아름다움은 아니다. 그 여러 가지 정황으로 볼 때 정성과 노력으로 인해 듣는 사람들이 아름답게 평가해주는 것이다. 이들의 음악은 아름답다고 할 수는 없지만 너무나 좋은 음악이다. 또한 음악은 통용되는 분위기에 따라서 좋음과 좋지 않음이 평가되기도 한다. 아무리 아름다운 오페라 환희의 찬가라고 해도 장례식장에 가서 부를 경우 좋지 않다. 이렇듯 음악에 대한 평가는 복합적이다.

원 문 子曰 居上不寬 爲禮不敬 臨喪不哀 吾何以觀之哉

자왈 거상불관 위례불경 림상불애 오하이관지재

풀 이 공자가 말했다. 윗자리에 있으면서 너그럽지 않으며 예를 행함에 경하지 않으며 초상에 임하여 슬퍼하지 않는다면 내가 어찌 그런 사람을 더 이상 보겠는가?

지 혜 공자가 예가 없는 사람을 비난하는 대목이다. 예를 행하지 않는 사람은 인간다운 사람으로 간주하지 않을 뿐만 아니라 더 달리 평가하지 않아도 인간됨을 능히 알아볼 수 있다는 뜻이다. 아랫사람으로서 예를 다해 윗사람을 공경하고, 주변의 동료들을 사랑으로 아끼는 것도 중요하고, 또 윗사람으로서 아랫사람을 넓은 마음으로 포용하는 마음이 없으면 더 이상 군자라고 할 수 없는 것이다.

가장 어려운 일은 윗사람일 때 아래로 베푸는 일이다. 어떻게 보면 이게 제일 쉽다고 할 수 있는데, 실제로는 가장 어렵다. 왜냐하면 윗사람을 모실 때는 그 대상이 제한되기 때문에 조금만 신경쓰면 된다. 하지만 윗사람이 되면 아래에서 나를 쳐다보면 사람이 너무나 많다. 그리고 그들과 교류하는 다른 사람들도 있기 때문에 윗사람 되기가 더 어려운 것이다. 대개 윗사람도리하기가 쉽다는 사람들은 아랫사람을 인간답게 대우하지 않고 자신의 이익만을 차리는 경우가 많다.

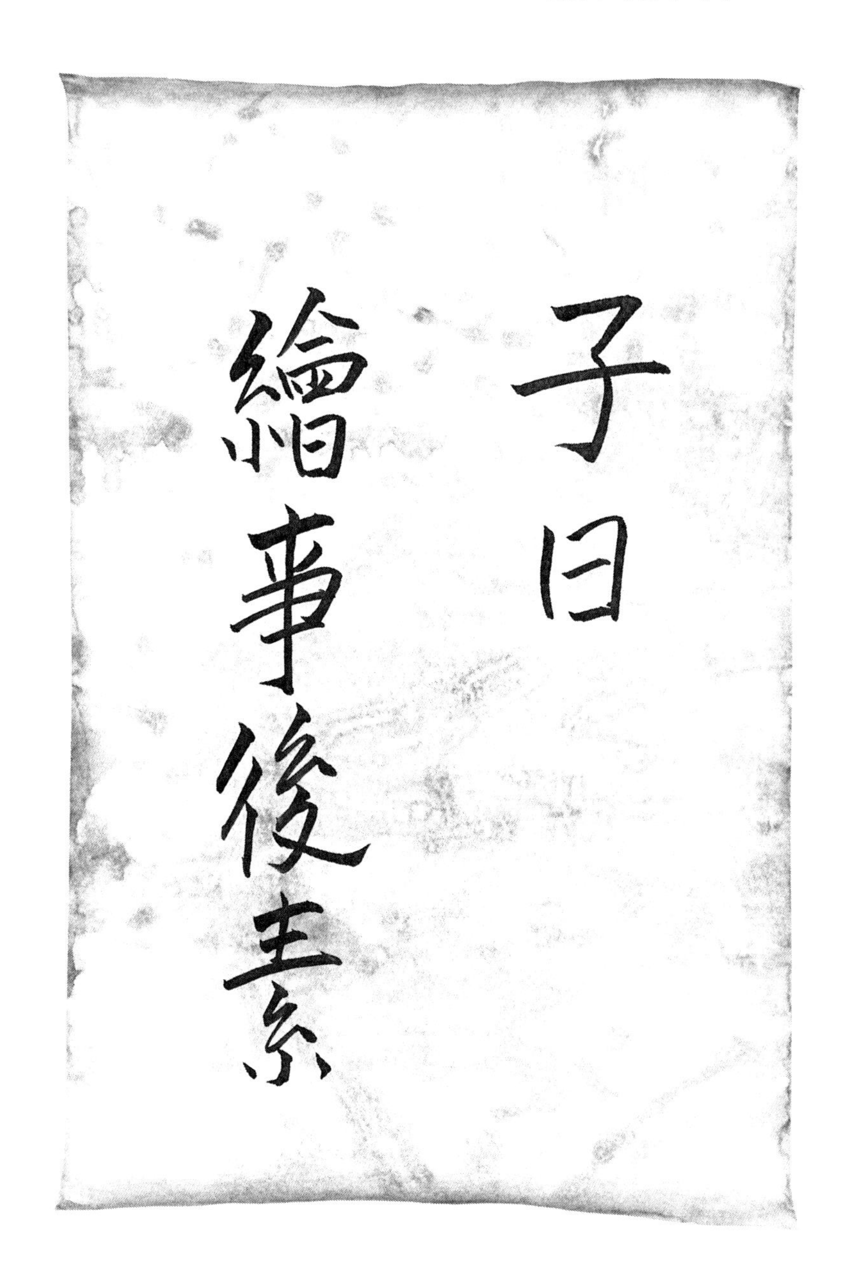
子曰
繪事後素

4

里人篇과 청춘의 지혜

원문 子曰 里仁이 爲美하니 擇不處仁이면 焉得知잇가

자왈 이인위미 택불처인 언득지

풀이 공자가 말했다. 마을 인심이 아름다우니 인의가 없는 상황에 처하게 되는 것이 어찌 지혜롭다고 하겠는가?

지혜 얼마 전 어느 시골 마을 노인정에서 노인 몇 명이 사망하고 또 몇 명은 중태에 빠졌다는 보도가 있었다. 그 마을에 사는 사람의 인터뷰가 나왔는데, 이제 더 이상 살 수 없을 것 같다는 거였다. 자그마한 마을은 가정과 같이 살갑게 지낸다. 하지만 누리는 문명의 혜택은 도시 못지 않다. 따라서 과거처럼 정보가 제한되어 있는 상황에서는 그날그날 보게 되는 이웃이 친척보다 훨씬 더 살갑게 느껴졌을 것이다. 지금도 이웃이 더 가깝게 느껴지는 것은 마찬가지지이지만 이웃에게 더 신중하고 조심스럽게 대해야 한다. 마을의 인심이 흉흉하면 모든 것이 이사를 가게 된다. 그러면 그 마을은 흉물로 변해버린다. 가끔 우리는 옛날에 내가 어린 시절에 살았던 고향에 방문하는 경우가 있다. 훌쩍 커버린 동네 어귀의 소나무며 느티나무는 그 세월의 흐름이 얼마나 많았는지를 보여준다. 집터 뒤의 야산에는 별장식 주택이 들어서는 등 많은 변화가 있다. 이렇듯 좀 좋은 방향으로 바뀌게 되면 그래도 기분이 좋다. 옛날에 내가 살던 곳이 터가 좋긴 좋았나보다라고 위안을 얻게 된다. 하지만 폐가가 즐비하고 나를 반기는 것은 개짖는 소리밖에 없을 경우는 고향마을이라도 정이 안 간다. 언제나 내 마음의 고향으로 남는 마을이 되려면 같이 오순도순 사는 사람끼리 인정이 있어야 한다.

원문 子曰 不仁者는 不可以久處約이며 不可以長處樂이나 仁者는 安仁하고 知者는 利仁이니라

자왈 불인자 불가이구처약 불가이장처락 인자안인 지자리인

풀이 공자가 말했다. 마음이 어질지 못한 사람은 곤궁에 오래 처해 있지 못하여, 안락함에도 오래 처하여 있지 못하지만, 마음이 어진 사람은 인을 안락으로 삼고, 지혜로운 사람은 인을 이로움으로 삼는다.

지혜 건강하지 못한 사람은 조금 추우면 긴 옷을 내어 입고, 조금 더우면 겉옷을 내팽개친다. 몸 내부의 체온조절을 할 수 있는 기능과 능력이 떨어졌다는 증거일 것이다. 인격 수양이 된 사람은 환경이 조금 궁하다고 해서 조급하게 어디 다니면서 못살겠다고 하지 않으며, 편안하다고 해서 요즘 먹고 살만하다고 얘기하고 다니지 않는다. 어진 사람은 비록 어질게 사는 삶이 고달프더라도 참아내며, 행운을 가져다주는 일이 있더라도 너무 기뻐 날뛰지 않으며, 늘 언제나 자신을 유지한다. 그러면 자연히 이로움이 들어오게 되어 있다.

군대생활 중의 일이다. 집안이 어려워서 당시에 복무를 연장하면 군장학금을 받았다. 내가 대학에 입학하던 1985년에 한 학기 등록금이 25만원

정도였는데,[47] 1년에 800만원 넘게 받았다. 그렇게 3년을 받았으니 가계에 많은 도움이 되었다. 그리하여 ROTC 교육을 다 마치고 육군 소위로 임관하여 3년 복무연장의 군대생활을 시작하게 된 것이다. 이후 여러 조건이 맞아서 10년을 훌쩍 넘기는 동안 야전으로, 정책부서로, 그리고 마지막에는 사관학교 교수요원으로 참 많이 돌아다녔다. 그런데 진급을 하려면 표창점수라는 게 있다. 장관표창을 1로 기준했을 때, 합참의장은 0.7, 각군 총장은 0.6 하는 식으로 약간의 차등점수를 부여한다. 지금은 기준이 어떠한지 잘 알 수 없다. 꼭 연초가 되면 서로 표창을 받으려고 희망을 한다. 그때마다 나는 양보를 했다. 한해가 가기 전에 그 양보를 메울 수 있는 기회가 많다. 특히 국군의 날 표창은 좋은 기회가 되었다. 중복 수여가 제한되어 있기 때문에 대부분 전반기에 수상을 해버리고 남은 사람이 별로 없게 된다. 그래서 그 이후 나는 진정한 나의 프로의 세계에 가더라도 사소한 경쟁은 먼저 양보해버리는 것이 낫다고 생각했다. 그렇게 마음 놓고 하는 맡은 일만 열심히 하게 되면 얼마 지나지 않아서 채워지게 된다. 하지만 아무리 사소한 일이라도 일생일대의 중요한 일이라면 양보하면 안 된다. 이해당사자를 설득하거나 상관에게 건의를 해서 반드시 양해를 구해야 한다. 그런 일은 일생에 단 세 번도 안 될 것이다.

---

47) 당시 국립대학교 사범대학은 학비가 다른 단과대학보다 반 정도 밖에 되지 않았다. 사립대학의 일반학과에 비하면 1/4정도 수준이었다.

원 문 子曰 惟仁者라야 能好人하며 能惡人하니라

자왈 유인자 능호인 능오인

풀 이 공자가 말했다. 오직 인자라야 남을 제대로 사랑할 수 있고, 남을 제대로 미워할 수 있다.

지 혜 '제대로'는 효율성(efficiency)을 얘기하는 것이고, '열심히'는 효과성(effectiveness)을 얘기하는 것이다. 예전에 사천에서 있었던 일이다. 어떤 분이 취재차 사천에 위치한 유명한 항공기제작회사를 방문한 적이 있었다. 저녁식사자리에 초대받아 동석한 일이 있다. 그날 참석한 사람 중에는 취재기자와 나, 그리고 그쪽 회사의 전무, 상무, 부장 등 다섯 명 정도 되는 것으로 기억된다. 그런데 무슨 얘기를 하다가 그 회사 상무가 "열심히 하겠습니다"라고 말을 하니 그 자리에서 곧바로 전무되는 사람이 "그 말은 임원이 해서는 안 될 말이요. 임원은 제대로 할 뿐이요."라는 것이었다. 가끔씩 나의 나태한 모습을 반성할 때면 그 회사의 전무가 한 말이 생각난다.

칼을 제대로 쓰는 사람은 그것을 조절해서 사용할 수 있다. 오늘날에는 너무 전문화되어 있어서 예화를 거론하는 것 자체가 무리가 있어 보이지만, 서양에서 외과술의 발달에 이발사들이 큰 기여를 했다.[48] 면도하는

---

48) 르네상스시대에 Ambroise Pare(1510-1590)라는 의사가 있었다. 그는 외과

기술을 제대로 익히게 되면, 그것이 외과수술에 그대로 적용될 수 있는 시절도 있었던 것이다. 한편 야수들 중에서 네 발 짐승들은 입으로 먹잇감을 사냥한다. 그런데 위기상황이 되면 그 입으로 자기 새끼들을 물고 이동시킨다. 목적에 따라 자신의 입을 조절할 수 있다는 것이다. 인정한 인을 갖춘 사람은 남을 제대로 미워할 수도 있고 제대로 사랑할 수도 있다. 인격을 갖춘 진정한 스승은 제자에게 회초리를 들 수 있을 것이다. 하지만 인격을 제대로 갖추지 않은 스승은 제자에게 회초리를 들어서는 안 된다. 충고까지도 삼가야 한다.

우리는 여기서 '제대로'라는 말에 주목할 필요가 있다. 제대로는 효율성(efficiency)을 얘기하는 것이고, '열심히'는 효과성(effectiveness)을 얘기하는 것이다. 예전에 사천에서 있었던 일이다. 어떤 분이 취재차 사천에 위치한 유명한 항공기제작회사를 방문한 적이 있었다. 저녁식사자리에

와 산부인과 분야에 큰 업적을 남겼다. 그는 원래 파리의 이발사 밑에서 의사 수업을 받고 오텔 듀 병원에서 일했다. 그는 1536년 당시 교황청 의사인 비고가 주장한 총상치료법이 잘못되었다고 주장했다. 총상치료법이란 총상에 끓인 기름을 부어 치료하는 방법이다. 그는 1552년에 부상자의 사지절단 수술을 할 때나 동맥 출혈을 지혈할 때 상처부위를 불로 지지는 소작법 대신 혈관을 실로 묶는 결찰법을 다시 도입해 출혈 문제를 해결했다. 그는 이발사 출신으로는 처음으로 성 코스마 대학의 교수가 되었다. 그는 일생 동안 20번을 전쟁에 나설 정도로 용감했고, 드 기스 공작이 머리 부상을 치료해준 것에 대해 감사해하자 "나는 붕대를 감기만 했고 하느님이 그것을 낫게 하셨을 뿐입니다"라고 말했다는 일화는 그의 겸손한 인격을 잘 보여준다. 이재담, 『서양의학의 역사』, 살림, 2007, p.31.

초대받아 동석한 일이 있다. 그날 참석한 사람 중에는 취재기자와 나, 그리고 그쪽 회사의 전무, 상무, 부장 등 다섯 명 정도 되는 것으로 기억된다. 그런데 무슨 얘기를 하다가 그 회사 상무가 "열심히 하겠습니다"라고 말을 하니 그 자리에서 곧바로 전무되는 사람이 "그 말은 임원이 해서는 안 될 말이요. 임원은 제대로 할 뿐이요."라는 것이었다. 가끔씩 나의 나태한 모습을 반성할 때면 그 회사의 전무가 한 말이 생각난다.

원문 子曰 苟志於仁矣면 無惡也니라

자왈 구지어인의 무악야

풀이 공자가 말했다. 진실로 인에 뜻을 세우면 악이 없다.

지혜 진실된 인에는 악도 없을 뿐만 아니라 적(敵)도 없다. 악이 없는 사람에게 적이 없는 것은 당연한 이치이다. 적을 만들지 않으려면 악의를 품지 않으면 되고, 악의를 품지 않으려면 인의 뜻을 제대로 세우면 된다.

일상생활에서 이것을 실천하기란 쉽지 않다. 상대가 계속해서 나에게 적의를 품고 대해오면 어떻게 해야 될까. 세 번은 참아야 한다. 그리고 그 일은 원칙에서 벗어난 일이라고 전해야 한다. 하지만 최대한 공손하게 그렇지만 분명하게 전달해야 한다. 다른 대학에 있는 친구에게서 듣게 된 일이다. 퇴임을 얼마 두지 않는 교수에 관한 일이다. 그분은 평생시에 국제교류에 관심이 많을 뿐만 아니라 이권이 있으면 무슨 일이든지 일단 시작하며, 보직을 맡고 후임자에게 물려줄 때에는 잔여예산을 한 푼도 안남기고 다 써버려서 후임자가 어떤 일을 제대로 시작해보지도 못하게 하는 인물이라고 한다. 그런데 그 친구와는 나중에 약간의 문제(주로 그 해당교수의 욕심으로 빚어진 일이 많았다고 함)가 있어서 사이가 좋지 않게 되었다고 한다. 어렵게 공동으로 개설해서 운영해온 어떤 강좌를 퇴임하면서 다른 교수에게 맡겼다고 한다. 또한 통상 퇴임 3년 정도 남으면 수학 년수 등을 고려해서 대학원생을 받지 않는 것이 대학의 관례인데, 그것도 외국인 학생을 포함해서 퇴임 2년 전에도 계속해서 받았다고 한다. 결국 퇴임하는 당해연도에 석·박사학위논문 심사를 7명씩이나 상정했다고 한다. 통상 2년에 3명 정도가 권장수준인데, 도가 너무 지나쳤다. 전통시장에서 남은 물건 떨이하는 식이라는 비난을 면할 수가 없다. 그리고 퇴임직전에는 학과내에서 평상시 잘 통하는 특정 교수를 통해서,[49] 대학원생 입학을 추천할 터이니 학과 내 교수의 수업은 지도교수의 수업만 듣고 나머지는 다른 학과에 가서 들을 수 있도록 해달라는 것이었다고 한다. 그 얘기를 전해 준 특정 교수이외의 대부분의 학과교수들이 정도에 벗어난 일이라고 반대했다고 한다. 그런

---

49) 그 요청을 전해주는 같은 학과의 그 교수도 문제이다. 그런 전화를 받게 되면, 학과장에게 말씀을 직접 하시라고 답하던가 아니면 학과장에게 그 말씀을 전해드리겠다고 하는 것이 공공조직의 구성원으로서 해야 할 도리이다.

데 그 퇴임교수의 대리인격인 특정교수는 심지어 타협안으로 제시된 반 정도는 들어야 한다고 의견에도 동의하지 않았다고 한다. 심정적으로는 다른 학과 교수의 수업을 등록해 놓고 본인이 대신 수업을 해주는 형식으로 진행해서 자신의 주도권과 이익을 계속해서 유지하겠다는 의구심을 갖게 해주는 행위로 보인다.

결국 그 일은 없었던 일로 되었다고 한다. 상식적으로 말이 안 되는 일은 얘기조차 꺼내지 말아야 한다. 대부분이 상식대로 행동하는데 일부가 비상식적으로 행동하면 최소한 세 번은 참아주고, 그래도 안 되면 진정으로 공손한 마음으로 정도에 벗어난다는 사실을 지적해주는 것이 상호간의 앞날에 도움이 될 것이다. 정의의 길은 간단하지만 언제나 험난하다. 왜냐하면 정상아닌 사람들 때문에...

원문 子曰 富與貴是人之所欲也나 不以其道得之어든 不處也하며 貧與賤是人之所惡也나 不以其道得之라도 不去也니라 君子去仁이면 惡乎成名라 君子無終食之間違仁하며 造次必於是하며 顚沛必於是니라

자왈 부여귀시인지소욕야 불이기도득지 불처야 빈여천시인지소악야 불이기도득지 불거야 군자거인 오호성명 군자무종식지간위인 조차필어시 전패필어시

풀이 공자가 말했다. 부와 귀는 사람들이 하고자 하는 것이나 그

정상적인 방법으로 얻지 않으면 처하지 말아야 하며, 빈과 천은 사람들이 싫어하는 것이나 그 정상적인 방법으로 얻지 않았다 하더라도 버리지 않아야 한다. 군자가 인을 떠나면 어찌 이름을 이룰 수 있겠는가. 군자는 밥을 먹는 동안이라도 인을 떠나지 말아야 하며, 경황 중에도 반드시 인에 따라야 하고, 위급한 상황에서도 반드시 인에 따라야 한다.

지 혜 빈부귀천(貧富貴賤)에 대한 가치관의 문제이다. 우리는 자연상태를 어떻게 인식하는가가 중에서 "우리가 태어날 때 아무 것도 가지고 태어나지 않았다." 그리고 갈 때도 아무 것도 가지고 가지 않는다. 즉 자연상태는 가진 게 없는 상태이다. 이것을 재물과 관련한 빈부귀천의 개념으로 놓고 보면, 우리는 가난하고 천하게 태어난 것이다. 그런데 집안이 부자이면 갑자기 그 허울로 덧 씌어져서 부자로 보이는 것일 뿐이다. 또한 본래 천하게 되어났는데, 귀한 집안의 도움으로 귀하게 여겨지는 것이다. 가난한 사람은 여전히 가난한 것이고, 천한 사람은 여전히 천한 것이다. 그러니 우리 인생을 빈부귀천의 중간 정도이거나 아주 높았다고 생각하면 언제나 불행해진다. 실의에 빠졌을 때 원래 내가 가진 것이 내 손안에 아무 것도 없었다는 사실을 잊지 않는다면 더 큰 실의에 빠지지 않을 것이다. 더 큰 실의라고 하는 것은 더 큰 실패에 대한 심리적인 절망감을 말하는데, 우리가 작은 실패를 갚기 위해 빚을 내는 경우 그렇게 될 수 있다. 자신의 자본은 아무 것도 없는데 빚으로 무슨 일을 도모하려고 하는 것은 위험하다. 아예 시작도 말아야 한다. 이러한 생각은 군자에게서 비롯된다. 군자는 하루의 삶이나 평생의 삶을 인으로 시작해서, 인으로 살고, 인으로 죽어야 한다. 심지어 돈을 버는 일에도 마찬가지이며, 그것을 투자하는 데도 마찬가지 인을 바탕으로 두고 해야 한다.

원문 子曰 我未見好仁者惡不仁者로다 好仁者는 無以尙之하고 惡不仁者는 其爲仁矣에 不使不仁者加乎其身이라 有能一日用其力於仁矣乎아 我未見力不足者로다 蓋有之矣어늘 我未之見也로다

자왈 아미견호인자오불인자 호인자 무이상지 오불인자 기위인의 불사불인자가호기신 유능일일용기력어인의호 아미견력부족자 개유지의 아미지견야

풀이 공자가 말했다. 나는 인을 좋아하는 자와 불인을 미워하는 자를 보지 못했다. 인을 좋아하는 자는 그보다 더할 수 없고, 불인을 싫어하는 자는 그가 인을 행할 때에 불인한 것으로 하여금 자신의 몸에 미치지 못하게 한다. 인을 이루는 데 하루 동안만 힘쓸 사람이 있는가? 나는 역부족인 자를 아직 보지 못하였다. 아마도 그런 사람이 있을 터인데 내가 아직 보지 못하였느니라.

지혜 인을 좋아하고 불인을 미워하는 것은 당연하다. 누구나 다

그렇게 생각한다. 인을 행하는 사람은 불인으로 인해 자기 자신에게 피해를 가져오지 않는다. 미리 예견하고 경계하기 때문이다. 어떤 일이라도 단 하루만 한다면 노력하지 못할 사람이 없다. 3일 정도는 시작한다. 그래서 작심삼일(作心三日)이라는 말도 있다. 하물며 좋은 일을 하는데 하루 정도 투자하지 않는 사람은 없다. 그런데 인이라는 덕을 갖추는 것이 너무나 대단해서 시작조차 못하는 사람이 너무 많다. 충분한 힘은 있으니까 관심과 열정을 갖고 계속해서 노력하면 언젠가는 인을 이룰 수 있는 것이다. 그런데 공자는 많은 사람들의 인을 이루려는 평상시의 열정이 부족함을 지적하고 있는 것 같다.

진로지도를 할 때 이와 비슷한 상황이 발생한다. 외국어도 잘 하고, 전공 공부도 잘 하고, 여러 면에서 많은 자질이 보여서, 진로를 어떠한 길로 잡아보는 것은 어떠냐고 멘토링을 해주면, 해보지도 않고 자기는 안 된다고 말한다. 태어날 때부터 안 된다고 전제하고 난 사람은 아무도 없다. 선생은 다만 지금 하고 있는 연장선상에서 10년 정도 진력하면 뭔가를 이룰 수 있을 것이라는 예측을 할 수 있다. 이것은 흡사 학생들이 공중 부양을 해서 이단 옆차기로 굴러들어오는 복을 차버리는 형국과 같다. 오늘날 젊은이들은 자신들의 청춘의 아픔을 들어주기만 해줄 것을 원하는 것 같다. 진로는 자기가 알아서 개척한다는 것처럼 보인다. 물론 학교마다 개인마다 다를 수 있다. 학생들의 눈으로 보이지 않는 것이 선생의 눈에는 가끔 자주 보이기도 한다. 그 틈새를 잘 공략하면 의외로 많은 소득을 얻을 수 있을 것이다.

원문 子曰 人之過也는 各於其黨이니 觀過면 斯知仁矣니라

자왈 인지과야 각어기당 관과 사지인의

풀이 공자가 말했다. 사람의 과실은 각기 그 특성대로 있는 것이니 그 사람의 과실을 보면 그 사람의 인을 알 수 있다.

지혜 인은 보편적인 인간다움의 덕이다. 그런데 그 모양새는 사람마다 다 다르다. 따라서 사람마다의 특성에 따라 그 사람의 인의 모양도 달라지는 것이다. 과실 또한 마찬가지이다. 그 사람이 어떤 과실을 하는가에 따라 그 사람의 인격에 어떤 점이 부족한가를 알 수 있다. 좋은 선생은 학생들의 이러한 특성을 잘 참조해서 계발해줘야 하는 것이다. 스승의 역량과 학생의 호응에 따라 학생의 단점이 장점으로 변화될 수도 있다. 인격 형성에 있어서 제일 중요한 것은 개별적으로 독특한 특성을 갖고 있는 개개인의 태도와 의지이다. 좋은 선생은 교실에서 학생들이 이론적으로 답변하는 것에서 그 진로지도의 계기를 찾는 데 머물러서는 안 되고 일상생활 속에서 그들이 말하고 행동하고, 또 친구들과 어떻게 지내는지 등을 통해서 폭넓게 정보를 파악해야 한다.

원문 子曰 朝聞道면 夕死可矣니라

자왈 조문도 석가사의

풀 이 공자가 말했다. 아침에 도를 깨달으면, 저녁에 죽더라도 좋겠다.

지 혜 인간이 수양을 하는 이유는 인간답게 사는 도리를 얻기 위해서이다. 그 도리를 다 체득했다는 것은 더 이상 바랄 것이 없다는 것이다. 실제로 아침에 도를 얻었기로서니 저녁에 죽는다는 뜻은 아닐 것이다. 우리는 매일 매일 자신의 죽을 향해 다가가고 있다. 죽는 순간에도 인간의 도리를 깨우치지 못하는 사람들이 많은데, 하루 아침에 도를 깨우쳤다는 것은 얼마나 반가운 일이겠는가. 더 이상 기쁠 수도 없고 더 이상 행복할 수도 없고 더 이상 자랑스러울 수도 없을 것이다.

원 문 子曰 士志於道而恥惡衣惡食者는 未足與議也

자왈 사지어도 이치악의악식자 미족여의야

풀 이 공자가 말했다. 선비가 도를 얻기 위해 뜻을 세우고서도 좋지 않은 옷과 음식을 부끄러워한다면 그런 자와는 더불어 얘기할 가치가 없다.

지 혜 어떤 사람이 멧돼지 사냥을 하러 깊은 산에 들었는데, 사냥하는 데 그리 중요하지 않은 머리띠, 간식의 종류, 귀고리 등과 같은 것들이 무슨 필요가 있겠는가? 인생에 있어서 중요한 일과 그렇지 않은 일이 있다. 모든 것을 동시에 다 할 수는 없는 것이다. 인공위성으로 탐지하면

골프공만한 것도 식별가능하다고 한다. 그만큼의 정밀도를 갖고 항상 탐지할 수는 없다. 여러 가지 징후가 있을 때, 특정한 장소와 대상에 대해 정밀 탐지하게 되는 것이다.
하물며 인생의 궁극적 가치인 도를 얻고자 하는 선비가 주변의 잡다한 일들에 신경을 쓰는 것은 더욱 더 부질없는 일이다. 좋은 옷, 좋은 음식을 얻고자 하는 것은 마치 사냥꾼이 오늘 사냥할 때에는 무슨 귀고리를 하고 갈까라고 생각하는 것만큼이나 가치없는 일이다.

원문 子曰 君子之於天下也에 無適也요 無莫也요 義之與比니라

자왈 군자지어천하야 무적야 무막야 의지여비

풀이 공자가 말했다. 군자는 한 일에만 고집해서도 안 되고 그렇다고 전혀 무관심해서도 안 된다. 오로지 의를 따를 뿐이다.

지혜 군자가 가는 길은 넓다. 길이 넓다보니 길 주변에 여러 가지 유혹도 많다. 막걸리 한 잔 하고 가라는 친구들의 부름도 있을 수 있고, 잠시 노름이나 한 판 하고 가라는 유혹도 있을 수 있다. 그런데 밥 먹을 때가 되어 밥을 안 먹을 수 없는 상황인데 뚝배기설렁탕 한 그릇 먹고 가라는 주인장의 호객 행위에 전혀 눈길을 돌리지 않을 수는 없다. 이렇듯 군자의 길을 수행에 꼭 필요한 것만 전념하고 나머지는 무시해야

한다. 그러한 마음가짐 자체가 군자의 수행을 위한 첫 행보이다.

원문 子曰 君子懷德하고 小人懷土하며 君子懷刑하고 小人懷惠니라

자왈 군자회덕 소인회토 군자회형 소인회혜

풀이 공자가 말했다. 군자는 덕을 생각하고 소인은 처한 장소를 생각하며, 군자는 형을 생각하고 소인은 혜택을 생각한다.

지혜 군자는 덕을 생각하기 때문에 자기가 덕을 이루는 과정에서 기준에 벗어남이 있는지 없는지를 항상 생각한다. 그 원칙에 부합되지 않으면 비록 남들이 벌을 주지 않더라도 스스로 자진해서 기꺼이 벌을 받으려 한다. 반면 소인은 자신이 처한 장소를 중시하기 때문에 무슨 이익이 없는지 누가 나에게 무슨 혜택을 주지나 않는지 등에 관심을 가진다.
오늘날 자본주의 사회에서는 시대적 변화에 맞게 적용해야 할 것이다. 군자가 덕을 생각하는 것은 맞지만, 이익과 혜택을 생각하는 사람을 반드시 소인으로 생각해서는 안 될 것이다. 덕을 생각하는 삶도 그 덕을 무슨 일을 도모하기 위한 수단으로 생각한다면 그 또한 소인이 될 것이다. 정당한 자본 활동을 하고 그 정상적인 활동을 통해 얻게 된 자본력으로 좋은 일을 하면 그 또한 군자라 할 것이다. 빌 게이츠는

천문학적인 돈을 벌었다. 물론 적법하게 벌었고, 이후 그는 부인과 함께 빌게이츠 재단을 만들어서 세계의 불쌍한 어린이들을 돕는 자선활동을 하고 있다. 그 또한 군자라 하겠다.[50)]

원 문 子曰 放於利而行이면 多怨이니라

자왈 방어리이행 다원

풀 이 공자가 말했다. 이익만을 쫓으면 반드시 많은 원망을 받게 된다.

지 혜 인간이 공통적으로 추구하는 일은 자신의 노력을 통해서 무엇인가의 대가(對價)를 얻으려고 한다는 것이다. 그런데 이 대가가 언제나 풍족하지 않다는 데 문제가 있다. 모두 그렇게 원하기 때문에 경쟁은 치열할 수밖에 없다. 그래서 언제나 내가 추구해야 할 적정수준이 어느 정도인지를 늘 생각해야 한다. 만약 이렇게 상대방을 고려하지 않고 나의 이익만을 추구하게 된다면 다른 사람들의 시기질투를 받게 된다.

---

50) Bill Gates(1955.10.28.~)는 정보기술 기업의 대명사 마이크로소프트를 세웠다. 2008 회계연도 매출액 617억2천만 달러, 순이익 177억6천만 달러로 매출액 규모와 순이익에서 애플과 구글을 크게 앞선다. 현재는 일선에서 은퇴해서 자선봉사활동으로 제2의 인생을 살고 있다. http://navercast.naver.com/contents.nhn?rid=75&contents_id=301, 2015.9.22. 검색.

그런데 인간이 추구해야 할 일은 이익만 있는 것이 아니다. 우리 인간이 추구해야 할 것은 많다. 덕을 구하고 쌓는 일, 돈을 버는 일, 다른 사람에게 봉사하는 일, 친구들과 노는 일, 부모님 즐겁게 해드리는 일, 전쟁 없는 지구공동체를 만드는 일, 질병이 없는 사회를 만드는 일 등 수도 없는 일들을 추구한다. 자본가라 할지라도 돈만 추구하기보다는 사회의 많은 가치들 중 한 두 가지는 되돌아보면서 함께 하는 노력을 해야 한다.

원문 子曰 能以禮讓爲國乎면 何有이며 不能以禮讓爲國이면 如禮何잇가

자왈 능이례양위국호 하유 불능이례양위국 여례하

풀이 공자가 말했다. 능히 예와 겸양으로써 나라를 다스린다면 무슨 어려움이 있으며, 그렇게 하지 않는다면 예를 어떻게 할 것인가?

지혜 나라를 다스림에 예법과 겸양을 기초로 하면 나라의 질서가 바로잡히고 풍속이 제대로 선다. 그렇게 하지 않는다면 예법을 기준으로 하는 나라는 어디에서도 찾아볼 수 없을 것이다. 일종의 동어반복이다. 그 정도로 예법은 나라의 질서를 잡는 데 중요하다는 것이다. 겸양은 예법의 다양한 형태 중의 하나일진데, 특히 나라의 질서를 바로잡는 데 중요한 역할을 한다. 모두 자기가 다른 사람보다 뛰어나다고 얘기한다면 그 나라는 아귀다툼의 바닥으로 치닫고 말 것이다. 무슨 일이든지

일단 양보하고 그런 조율이 있고 난 뒤에 그리하고도 이제 먼저 해도 되겠는지를 확인해서 물어보고 행한다면 큰 문제가 없을 것이다. 이것은 대부분 좋은 일일 경우 그렇다. 하지만 어려운 일일 경우 자기가 먼저 하겠다고 나서야 한다. 이때는 겸양이 미덕이 아니다. 나라의 어려움이 있을 때에는 용맹이 더 중요한 덕이 된다.

원문 子曰 不患無位요 患所以立하며 不患莫己知요 求爲可知也니라

자왈 불환무위 환소이립 불환막기지 구위가지야

풀이 공자가 말했다. 벼슬자리가 없음을 걱정하지 말고 벼슬자리에 설 능력이 없음을 걱정하며, 남이 나를 알아주지 않음을 걱정하지 말고, 남에게 알려질 수 있도록 능력을 기르는 데 힘써야 한다.

지혜 예나 지금이나 마찬가지이다. 취업준비생에게 적용될 수 있는 말이다. 나는 왜 취직을 못할까하고 매일 걱정하는 것보다 내가 진정으로 그러한 업무를 수행할 능력이 없음을 걱정해야 한다는 것이다. 그렇게 준비하게 되면 굳이 내가 나서서 나 스스로를 알리려 하지 않아도 자연스럽게 알려지게 될 것이다.

요즘의 경우 소위 스펙 쌓는데 열중한다. 그 스펙에는 외국어 몇 점, 사무자동화 몇 급, 각종 자격증 몇 급 하는 식이다. 전공불문하고 이러한

분야에 집중하게 되고 대학의 전공은 거의 취직 준비를 위한 사전 절차 정도로 인식되고 있다. 그렇다보니 대학의 교육의 정상화는 저 멀리가고 말았다. 사범대학의 경우 교원임용시험이 대부분 전공 공부 범위 내에서 출제되기 때문에 대학의 교육과정 운영에 큰 문제가 없을 것으로 생각하기 쉽다. 그런데 대부분의 학생들이 모두 임용시험을 준비하기 때문에 사범대학 교수들은 자신만의 전공 연구 역량을 증진시킬 수 있는 기회가 점점 제한되고 있다.

기업의 입장에서 생각해본다면 자신의 전공에 맞는 누구도 가지고 있지 않는 자신만의 특이한 스펙을 원할 것이다. 예컨대 윤리교육을 전공하는 학생이라면, 대부분 중등교사임용시험을 준비하겠지만, 일반 회사에 취직을 한다고 가정할 때, 감사업무나 공직윤리담당관과 같은 직위를 맡을 수 있을 것이다. 이에 대비해서 시험과목에 대한 준비는 물론이거니와 소위 말하는 스펙으로 고전교양도서 읽기(다산 정약용의 목민심서 등), 기초외국어 등의 역량을 구비하고, 전공공부에서는 직업윤리를 포함하는 응용윤리학 전반에 대해 두루 공부해두는 것이 필요할 것이다. 남들 다 하는 내용과 방식보다는 나만 가진 스펙 쌓기가 더 중요하다고 본다. 물론 이러한 개별적인 노력이전에 나라 전체의 취업 기회가 현재보다는 현격한 수준으로 더 확대되어야 하는 것이 전제되어야 한다.

원문 子曰 參乎아 吾道는 一以貫之니라 曾子曰 唯라 子出하니 門人問曰 何謂也잇고 曾子曰 夫子之道는 忠恕而已矣니라

자왈 삼호 오도 일이관지 증자왈 유 자출 문인문왈 하위야 증자왈 부자지도 충서이이의

풀 이 공자가 말했다. 삼아! 나의 도는 한 가지 이치가 만 가지 일을 꿰뚫고 있다. 이에 증자가 그렇다라고 대답했다. 공자가 밖으로 나가자 문인들이 증자에게 무슨 뜻인지 물었다. 증자가 대답했다. 부자의 도는 충과 서뿐이다.

지 혜 공자의 도는 한 가지로 통한다. 증자의 증언에 의하면 그것은 충과 서이다. 후대의 학자들에 의하면 충은 천도(天道)이고 서는 인도(人道)라는 주장도 있고, 충이 핵심이고 서는 보조적인 덕이라고도 한다. 대개 공자는 인간다움의 도리를 주창했다. 덕목으로 얘기하자면 인(仁)이다. 전쟁의 와중에 땅에 떨어진 인간성을 회복하여 그 예의 질서를 중심으로 온 천하의 질서를 바로 잡을 것을 주장했다. 따라서 증자의 증언이 모두 맞다고 볼 수는 없다. 공자가 말한 인을 중심에 놓고 본다면, 충은 오롯이 자신에게 하나의 의혹이 없는 진실함이라고 봐야겠고, 그 과정에서 발생하는 약간의 실수를 포용하는 포용심이라고 볼 수 있다. 따라서 증자의 증언은 인을 중시에 두고, 충과 서는 실천적 과정에서 필요한 덕이라고 본다면, 인에 대한 언급이 생략된 채 충과 서에 대해서만 강조하고 있는 인상을 준다.

성현의 말씀을 단어 한 마디를 놓고 해석한다는 것은 무리이다. 공부를

하는 학도로서 나의 공부의 핵심은 무엇이며 그것을 관통하는 원리는 무엇이라고 말할 수 있는 포부와 역량을 갖추는 것도 중요한 일이다. 그리고 동학들과의 건전한 사교와 조언은 자신의 공부를 더욱 심화하는 계기가 된다. 공부에서도 친구가 중요하다. 제자도 크게 보면 친구이다.

원문 曰 君子는 喩於義하고 小人은 喩於利니라

자왈 군자유어의 소인 유어리

풀이 공자가 말했다. 군자는 의에 밝고, 소인은 이에 밝다.

지혜 군자는 옳은 일에 관심을 두며, 소인은 좋은 일에 관심을 둔다. 옳음은 기준을 전제하는 것이고, 원인을 탐구하는 출발점이 된다. 좋음은 행위의 결과 얻을 수 있는 유익함을 말한다. 둘 다 현대 정치철학에서 동시에 강조되는 말이다. 전자를 의무론이라면 후자를 공리주의라고 표현하기도 한다.

여기서 공자가 말하는 의와 이도 현대의 이러한 개념과 크게 벗어나지 않는다. 의를 중심으로 하는 삶은 법과 원칙을 중시하여 누구나 따를 수 있는 기준점이 되는 장점이 있는 반면 바로 그 장점 때문에 너무 강직하여 고집불통이라는 비판을 받을 수 있다. 반면 이를 중심으로 하는 삶은 유익함과 여유를 가져다주는 장점이 있는 반면 상황에 따라 변하는 기회주의라는 비판을 받을 수 있다. 공자의 가르침은 천하의 위기는 서로 자신만의 이익, 자기나라만의 이익을 추구하다보니 비롯된 것이라고 보았기 때문에 보편적인 의를 강조하게 된 것이다. 공자의 의는 곧 현대 정치철학에서 말하는 정의(justice)라고 할 수 있다.

원문 子曰 見賢思齊焉하며 見不賢而內自省也니라

자왈 견현사제언 견불현이내자성야

풀이 공자가 말했다. 어진 이를 보면 그를 본받고자 노력하며 어질지 못한 자를 보면 자신의 반성 대상으로 삼아야 한다.

지혜 하늘이 만든 모든 것은 그 존재이유를 다 가지고 있다. 잘나면 잘 난대로 못나면 못 난대로 선하면 선한대로 악하면 악한대로 모두 그 품성을 다 갖추고 있다. 아무리 좋지 않은 것이라도 지극한 정성으로 받아들이면 몇 억 겁의 인연의 고리를 풀고 선한 인연이 된다. 아무도 거닐지 않는 들판에 놓인 못생긴 돌멩이도 그 가치를 알아봐주는 수집가의 눈에 띄게 되면 아름다운 수석(壽石)으로 변한다. 『나의 문화유산 답사기』에서 유홍준 선생이 문화재는 아는 것만큼 보인다고 한 이유를 새삼 느낄 수 있겠다. 한명희 작가는 ROTC 장교로 임용되어 최전방에서 근무하면서 일상 속에서 볼 수 있었던 앙상한 고목을 보고 6.25전쟁의 참상을 떠올리며 『비목』이라는 이름으로 시를 지었다. 그것이 오늘날 전해지는 같은 제목의 가곡이 된 것이다.

이들은 모두 현실을 있는 것대로 보지 않고 자신의 가치를 의미있게 재해석하는 능력을 가졌다. 우리의 고난 또한 마찬가지이다. 그것을 감내하겠다는 강한 의지가 있으면 극복할 수 있는 것이다. 반면 환희와 영광도 자칫 잘못된 생각을 하게 되면 나락으로 치닫고 만다. 고도로 농축된 쓴 맛을 물에 희석시키면 단맛이 난다. 내 주변의 모양가진 모든 것은 나의 배움의 터전으로 삼게 되면 복이 생기게 마련이다.

원문 子曰 事父母幾諫하고 見志不從하고 又敬不違하며 勞而不怨니라

자왈 사부모기간 견지부종 우경불위 로이불원

풀이 공자가 말했다. 부모를 섬기되 조심조심 간해야 하며, 부모가 내 뜻을 보고서도 따르지 않더라도 계속해서 부모 말씀을 거슬리지 않고 공경해야 하며 노고를 계속해도 원망하지 말아야 한다.

지혜 부모는 이 세상에 나를 생기게 해준 존재이므로 지극히 감사해야 한다. 만약 그런 분이 잘못된 일을 할 경우에 결국 파장은 그 소생인 자신에게 돌아오게 된다. 따라서 그런 경우에 낮은 목소리로 아주 조심스럽게 그 잘못을 간해야 한다. 그 간함이 부모의 마음에 직접 닿지 않도록 해야 한다.

유교에서 피휘(避諱)의 전통은 이를 잘 입증해준다. 부모의 이름을 직접

입에 올리지 않으려하는 조심스러움에서 비롯된 것이다. 누군가 부친 함자(銜字)가 어떻게 되느냐는 질문을 했을 때 무슨 자 무슨 자를 쓴다고 하는 것도 이러한 피휘의 예이다. 그런데 서양에서는 자신의 아버지 이름을 자식의 이름으로 삼는 경우가 많다. 아리스토텔레스[51]는 그이

---

51) 아리스토텔레스(Aristotle, BC 384~322)는 고대 그리스의 철학자이다. 학문 전반에 걸친 백과전서적 학자로서 과학 제 부문의 기초를 쌓고 논리학을 창건하기도 하였다. 트라키아의 스타게이로스에서 출생하여 플라톤의 학교에서 수학하고, 왕자 시절의 알렉산더 대왕의 교육을 담당하였다. B.C. 335년에 자신의 학교를 아테네 동부의 리케이온에 세웠는데, 이것이 페리파토스 학파(peripatetics, 消遙學派)의 기원이 된다. 그는 플라톤의 비물체(非物體)적인 이데아의 견해를 비판하고 독자적인 입장을 취하였지만, 플라톤의 관념론에서 완전히 벗어나지는 못하고 관념론과 유물론 사이에서 동요하였다. 그의 연구는 1)존재와 그 구성・원인・기원을 대상으로 하는 이론학, 이것에는 제1철학, 수학, 자연학이 포함되고, 2)인간의 활동을 대상으로 하는 실천학, 여기에는 윤리학, 경제학, 정치학이 포함되며, 3)창조성을 대상으로 하는 제작술(製作術), 여기에는 시(詩) 등 예술 활동이 포함된다. 제1철학은 후에 형이상학이라 일컬어지게 되는 것을 말한다. 학문 연구의 대상은 일반적인 것의 획득이고, 이 획득은 감각에 기초한 지각에 의해 개개 사물 가운데 있는 일반적인 것을 인식함으로써 성립하며, 감각적인 것을 통하지 않고는 체험될 수 없다고 보고 귀납을 인식의 조건으로 삼았다. 그에 따르면 사물 생성의 조건이라는 의미에서의 원인으로 ①질료(質料, 희랍어: hylē, 영어: matter): 생성의 수동적인 가능성, ②형상(形相, 희랍어: eidos, 영어: form): 질료에 내재하는 본질, ③운동의 시원(始原), 4)목적 등 네 가지를 들었다. 이렇게 일체의 존재는 질료와 형상의 결합이며, 가능성(질료)이 현실성(형상)으로 전화・발전하는 것으로 보았다. 질료에는 수동성을, 형상에는 활동성을 부여함으로써 운동의

아버지 이름이 니코마코스인데, 아들 이름도 니코마코스이다. 오늘날 전해지고 있는 『니코마코스윤리학』은 그의 유고를 정리하여 펴낸 아들이 자신의 이름을 따서 붙여진 것이라고 한다.

이러한 조심스럽게 간하는 '幾諫'은 아주 친한 친구 사이에서도 필요하다. 내 친한 친구 중에 유학을 전공한 교수가 있다. 어느 날 은행에 같이

시원과 목적을 형상에 귀착시켰다. 여기에서, 운동의 시원으로서 스스로는 움직이지 않으면서 다른 것을 움직이는 것, 즉 '움직이지 않는 최초의 움직이는 것'으로 신(神)을 내세운다. 아리스토텔레스는 플라톤과 같이 초월적인 이데아를 인정하는 관념론자는 아니지만 역시 위에서 볼 수 있듯이 관념론적 입장이 보인다. 그러나 그가 자연을 논하는 경우에는 유물론적 색채가 농후하다. 그의 논리학은 존재론, 인식론과 밀접한 관계가 있고, 인식은 단순히 실험의 검증을 최후의 근거로 삼는 것이 아니라, 감각에 의하지 않고 정신의 작용만으로도 진리가 추정된다고 하면서, 귀납뿐만 아니라 연역의 중요성도 주장하고 있다. 그가 수립한 우주론(宇宙論)은 코페르니쿠스가 지동설을 주장하기까지 오랜 세월을 지배하여 온 천동설이었다. 윤리학에서는 노예제 사회에서의 유한(有閑)계층의 사고에 부합하여 관조(觀照)를 정신 활동의 최고 형태라 하고, 그 모범을 가장 완전한 철학자, 자기 자신을 사고하는 사상으로서의 신(神)에게서 찾았다. 사회학에 있어서는, 노예제를 자연에 기인한 것이라 주창하고, 국가 권력은 그 최고 형태를 권력의 이기적 행사가 아닌, 사회 전체에 도움을 주는 것에서 찾아야 한다고 주장하였다. 아리스토텔레스의 관념론과 유물론의 2면성은 후세의 철학 사상에 깊은 영향을 끼쳤으며, 특히 중세의 기독교는 그의 관념론을 받아들여 신학 체계를 세우는 데 크게 이용하였다. 그러나 동시에 그의 사상은 이러한 관념론을 타파하는 유물론의 근거가 되기도 하였다. "아리스토텔레스", 『네이버 지식백과』, 2015.9.22. 검색.

갈 일이 있었다. 그런데 은행 안에 별로 만나고 싶지 않은 어떤 사람이 있어서 그냥 잠시 밖에서 기다리기로 했다. 한참 기다리다가 그 사람이 나갔는지 살피러 그 친구가 먼저 가보았다. 그랬더니 손으로 하는 오라는 손짓이 아니라 동그라미를 그리는 것이었다. 조금 생경했는데 좀 있다 과연 유학자다운 손짓이라고 생각하고 같이 볼일을 보러 간 일이 있다. 직접 오래고 하면 나의 마음에 직접 닿게 되는 것이다. 동그라미를 그리는 것은 지금 와도 좋다는 자기의 뜻을 전하는 것이다. "다음은 시청역입니다. 시청으로 가실 분은 오른쪽으로 내리시기바랍니다"보다는 "다음은 시청역입니다. 시청은 오른쪽입니다"로 하는 것이 좋다. 오른쪽으로 가는 사람 중에 시청으로 가지 않는 사람도 있을 뿐만 아니라 다른 길을 통해서 시청가고 싶은 사람도 있고 그 처한 상황은 매우 다양하다. 더 중요한 것은 대화의 상대자에게 자신의 의지를 강제하는 듯한 말은 유의해야 한다는 것이다. 그것이 바로 '幾諫'의 핵심이다.

원문 子曰 父母在어든 不遠遊하고 遊必有方이니라

자왈 부모재 불원유 유필유방

풀이 공자가 말했다. 부모가 집에 계시거든 멀리 나가서 놀지 말고, 부득이 외출을 하더라도 그 처소가 어디인지를 말씀드려야 한다.

지혜 자식들이 장성하고 나면 이제 자연의 순리에 따라 부모는 상대적으로 노쇠하게 된다. 이렇게 되면 자연히 자식들의 도움의 손길이 필요하다. 혹시나 임종을 지키지 못할까 하는 염려의 마음도 있을 것이다. 한편 부득이 출장을 간다면 어디에 가서 언제 돌아올 것이라는 것을 말씀드려야 한다. 왜냐하면 부모님이 걱정하시기 때문이다. 나는 중학교 다닐 적에는 하루 종일 학교에서 일어난 일 중에 특이한 내용을 요약해서 부모님께 다 말씀드린 것 같다. 그런데 요즘은 일주일에 한번 안부 전화 드리는 것도 일처럼 생각하고 지낸다. 아무리 바쁘더라도 인생의 중대사가 있을 때는 부모님의 지혜를 듣고 교훈을 삼는 것은 잊지 말아야 한다.

원문 子曰 三年無改於父之道라야 可謂孝矣니라

자왈 삼년무개어부지도 가위효의

풀이 공자가 말했다. 3년 동안을 부친의 뜻을 고치지 말아야 효라고 말할 수 있다.

지혜 앞의 학이편에서 나온 내용이다. 아마도 편집하면서 이 내용이 중요하기 때문에 다시 요약해서 넣은 듯하다. 부친의 뜻이 설령 잘못되었더라도 적어도 3년 정도는 지속해야 한다. 설령 객관적으로 부친의 뜻이 잘못되었다고 하더라도 대의를 잘 보존한다면 그 집안의 전통이 될 수도 있는 것이다. 자신의 편의에 따라 아침저녁으로 계속해서 바꾸게 되면 가풍은 형성되지 않고 무늬만 찬란한 그야말로 외화내빈의 형국이 되고 말 것이다. 우리는 흔히 5대째 양조장을 하는 집안이나 10대째 만두집을 운영하는 집안을 보면 일면 존경심도 생기면서 그 부모님의 뜻을 어떻게 그렇게 잘 계승했을까 하는 생각을 하게 된다. 더욱이 그 집안의 제품은 많은 사람들로부터 신뢰를 받게 된다. 결국 그 신뢰는 대대로 내려온 효도의 결실이라고 말할 수 있는 것이다.

원문 子曰 父母之年은 不可不知也니 一則以喜요 一則以懼니라

자왈 부모지년 불가부지야 일즉이희 일즉이구

풀이 공자가 말했다. 부모의 나이는 자연히 알게 되어 있는데, 한편으로는 기쁘기도 하고 한편으로는 두렵기도 하다.

지혜 우리는 어렸을 적부터 부모님이 나를 몇 살 때 낳았을까 하면서 뺄셈을 많이 해본다. 그러다가 자신이 결혼을 하고 자식을 두게 되면서부터는, 자기자식과 자신의 나이차를 뺄셈하게 된다. 그러던 어느 날 문득 이 뺄셈의 값이 중첩되는 순간을 맞이하게 된다. 묘한 생각이 든다. 내가 현재의 부모 나이가 되면 나의 자식은 현재의 나의 모습이 되어 있겠구나라고 생각하면 자신의 인생에 대한 무한 책임을 더더욱 많이 느끼게 된다. 자식에게 더 잘 해줘야겠다는 생각도 나면서 부모님에

대해 더 많은 관심을 갖게 된다. 여기서 일면 기쁜 것은 오래 사신 것에 대한 고마움의 기쁨이요, 일면 두려운 것은 이제 돌아가실 날이 얼마 남지 않아 이별의 두려움을 말하는 것이다.

원문 子曰 古者에 言之不出은 恥躬之不逮也니라

자왈 고자 언지불출 치궁지불체야

풀이 공자가 말했다. 옛사람이 말을 함부로 하지 않은 것은, 몸소 다 행하지 못함을 부끄러워했기 때문이다.

지혜 말의 신중함과 실천궁행(實踐躬行)의 어려움을 강조하는 가르침이다. 약간 부족한 듯이 살아야 한다. 말도 약간 어눌하게 해야 한다. 똑 부러진 말을 다 실천하려면 힘겹다. 지금까지 나의 행동에 대해서도 반성할 점이 많다. 나는 똑바르게 살지 못하면서 나의 기준에 벗어나는 학생들을 아주 많이 혼냈었던 것 같다. 심지어 더 이상 안 볼 듯이 말한 적도 있다. 그리고 대학원 논문심사 때는 너무 냉정하게 비판한 것 같다. 그래서 인지 지도학생을 많이 둔 교수는 나를 한동안 심사위원으로 추천하지 않았던 적도 있다.

학부 졸업생 한 명이 교관임무를 수행하는 장교를 지원한다고 하면서 내게 추천서를 좀 써달라고 한 일이 있었다. 나는 내가 쓴 국가안보관련 책도 동봉하면서 성심성의껏 추천서를 작성해서 발송했다. 그런데 그 학생이 면접 당일 가지 않았던 것이다. 그것도 추천서를 읽은 해당 기관장으로부터 전화가 와서 알게 되었다. 그 학생의 무심한 행동은 도저히 이해가 되지 않았다. 나는 당장 전화를 해서 자초지종을 물어보지도 않고 나의 서운한 감정을 그대로 얘기했다. 아직도 내게 그 졸업생은 당시 무슨 이유로 면접을 보러 가지 않았는지 얘기한 적이 없다. 그 뒤 우연히 그 졸업생을 고속터미널에서 만나게 되었는데, 다름 아닌 원래 원했던 그 군의 장교가 된 것이었다. 썩 반가운 만남은 아니었지만 나는 지금도 기왕 그렇게 같은 길을 갈 바에야 전공을 살려서 교관 직렬로 가는 것이 나았다고 생각한다. 선의로 잘 해 주려고 해도 젊은이의 마음을 다 알 수 없다는 것을 새삼 깨닫는다.

원문 子曰 以約失之者는 鮮矣라

자왈 이약실지자선의

풀이 공자가 말했다. 약함으로써 실수하는 경우는 드물다.

지혜 여기서 약(約)은 흩어놓지 않고 잘 정돈됨을 말한다. 이러한 뜻으로 약이 들어가는 낱말에는 약속(約束), 절약(節約), 약정(約定), 약혼(約婚) 등이 있다. 그 쓰임새 모두 부수적인 것이 아니라 핵심적인 것을 말하며, 복잡한 것보다는 간결한 것을 말한다.
일상생활 중에서 말을 삼가고 절제된 행동을 하는 사람은 실수하지 않는다. 다른 사람에게 오해 살 일도 많지 않다. 간소한 삶을 살기 때문이다. 개인적으로 나는 무슨 일을 하면 깊이 빠져버리는 성향이 있다. 그런데 더 안 좋은 것은 여러 가지 일에 동시에 심취하는 성향도 있다는 것이다. 그래서 한 때 취미에 맞는 각종 장비들을 구매하느라 인터넷 쇼핑을 많이 했었다. 이렇게 취미에 심취하게 되니 그 취미별 동아리 활동하느라 본업인 책보는 일을 게을리 하기도 했다. 교류하는 사람이 너무 많아서 항상 휴대폰을 들고 다녀야 하고 그 사람들로부터 듣게 된 정보에 따라 뭔가를 또 준비하느라 바쁘기만 했다. 나중에 회심을 하고 제 모습을 되찾는 데는 엄청난 고통이 따랐다. 당분간 모든 것을 차단해야 하는데 나를 찾는 사람들이 있을 것이라는 궁금증 때문에 책이 손에 잡히질 않았다. 하던 일을 계속해서 이어가야 한다는 일종의 중독증세를 완전히 끊는다는 것이 그렇게도 어렵다는 것을 알게 되었다. 이제 선현들의 가르침을 아로새기며 근본으로 돌아가는 다짐을 한다. 위서(緯書)보다는 경서(經書)를 읽는 것이 번잡한 마음을 더 약(約)하게 해준다.

원문 子曰 君子는 欲訥於言而敏於行이니라

자왈 군자 욕눌어언이민어행

풀이 공자가 말했다. 군자는 말을 어눌하게 하고 행실은 민첩하게 하려 한다.

지 혜 군자는 완성된 인격자이다. 따라서 군자는 다른 사람에게 의도적으로 해를 끼치지 않는다. 그의 말투가 느릿느릿하다고 해서 그 속에 든 뜻이 명쾌하지 않은 것은 아니다. 말 한 마디에 많은 상처를 받을 수도 있기 때문에 가리고 가려서 말하려는 것이다. 직설적인 말보다는 간접적인 말을 한다. 악(惡)이라고 말하기보다는 비선(非善)이라는 말을 더 선호한다. 틀렸다고 말하기보다는 다시 생각해보아야 한다는 말을 더 선호한다.

한편 행실을 함에 있어서는 용감해야 한다. 자신이 한 말은 곧장 실천에 옮겨야 하는 것이다. 좋은 뜻을 곧장 옮기는 데도 민첩해야 하고, 자신의 잘못된 것을 고치는 데도 민첩해야 한다. 결국 말을 할 때에는 자신의 행동능력을 고려해서 해야 하는 것이다. 민첩하게 옮길 수 없는 일은 아예 입 밖으로 꺼내지를 말아야 한다. 그래야 언행일치(言行一致)의 덕을 이룰 수 있는 것이다.

이러한 인물의 예로 우리는 미국의 John Dewey를 꼽을 수 있다. 그는 진보주의적 교육의 선구자였으며 교사들의 영웅이었다. 그는 또한 전미대학교수협회, 뉴스쿨 사회과학연구소, 전미시민자유연맹의 창설을 후원했다. 한편 일본, 중국, 터키, 멕시코, 소련을 여행하면서 강연을 하고 교육개혁에 대한 상담을 했으며, 비록 실패로 돌아가기는 했지만 사회민주주의적 원리[52]에 입각한 새로운 정당의 창립을 주도하기도 했다.

52) 사회민주주의란 생산수단의 사회적(공적) 소유와 사회적(공적) 관리에 의한 사회의 개조를 민주주의적인 방법을 통해서 실현하려고 하는 주장

또는 운동의 총칭. 자본주의란 원래 개인 이윤을 목적으로 개인 소유 위에서 개인 경쟁에 의하여 운영되는 경제적 '개인주의'이다. 그런데 19세기 사회주의 사상가들은 자본주의적 민주주의가 자유 · 평등을 실현하지 못하는 원인이 자본주의의 개인주의에 있다고 생각하였다. 따라서 자유 · 평등의 민주주의 사회를 실현하려면 자본주의의 '개인주의'를 그 반대의 원리, 즉 '사회주의'로 바꾸어야만 된다고 믿었던 바, 마르크스주의자들이 폭력혁명을 방법으로 삼은 데 대하여 사회민주주의자들은 폭력이 아닌 민주주의적 방법을 통하여 그 목적을 실현하려 하였다. 그러나 마르크스주의와는 달리, 이 사회민주주의에는 통일된 이론체계가 없고 그 개념도 시대에 따라 미묘한 변화를 거쳐 왔으며, 오늘날에도 한마디로 딱 잘라 말하기 어려운 실정에 있다. 사회민주주의가 역사상 처음으로 나타난 것은 1860년대로서, 1864년 창간된 F. J. G. 라살파(派)의 '전독일노동자협회(全獨逸勞動者協會)'의 기관지 『사회민주주의자』는 그들이 사회민주주의를 지도이념으로 삼고 있음을 보여 주고 있으며, 1869년 K. 마르크스와 F. 엥겔스의 지도하에 조직된 사회민주노동자당(SDAP), 이른바 아이제나흐파 역시 이 사상을 저들의 지도이념으로 내걸고 있다. 대체로 말해서, 1864~1876년 제1인터내셔널 시대에 있어서 사회민주주의란 말은 모든 사회주의운동의 총칭처럼 되어 있었으며, 1889~1914년 제2인터내셔널 시대에는 사회민주주의란 말에 혁명적 요소가 가미됨으로써 공산주의란 말을 대신하는 경향을 보이기까지 하였다. V. I. 레닌도 이 명칭을 자랑스럽게 생각하여, 그가 이끈 러시아의 마르크스주의당을 러시아 사회민주노동당으로 불렀다. 그러나 이 단계에 있어서도, 예컨대 K. 카우츠키는 레닌과 마찬가지로 마르크스주의에 기초하면서도 끝까지 폭력과 독재를 배격함으로써 민주주의적 방법에 의한 사회개조라고 하는 이 사상을 고수하여 이른바 중도파(中道派)를 이루었다. 그런데 제1차 세계대전을 고비로 사회민주주의의 주장에 개량주의적 · 수정주의적 요소가 증대되어 가자, 이 사상의 좌파(左派)를 대표하던 레닌은 1919년 제3인터내셔널을

78세 때인 1936년에는 스탈린의 고발로 모스크바에서 열린 재판에서 레온 트로츠키의 무죄를 주장하는 심리위원회를 이끌기도 했다. 다작으로 치면 Bertrand Russell(1872~1970)[53]도 유명하지만, 듀이도 천 편이

결성하였다. 이러한 결과로 사회민주주의는 마르크스주의에 입각하지 않는 사회주의 사상을 뜻하게 됨으로써 마르크스레닌주의, 즉 공산주의와 결별하게 되었다. 레닌 혁명 이후 1940년대 중반까지의 시기를 통하여, 소련에서의 생산수단의 사회적 소유에 의한 사회개조의 실패, 소련 · 독일 · 이탈리아 등에 있어서의 독재의 해악(害惡) 등이 세상에 알려지게 되면서, 민주주의에 대한 재평가 · 재인식의 기운이 크게 일게 되었다. 마침내 1951년 6월 서독 프랑크푸르트암마인에서 자유세계의 약 30개 사회민주주의 정당대표들이 회동하고, 7월 '민주사회주의의 목적과 임무(흔히 민주사회주의선언 또는 프랑크푸르트선언으로 불림)'를 채택 · 선포하였다. 민주사회주의의 본질 및 사회민주주의와의 이동(異同)에 대하여는 아직도 이견(異見)이 분분하여 과도기적 혼란상을 보이고 있으나, 종래의 사회민주주의가 생산수단의 사회적 소유를 만능시(萬能視)해 온 데 대하여 민주사회주의는 이것을 부정함으로써, 사회민주주의와는 물론 종래의 모든 사회주의와도 근본적으로 다른 새로운 방향 및 성격을 나타내고 있어서, 사회민주주의를 포함하는 사회주의 자체의 하나의 질적(質的) 변화를 느끼게 하고 있다. "사회민주주의", 『네이버 지식백과』, 2015.9.22. 검색.

53) Bertrand Russell(1872~1970)은 영국의 논리학자, 철학자, 사회평론가. 그의 사상은 분리된 두 개의 주제를 갖고 있다. 그 하나는 절대 확실한 지식의 탐구이고, 다른 하나는 인간 생활에의 관심이다. 전자는 그의 스승이며 협력자였던 화이트헤드와의 공저 『수학원리』로 결실을 보았고, 현대의 기호 논리학이나 분석철학의 기초를 이루었다. 다른 한편, 현실 사회에 대한 진솔한 관심으로 그는 제1차 세계대전 때에는 평화주의자로 나타났고, 제2차 세계대전 후에는 핵전쟁 준비의 반대자가 되었으며, 또 미국의

넘는 논문과 책을 저술했다. 하지만 듀이는 A. 링컨이나 M. 킹 목사와 같은 달변가가 아니었다. 그는 침착했지만 수줍음이 많았고, 대중 앞에서 연설하는 데 서툴렀다. 그는 일반대중을 상대로 복잡한 사상을 이해하기 쉽도록 만드는 재주를 보여주지 못했다. 그럼에도 그를 위대한 미국의 철학자로 높이 평가하는 이유는 그가 20세기 초 미국인들이 당면한 엄격한 양자택일의 문제, 즉 과학과 종교, 개인주의와 공동체, 민주주의와 전문가정치 사이의 융통성 없는 이분법의 문제를 완화시키는 데 큰 역할을 했기 때문이다. 어떤 공동체에서나 얘기를 들어주는 사람이 존중을 받는다.[54)]

대인관계에서 이렇게 입이 무거운 것도 매우 중요하다. 무거우면서도 동시에 중립을 잘 지켜야 한다. 이쪽저쪽의 정보를 옮기고 다니면 안 된다. 로마시대 아티쿠스[55)]가 바로 그 표본이다. 정치적으로 대립되는

베트남 침략전쟁에 대해서는 '러셀국제법정'을 열고 침략에 반대하여 투쟁했다. 교육문제, 결혼문제에 관한 저서도 있다. 러셀은 평생 70권 이상의 책을 저술했고 2천 편 이상의 논문을 썼다. "러셀", 『네이버 지식백과』, 2015.9.22. 검색.

54) M. Sandel, 『왜 도덕인가』, 한국경제신문, 2011, pp.201-203.

55) 그리스출신인 아티케(BC 101/102~177/178)의 로마식 이름이다. 그는 고대 그리스의 변론가이며, 제일의 대부호의 아들이다. 변론술에 뛰어나 로마의 하드리아누스 제의 지우(知遇)를 얻었으며, 이후 여러 대의 황제를 받들게 되었다. 또한 마르쿠스 아우렐리우스 황제를 비롯해서 많은 유명인의 스승이었다. 그는 아테네의 고건축을 수복시키고, 아테네나 코린토스에 오디온을 설치, 델포이에 경기장을 기증하는 등 그리스 말기의 학예보

사람들도 그에게는 모두 우호적이었다. 키케로는 그에게 『우정론』을 헌정하기도 했다.

원문 子曰 德不孤 必有隣

자왈 덕불고 필유린

풀이 공자가 말했다. 덕이 있는 자는 외롭지 않고, 반드시 이웃이 있기 마련이다.

지혜 요즘 자호에 대해 많은 생각을 하고 있다. 자호는 스스로의 좌우명이기도 하기 때문에 많아도 좋다고 생각한다. 어떤 분이 내게 수년 전에 곡천(曲川)이라는 호를 지어주신 바 있다. 내 고향 경남 고성의 곡룡(曲龍) 마을의 집 앞 시냇가를 연상케 하기도 하고, 공자의 고향 곡부(曲阜)의 학맥이 조금은 흐르고 있다는 덕담인 것으로 생각된다. 하지만 내 이름의 열(烈)에 들어 있는 불(=火)과 상극되는 점이 있어서 약간 조화롭지 못한 점이 있다. 물론 나의 좌충우돌하는 성정을 잠재우는 것이 필요하다는 가르침이 포함된 것이라면 감사할 따름이다.
그래서 그 대안으로 생각해본 것이 야석(野席)와 야초(野草)가 있다. 야석(野席)이 사실 제일 마음에 든다. 야단법석(野壇法席)에서 줄여 따온

호에 진력했다. "헤로데스 아티쿠스", 『네이버 지식백과』, 2015.9.22. 검색.

말인데, '야단'이라는 말이 마음에 들어서이다. 학계에서 강단(講壇)은 소위 엘리트 코스를 밟은 사람들의 정통을 말한다. 나는 야단출신이다. 대학원 공부도 군 복무를 하면서 병행해서 했고, 관심사도 다양해서 내 전공이 무엇이랴 할 정도이다. 같은 전공의 사람들이 봐도 나의 관심사를 짐작하기 힘들 정도이다. 하지만 나는 나름대로 정립이 되어 있다. 국가공동체의식이 나의 학문적 관심사이다. 그것의 원천, 원리, 역사, 내용 그리고 측정 등에 관심이 많다. 그리고 빌고 야단법석이라는 말이 불교에서 나온 것이긴 하지만 나의 종교적 배경인 가톨릭과도 관련이 깊다. 나름대로 생각한 야석(野席)은 첫 순교자인 야곱을 기리기 위한 여행에서 그 지친 순례자들을 위해 들길에 놓인 의자가 되어주고자 하는 뜻이다.[56] 그리고 나와 똑같이 야단의 길을 가는 후학들에게 그런 의자가 되어 주고자 하는 마음에서이다.

그리고 야초(野草)는 들풀을 말한다. 군가 중에 "밟아도 뿌리 뻗는 잔디풀

---

56) 스페인 북서부에 위치한 순례지인 산티아고 데 콤포스텔라(Santiago de Compostela)는 예수의 열두 제자 중 첫 번째 순교자인 야곱의 무덤이 있는 곳이다. 출신 교구에서 비랑과 지팡이를 징표로 받은 순례자는 통행세와 시장세를 모두 면제받았고, 임의적인 체포에서 보호되었다. 성지에 도착한 순례자들은 성 야곱상에 예배를 드렸고, 야곱의 유해가 실려 왔다고 여겨지는 바닷가에서 조개껍데기를 주워 바랑이나 지팡이에 매달았다고 한다. 이 조개껍데기는 순례를 마쳤다는 증표도 되고, 순례자를 성인의 보호 아래 둔다는 호신용 부적도 되었다. 프랑스 남부에서 스페인 북부로 가는 일명 '산티아고 가는 길'(Camino de Santiago)은 800여km에 이른다.

처럼… …"[57]이라는 내용이 있다. 야생초의 생명력을 본받고 싶어서이다. 야단출신은 누가 가꾸어주지 않는다. 스스로 일어서야 한다. 주변의 많은 시기질투와 무시를 견뎌내야 한다. 그렇게 하기 위해서는 어떠한 고난도 이겨내는 강한 생명력을 가져야 한다. 그런데 한 가지 아쉬운 점은 역시 나의 이름 속의 불과 상극이 된다. 물론 열정에 불을 지켜주는 부스러기 정도로 생각할 수도 있겠으나, 무슨 일이든 추가적인 변명이 필요치 않다는 나의 개인적인 신조에도 약간 벗어나서 그냥 그 뜻만 사고 싶다.

왜 이렇게 길게 누가 지어주지도 않은 나 스스로 짓고 싶은 자호(自號)에 대해 언급했나하면, 여기서 또 다른 자호를 떠올렸기 때문이다. '외롭지 않고 이웃이 있다'(=不孤隣)라는 말이다. 이 말을 그대로 사용해도 좋을 듯하고, 당호(堂號) 형식에 맞게 너무 길지 않게 줄여서 '불고당(不孤堂)'이라고 명명하는 것도 좋을 듯 싶다. 세 글자도 좀 긴 느낌이 들지만, 여유당 정약용, 매화당 김시습의 경우를 본다면 크게 괘념할 일은 아니다. 이 불고당은 들에 놓인 빈의자(=野席) 옆에 그늘 막 역할을 해 주는 작은 정자라고 할 수 있을 것이다.

우리 사회에 자살이라는 극단적인 선택을 하는 사람들이 많다. 어제 오늘의 일은 아니다. 얼마나 딱했으면 그렇게 행동했을까 생각해보면 안타깝기 이루 말을 할 수가 없다. 곤란을 당하지 않고 무단히 그런

57) 우리나라 군가인 「아리랑 겨레」의 한 대목이다.

행동을 하지는 않는다. 둘러보니 아무도 이웃해주는 사람이 없었을 것이다. 그 불행한 사람이 외롭지 않을 단 한 명의 이웃이 되어주고 싶다. 또한 힘든 학문의 여정에 있는 사람에게 쉼터가 되어 주는 것도 나 스스로 군자의 뜻을 세우고 군자가 되는 것만큼이나 소중한 노력일 것이다. 붙여서 보니 더 멋있다. 야석불고당이라! 추후 의미있는 일을 한다면, '야석'이나 '불고당'이라는 말을 꼭 사용하고 싶다.

원문 **子游曰 事君數이면 斯辱矣요 朋友數이면 斯疏矣니라**

자유왈 사군삭 사욕의 붕우삭 사소의

풀이 자유가 말했다. 임금을 섬기면서 똑같은 얘기를 너무 자주 하면 욕을 당하고, 친구 간에도 똑같은 얘기를 너무 자주 하면 소원해진다.

지혜 무슨 일이든 너무 자주 하면 좋지 않다. 남에게 칭찬을 너무 자주 하면 진심어린 것으로 여겨지지 않고 아첨하는 것으로 들린다. 싫은 소리를 너무 자주 하면 처음에는 충고로 들리다가 나중에는 관계가 멀어지게 된다. 굳이 해야 한다면 줄거리를 좀 바꾸거나 강도를 다르게 해도 좋다. 식상하다는 느낌이 들지 않도록 진정한 마음을 담아서 해야 한다. 부부간에도 매해 결혼기념일 때 똑 같은 장소에서 똑 같은 선물로 사랑한다고 고백한다면 일관성이 있어서 형식적 신뢰감은 들지 모르지만 좀 식상하지 않을까 생각된다. 어떤 때는 차를 타고 가서 자신이 과거 느꼈던 소회를 애기하면서 사랑 고백하기도 하고, 또 어떤 때는 자신의 과오를 뉘우치면서 새로운 각오를 다지면서 고백하기도 해야 하듯이 말이다.
그렇게 함에도 불구하고 상대방이 싫어하면 같은 종류의 말은 하지 말아야 한다. 그런데 그 시점이 언제인가를 잘 간파해야 한다. 내가 애기를 하고 있는데 상대방이 갑자기 화제를 다른 데로 옮길 때가 바로 그 시점이다. 화제를 돌리는 것은 듣기 싫다는 완곡한 의사표시이다. 더 이상 그 애기를 꺼내면 안 된다. 통상 남자들은 한 번 뽑은 칼이라면서 마무리를 지으려고 하는 경향이 많은데 곧장 하던 애기를 끝내야 한다.

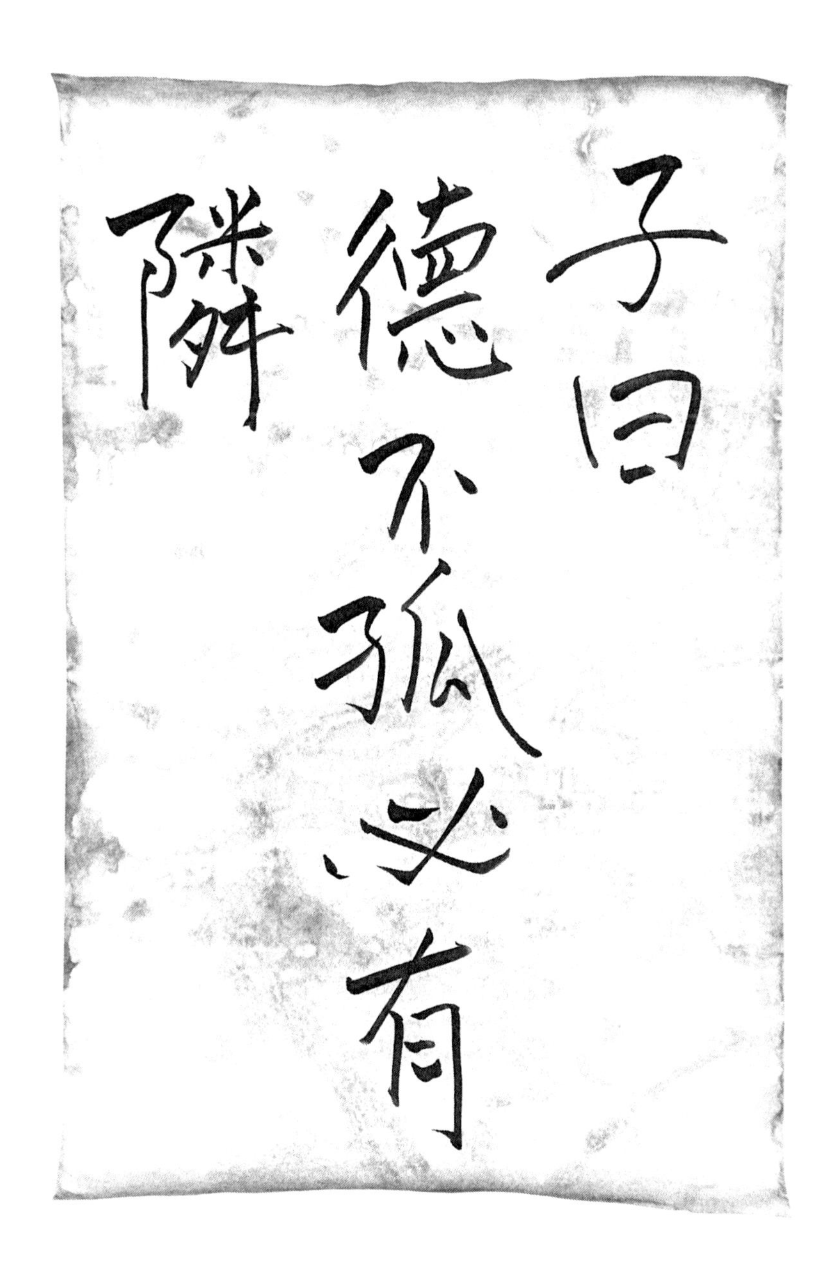
子曰
德不孤必有
隣

5

雍也篇과 청춘의 지혜

원 문 子曰 雍也는 可使南面이로다 仲弓問子桑伯子한대 子曰 可也簡이니라 仲弓曰 居敬而行簡하여 以臨其民이면 不亦可乎잇가 居簡而行簡이면 無乃大簡乎잇가 子曰 雍之言然하도다

자왈 옹야 가사남면 중궁문자상백자 자왈 가야간 중궁왈 거경이행간 이림기민 불역가호 거간이행간 무내대간호 자왈 옹지언연

풀 이 공자가 말했다. 옹[58]은 남면할만하다. 중궁이 자상백자[59]에게 대해 물으니 공자가 말했다. 그의 간략함은 가하다고 본다. 중궁이 말했다. 경을 실천함에 있어서 간략함을 행하여 인민을 대한다면 가하지 않겠습니까? 그런데 간략함에 처해 있는 상황에서 다시 간략함을 행한다면 너무 간략한 것이 아닌지요? 공자가 말했다. 옹의 말이 옳다.

지 혜 옹은 공자가 임금이 될 만한 재목이라고 평가받은 인물이다.

---

58) 雍은 노나라 사람으로 공자의 제자이다. 성은 冉, 자는 仲弓이고 雍은 그의 이름이다. 공자보다 29세 아래였다. "옹", 『네이버 지식백과』, http://terms.naver.com/entry.nhn?docId=2427057&categoryId=51342&cid=41893, 2015.9.22. 검색.

59) 子桑伯子는 노나라 사람으로 그의 생애에 관하여는 미상이다. 『莊子』「大宗師」편의 子桑戶 및 「山木」편의 子桑雽와 동일인이라는 설과 秦나라 穆公 때 公孫枝라는 설 등 여러 가지 설이 있다. 『네이버 지식백과』, http://terms.naver.com/entry.nhn?docId=2427058&cid=41893&categoryId=51342, 2015.9.22. 검색.

그런데 하루는 그가 공자에게 어떤 한 인물에 대해 어떻게 생각하는지 물었다. 그랬더니 공자가 "간략함이 가하다"고 말했다. 이 말은 너무 칭찬하는 말도 아니고 너무 비난하는 말도 아니다. 그래서 옹이 그 사람의 인물됨을 더 확인하기 위해, 인민을 대함에 있어서 경하는 마음으로 간략함을 행하면 가한 행동이지만 이미 간략한 상태인데 더 간략함을 추구하는 것은 가하지 않다고 보는데 그에 대해 어떤 생각인지 공자에게 묻는다. 이에 공자는 동의한다. 주석에 따라서는 '가하다'라고 하는 단어에 국한해서 옹이 그것을 어떻게 이해했는지를 보고 공자가 그에 따라 답을 했다고 하는 경우도 있다.

여기서는 경을 실천할 경우의 간략함은 다른 것 생각하지 않고 오직 백성을 사랑한다는 마음으로 경을 실천할 요량만 생각하는 것을 말하는 것이고, 어려움에 처했을 때의 간략함을 치세와 백성들의 삶의 대책을 강구해야 할 일이 많은데 오로지 한 가지 대안만을 생각한다는 것은 너무 간략하다는 것이다. 이때의 간략함은 관심부족이나 성의부족으로 이해될 수도 있다.

원문 哀公問 弟子孰爲好學잇가 孔子對曰 有顔回者好學하여 不遷怒不貳過하더니 不幸短命死矣라 今也則亡하니 未聞好學者也니이다

애공문 제자숙위호학 공자대왈 유안회자호학 불천노 불이과 불행단명사의 금야즉망 미문호학자야

풀 이 애공이 물었다. 제자들 중에서 누가 학문을 가장 좋아합니까? 공자가 대답했다. 안회라는 제자가 가장 학문을 좋아했는데, 그는 어쩌다 화가 나도 그것을 남한테 화풀이를 하지 않았으며, 잘못을 두 번 다시 저지르지 않았습니다. 그러나 불행히도 단명하여, 일찍 죽고 말았습니다. 그가 죽은 이후로 지금은 학문을 그처럼 좋아하는 자를 보지도 듣지도 못했습니다.

지 혜 공자의 안회에 대한 지극한 사랑을 엿볼 수 있는 대목이다. 더불어 학문을 하는 사람은 어떠해야 하는지를 알 수 있는 대목이기도 하다. 학문의 공덕이 높은 사람은 화가 나도 남한테 화풀이를 하지 않고, 잘못을 두 번 다시 저지르지 않는다. 자기 절제를 잘 하는 것이 학문함의 목표라고 할 수 있다. 인간이 글공부를 하는 것도 마땅히 이성이 감정을 잘 조절할 수 있도록 함이라는 것이다.

원 문 子華使於齊러니 冉子爲其母請粟한대 子曰 與之釜하라 請益함에 曰 與之庾어늘 冉子與之粟五秉한대 子曰 赤之適齊也에 乘肥馬하며 衣輕裘하니 吾聞之也런데 君子는 周急不繼富라 原思爲之宰러니 與之粟九百시니 辭한대 子曰 毋하라 以與爾隣理鄕黨乎인저

자화사어제 염자위기모청속 자왈 여지부청익 왈 여지유 염자여지속오병 자왈 적지적제야 승비마 의경구 오문지야 군자주급 불계부 원사위

지재 여지속구백 사 자왈 무 이여이린리향당호

풀 이 자화가 제나라에 심부름을 가자, 冉子가 그의 어머니를 위해 곡식을 줄 것을 요청하니, 공자가 釜를 주어라고 했다. 더 줄 것을 요청하자 공자는 庾를 주라고 했다. 그러면서 공자가 말했다. 적(자화)이 제나라에 갈 때에 살찐 말을 타고 가벼운 갖옷을 입었다. 내가 들으니 군자는 궁박한 자를 돌봐주고 부유한 자를 계속 대주지 않는다고 하였다. 원사[60]가 공자의 가신이 되었는데, 공자가 곡식 9백을 주자 사양하였다. 공자가 말했다. 사양하지 말고 너의 이웃집과 마을 사람들과 나누어 가져라.

지 혜 공자의 씀씀이를 알 수 있는 대목이다. 먼 나라로 공무를 수행하러 가는 사람에게 본인이 없는 동안 그 노부모를 대신 보살펴 주어야 마땅하다. 그래서 공자는 염자의 요청에 따라 도움을 주기로 했다. 그런데 염자는 공자가 처음 주라고 한 양이 부족하다고 판단하고 더 줄 것을 요청했는데, 그 성의를 봐서 조금 더 주라고 얘기했다. 염자는 그보다 더 많이 주게 되어 공자를 실망시킨다. 이에 공자는 심부름 가는 사람의 여러 가지 모양새가 제법 돈이 있는 사람이기 때문에 기본적인 것만 사례를 하면 되는데 지나치게 많이 했다는 지적을 하는 것이다. 한편 원사가 공자의 가신이 되었을 때 많은 곡식을 녹봉으로 하사하자 그것을

60) 原思는 노나라 사람으로 공자의 제자이다. 이름은 憲이며, 자는 子思이다. 공자보다 36세 아래였다. "원사", 『네이버 지식백과』, 2015.9.22. 검색.

사양하는 것을 보고, 혼자 다 먹지 않더라도 주변 사람들에게 나눠서 먹도록 하라면서 재차 받기를 권한다.

이렇듯 공자는 꼭 필요한 사람에게는 그에 합당한 사례를 하고, 먹고 살만한 사람에게는 지나친 사례를 하지 않음으로써 절약하면서도 최대의 예를 표하고자 하는 재물관을 갖추고 있었던 것이다.

원문 子謂仲弓曰 犁牛之子騂且角이면 雖欲勿用이나 山川其舍諸아

자위중궁왈 리우지자성차각 수욕물용 산천기사제

풀이 공자가 중궁에 대해 말했다. 얼룩소 새끼가 색깔이 붉고 또 뿔이 제대로 났다면 비록 쓰지 않으려고 해도 산천의 신들이 그것을 버리겠는가?

지혜 얼룩소는 힘이 세다. 젖소의 얼룩무늬와는 다른데, 흔히 칡소[61]

---

61) 한우는 그 색깔에 따라 여러 가지가 있다. 우선 가장 개체수가 많은 누렁소가 있다. 요즘 흔히 '한우'라고 부르는 품종이다. 둘째, 칡소이다. '얼룩소'라고도 했으며, 어린이들의 동시 '송아지'에 나오는 '얼룩소'와 '정지용' 시인이 쓴 "향수"에 나오는 '얼룩배기 황소'를 말한다. 얼룩무늬가 호랑이 닮았다 해서 '범소', '호랑무늬소'(虎斑牛)라고도 부른다. 그리고 색깔이 완전 까만색깔인 흑소가 있다.
https:// ko.wikipedia.org/wiki/%ED%95%9C%EC%9A%B0, 2015.9.22. 검색.

라고 부르기도 한다. 대개 투우경기에서 능력을 잘 발휘하기도 하며 일소로는 제격이다. 그런데 그 새끼 송아지가 색깔이나 뿔이 정상적으로 잘 났다면 비록 내가 그것을 인연이 되지 못해 이용하지 않더라도 다른 곳에서 좋은 쓰임새로 선택받게 될 것이다.

취업준비생이나 어떤 자리를 꼭 원하는 사람이 있다고 생각해보자. 여러 가지 조건도 좋고 또 능력도 구비했는데, 원하는 회사에 원하는 자리에 선발되지 못하는 경우가 있다. 그런데 당하는 입장에서 보면 내가 어때서. 누구보다 무슨 과목에서 몇 점이나 높고, 몇 년간 고과도 높게 받았는데, 왜 내가 선발되지 못했지 하고 실망하는 경우가 많다. 그런데 벽돌로 아파트를 지을 때 대체로 잘 생기고 흠이 없는 벽돌들이 선별되어 사용되지만 시골의 집들을 지을 때에는 그 모양새가 다양해서 거기에 딱 맞는 것들이 선택되게 된다. 좋은 자질을 가졌다면 언젠가는 큰 쓰임새를 인정받게 되는 것이다.

어떤 집단에서도 정통과 비정통의 차이는 존재한다. 심지어 심리적인 차별도 어느 정도는 있다. 그 현실을 받아들이고 묵묵히 정진하면 그 이외의 다른 장소에서 더 큰 보답을 받게 된다. 공직사회에서는 고시출신들이, 교직에서는 사범대학 출신들이, 군대에서는 사관학교 출신들이 상대적으로 더 빨리 더 높게 진출한다. 그만큼 더 정통으로 더 일찍 그 공동체에 들어가기 위해 준비한 것이다. 그만큼의 선취점을 주는 것이다. 일종의 관행으로 보는 것이 좋을 것이다.

하지만 이 세상은 그와 같은 관행으로만 일관되게 통용되지 않는다. 너무 심각한 관행이 지속될 경우 그것은 사회의 패악이 되고, 그럴 경우 여론의 힘에 의해 서서히 고쳐지게 된다. 그 때까지는 자신이 맡은 일을 열심히 하고, 상대방의 전문성과 특성을 인정해주고, 함께 공존하는 것이 지혜로운 길이다. 나는 가끔 대학 1학년생이 아무런 학술용어도 사용하지 않으면서 아주 천천히 두 번 연속으로 질문하게 되면 너무 대견스럽다. 큰 재목이 될 것이라도 느낌이 들기 때문이다. 기존의 권위에 주눅 들지 않고 자신의 역량을 계속해서 쌓아가는 노력을 하면 때는 멀지 않은 장래에 내 앞으로 다가온다. 그 때를 잡을 준비를 항상 하고 있어야 한다.

원문 子曰 回也其心三月不違仁 其餘則日月至焉而已

자왈 회야기심삼월불위인 기여즉일월지언이이

풀이 공자가 말했다. 안회는 그 마음이 3개월 동안 인을 떠나지 않았고, 그 나머지는 하루나 한 달에 한 번 정도 인에 이를 뿐이다.

지혜 3개월은 한 절기를 말한다. 자연상태에서 한 계절 내에서 변하지 않음은 아주 오래된 것이다. 계절이 변하면 몸도 따라 변해야 하고 그 때 마음가짐도 조금씩 바뀌게 되는데, 그런 일이 아니면 안회의 인은 여간해서는 바뀌지 않는다는 것이다. 그 나머지의 사람들도 공자의 제자 정도 되기 때문에 하루에 한 번이든 한 달에 한 번이든 인에 도달하지, 보통사람의 경우 인이 무엇인지 알지도 못하며 또 한 번도 도달하지 못할 수도 있을 것이다.

원문 季康子問 仲由可使從政也잇가 子曰 由也果하니 於從政乎에 何有리오 曰 賜也可使從政也與잇가 曰 賜也達하니 於從政乎에 何有리오 曰 求也可使從政也與잇가 曰 求也藝하니 於從政乎에 何有잇가

계강자문 중유가사종정야 자왈 유야과 어종정호 하유 왈 사야가사종정야여 왈 사야달 어종정호 하유 왈 구야가사종정야여 왈 구야예 어종정호 하유

풀이 계강자가 물었다. 중유[62]는 정사에 종사하게 할 만합니까? 공자가 말했다. 유는 과단성이 있으니 정사에 종하는 데 무슨 어려움이 있겠는가. 사(자공)는 정사에 종사하게 할 만합니까? 하고 물으니, 사는 사리에 통달했으니 정사에 종사하는 데 무슨 어려움이 있겠는가. 염구(=염유를 말함)는 정사에 종사하게 할 만합니까? 하고 물으니, 구는 다재다능하니 정사에 종사하는 데 무슨 어려움이 있겠는가라고 말했다.

---

62) 중유(BC 542~480)는 魯나라 사람으로 자는 子路, 季路이다. 春秋 말기 孔子의 제자이자 효자, 정치가이다. 衛나라 蒲邑의 大夫이고, 季氏와 공리(孔悝)의 가신을 지냈다. 孔門十哲 중 한 사람이다. "중유", 『네이버 지식백과』, 2015.9.22. 검색.

지 혜 공자의 인물평에 관한 내용이다. 어떤 인물에 대한 추천을 받았을 때 평상시 제자들의 장점을 잘 파악하여 그것을 토대로 삼는 것이다. 공자는 논어 전편에서 제자들의 단점에 대해 지적하는 부분도 있다. 그것은 수련 과정에서의 얘기다. 일단 가르친 제자들에 대해서는 성심성의껏 그 특징에 맞춰서 다른 사람에게 추천하는 정성어린 스승의 모습을 볼 수 있다.

대학의 교수도 추천할 일이 많다. 학교 다니는 동안 영어 공부를 열심히 했고, 또 영국의 대학교에 교환학생으로 다녀오기도 한 학생이 있었다. 졸업하기 전에는 주한외국문화원에 인턴으로 근무하기도 했다. 졸업하자마자 홍콩에 있는 외국계 회사에 취직했다고 한다. 취직했다고 인사하러 왔는데 너무 반가웠다. 마침 손님이 연구실에 계셔서 상세한 얘기는 듣지 못했지만 너무 대견스러웠다. 그 졸업생을 위해 나는 평상시 영어공부를 열심히 했다는 얘기도 했고, 더불어 윤리학의 다양한 전공공부를 했기 때문에 회사의 장기전략을 수립하는 데 있어서 인문학적인 상상력을 발휘할 수 있을 것이라는 내용도 포함한 것으로 기억한다. 이번에는 거기서 좋은 경험을 쌓아서 유엔산하 기구인 UNESCO에 도전해보라고 했다. 이 기구의 조직 중에는 '철학윤리국'이 있는데, 세계의 교육과 문화 활동에 있어서 철학과 윤리 분야의 내용을 UN차원에서 지원하고 계도하는 업무를 담당한다. 윤리교육과를 졸업한 학생들이 도전해 볼 수 있는 자리라고 생각한다.

원문 季氏使閔子騫爲費宰한대 閔子騫曰 善爲我辭焉하라 如有復我者면 則吾必在汶上矣리다

계씨사민자건위비재 민자건왈 선위아사언 여유부아자 즉오필재문상의

풀이 계씨가 민자건[63]을 비읍[64]의 읍재로 삼으려 하자, 민자건이 말했다. 나를 위해 잘 말해주시오. 만일 다시 나를 부르러 온다면 나는 반드시 노나라를 떠나 제나라의 문강[65] 위에 가 있겠다.

지혜 여기서 계씨는 앞에서 볼 수 있었듯이 예를 잘 모르는 사람이다. 민자건은 인격이 갖추어진 인물이기 때문에 계씨의 이러한 제안을 단호

---

63) 민자건은 생몰미상이다. 춘추 시대 말기 魯나라 사람이다. 이름은 損이고, 자는 자건이다. 孔子의 제자였으며, 공자보다 15살 연하다. 효성과 덕행으로 유명하다. 어려서 부모로부터 모진 학대를 받았지만 효도를 극진히 하여 부모를 감동시켰다고 한다. 권력 앞에서도 굽히지 않는 의기를 지녔었다. 송나라 眞宗 大中祥符 2년(1009) 琅邪公에 追封되었다. "민자건", 『네이버 지식백과』, 2015.9.22. 검색.

64) 費宰란 費邑의 수장을 말한다. 費邑은 계씨의 식읍으로 지금의 산동성 費縣 서북쪽에 있었다. "비읍", 『네이버 지식백과』, 2015.9.22. 검색.

65) 문강이란 지금의 대문하(大汶河)를 말한다. "必在汶上矣(틀림없이 문수의 북쪽에 있을 것이다)"는 말은 지형을 고려해서 이해할 필요가 있다. 당시 汶水가 노나라와 제나라의 국경을 이룬 강으로 노나라는 이 강의 남쪽에 있고 제나라는 이 강의 북쪽에 있었다. 그러므로 在汶上(재문상)은 노나라를 떠나서 다른 나라인 제나라에 가 있을 것임을 말한다.

하게 거절한다는 뜻을 보여준 것이다. 한 번만 더 나를 찾으러 오면 이 나라를 떠나서 다른 나라의 강 위에 가 있을 것이라는 일종의 경고이다.
요즘 고위공직자들의 인사청문회가 인구에 회자되고 있다. 총리, 장관 등 고위공직자들이 취임하기 전에 공직자로서의 도덕적 자질이 갖추어져 있는가를 검증하는 것이다. 어떤 후보자는 청백리로 알려져 있어서 그대로 통과하는가 하면 어떤 후보자는 곤혹을 치루고 난 뒤 낙마하는 경우가 많았다.
자신을 부르는 사람의 도덕성을 우선 살펴야 하고, 자신의 도덕성을 살펴야 한다. 그 질문에 스스로 묻고 확고한 답을 할 수 있을 때 공직에 나아가야 한다. 혹여 잘못된 일이 있을 경우 지명 받는 순간 곧바로 얘기하고 자신의 허물을 고백해야 한다. 그것을 무릅쓰고 임명하겠다고 하면 청문절차를 거쳐서 검증받는 것이 옳다고 본다. 이 세상에 완벽한 사람은 있을 수 없지만 그래도 감내할 수 있는 범위 내의 부조리도 있을 수 있기 때문이다. 예컨대 10년 전에 경범죄 1건으로 벌금을 낸 과오를 들 수 있다. 잘못이기는 하지만 장관 청문회에서 그런 일로 지탄받지는 않을 것이다. 다만 문제제기가 있으면 솔직하게 시인해야 한다.

원문 伯牛有疾인데 子問之하여 自牖執其手하며 曰 亡之러니 命矣夫인저 斯人也而有斯疾也일세 斯人也而有斯疾也일세

백우유질 자문지 자유집기수 왈 망지 명의부 사인야이유사질야 사인

야이유사질야

풀 이 백우[66]가 병을 앓자, 공자가 문병하실 적에, 남쪽 창문으로부터 그의 손을 잡고 말했다. 이런 병에 걸릴 리가 없는데, 운명인가보다. 이 사람이 이런 병에 걸리다니! 이 사람이 이런 병에 걸리다니!

지 혜 백우라는 제자가 병에 걸리자, 공자가 병문안을 가서 그의 손을 잡고서 이제 하늘나라로 갈 제자의 마지막을 아쉬워하는 대목이다. 어떤 문화권에서이든 죽음에 대해서는 두려워하고 아쉬워한다. 영혼을 믿는 문화권에서는 다음 생에서 그 영혼이 다시금 돌아올 것을 기약하기는 하지만, 그렇다고 현세에서의 이별까지도 상찬(賞讚)하는 것은 아니다. 여기서 유(牖)라는 글자에 대해 알아볼 필요가 있다. 이 말은 방의 남쪽으로 난 문이라는 뜻을 가지고 있다. 어떤 자료에서는 백우 가족들이 공자를 임금만큼이나 높은 지위로 생각해서 의전상 그렇게 했다고 하는데,[67] 방위가 달라 이는 잘못이다. 또한 대부분 추위를 피하기 위해

66) 백우(BC 544~?)는 魯나라 陶 사람으로 자는 伯牛이다. 冉伯牛 혹은 冉子로 불리기도 한다. 周文王의 열 번째 아들 冉季載의 후예로 春秋 말기의 孔子의 제자이자, 학자이다. 벼슬은 中都宰를 지냈다. 孔門十哲 중 한 사람이다. “백우”, 『네이버 지식백과』, 2015.9.22. 검색.

67) 朱子는 이 대목을 다음과 같이 해석했다. “牖는 남쪽 창이다. 禮에 病者는 북쪽 창 아래에 있는데, 임금이 問病하러 오면 남쪽 창 아래로 옮겨 임금으로 하여금 남쪽을 향하여 자신을 볼 수 있게 한다고 했다. 당시 伯牛의

집들이 남향으로 되어 있기 때문에 공자는 대문으로 들어갔고, 백우는 자연스럽게 남쪽으로 난 창문으로 손을 내밀었다고 보는 것이 맞다고 본다.

그런데 이 남면, 북면의 문제에 대해서는 좀 더 생각해볼 필요가 있다. 신하가 '北向'해서 절을 할 때, 그 북쪽은 임금을 가리키는 것이기는 하지만 실제로는 북두칠성을 말하는 것이다. 평양에 있는 신하가 한양에 있는 임금에게 절 할 때 남쪽을 보고 하는 것이 아니라, 북두칠성을 보고 절을 하게 되는 것이다. 즉 북두칠성은 임금의 상징적인 방향인 것이다. 따라서 현실에서 임금이 북쪽 창으로 손을 잡았다고 하는 것은 부질없는 해석인 것이다. 임금이 가는 곳이 곧 북두칠성인 북쪽인 것이다. 임금의 임재 하는 장소에 따라 그 남북의 방향도 바뀌어 질 수 있는 것이다.

이와 같은 경우는 우리의 차례 상에서도 그대로 적용될 수 있다. 집이 서향으로 되어 있을 때, 차례 상을 차릴 때 마땅히 서쪽 벽면 쪽으로 배치하는 것이 맞다. 그리고 모양과 색깔에 따라 방향을 결정하는 것도 그 배치된 서쪽의 위에 북두칠성이 있는 것을 상정하고서, 왼쪽, 즉

집에서 이 禮로 공자를 높이자, 공자는 감히 감당할 수 없으므로, 그 방에 들어가지 않고, 창으로부터 그의 손을 잡으셨으니, 이는 아마도 그와 永訣한 것인 듯하다." (牖 南牖也 禮 病者居北見下 君視之 則遷於南牖下 使君得以南面視己 時 伯牛家以此禮尊孔子 孔子不敢當 故 不入其實 而自牖執其手 蓋與之永訣也) 成百曉, 『論語集註』, 傳統文化研究會, 1999, p.113.

남쪽을 동쪽으로 생각하고 배치하면 되는 것이다. 오늘날의 집들이 옛날처럼 모두 남향으로 건축될 리가 없기 때문에 과거 풍습을 현실에 맞게 이해하는 것이 옳다고 본다.

원문 子曰 賢哉라 回也여 一簞食一瓢飮在陋巷을 人不堪其憂어늘 回也는 不改其樂하니 賢哉라 回也여

자왈 현재 회야 일단사일표음재루항 인불감기우 회야 불개기락 현재 회야

풀이 공자가 말했다. 안회는 너무 착하다. 기껏 밥 한공기와 물 한 대접을 먹고, 좁고 누추한 골목에 살면서도, 누구도 그러한 고생을 견디지 못할 것 같은데, 회만은 그 낙을 고치지 않았으니, 착하도다. 회야!

지혜 현(賢)은 주로 '어질다'라고 번역된다. 현명(賢明)하다고 할 때에는 '똑똑하다' 또는 '지혜롭다'라는 뜻으로도 이해된다. 그런데 여기서 안회의 얘기는 현대식으로 보면 지혜롭다는 의미로 다가오지는 않는다. 오히려 '모질다'는 의미가 더 강하다. 참고 견뎌내면서도 그것을 쉽게 바꾸려 하지 않는 인내심 같은 덕성을 읽을 수 있다. 지금으로 치면 대학생이나 대학원생이 쪽방이나 원룸에 살면서 공부에 전념하는 것과 같다. 그렇게 하면서도 불평 하나 없고, 지도교수가 좋은 아르바이트

자리를 추천해줘도 마다한다. 그런 학생은 바로 공자의 제자 안회와 같이 오로지 공부하는 것이 좋기 때문에 현실의 안이함과 타협하지 않고 자신의 길을 가려고 한다. 다만 건강은 잘 챙겨야 한다. 안회는 그런 궁핍한 생활로 요절한 것이다.

원문 冉求曰 非不說子之道이나 力不足也요 子曰 力不足者는 中道而廢이니 今女劃이로다

염구왈 비불설자지도 력불족야 자왈 력불족자 중도이폐 금녀획

풀이 염구가 말했다. 저는 부자의 도를 좋아하지 않는 것은 아니나 힘이 부족합니다. 이에 공자가 말했다. 힘이 부족하다고 말하는 것은 중도에 그만두는 것이니 지금 자네는 한계를 긋고 있는 것이다.

지혜 우리가 일상생활을 하면서, 대강의 목표를 잘 설정할 필요가 있다. 몇 가지 유형을 생각해볼 수 있다. 우선 자기 인생의 가장 핵심이 무엇인가를 설정하고 나머지 필요한 부분을 보완하는 유형이 있다. 두 번째는 모든 것을 다 잘 할 수 있다고 생각하고 만능으로 살아가는 유형이 있다. 세 번째는 인생에 잘 하는 것도 없고 그때그때 임시방편으로 살아가는 유형이 있다. 가장 이상적인 것은 첫 번째이다. 두 번째는 모두 다 잘 하려다 종국에는 하나도 제대로 못하는 경우를 맞을 수 있으며, 마지막 유형은 자기 인생을 자기 주도적으로 살지 않고 수동적으

로 살아서 진정한 보람을 느낄 수 없다.
이 구절에서 드러난 문맥만으로 볼 때, 스스로 시도조차 하지 않는 세 번째 유형에 가깝다. 무기력한 인생은 아무 것도 할 수 없다. 진리를 추구하는 것과 같이 보람 있고 좋은 일에는 갈증이 날 때 물을 찾듯이 덤벼들어야 한다. 여기서 나타난 염구의 발언만으로 보면 시도조차 하지 않은 무기력함을 공자는 비판하는 것이다. 그런데 앞에서 季康子가 염구에 대해 물었을 때, 그가 다재다능하다고 공자는 평가한 적이 있다. 여기서 염구가 부자의 도를 힘이 부족해서 못하는 것이 아니라 워낙 관심사가 많으니까 그렇지 않을까 생각한다. 따라서 염구의 삶은 두 번째 유형도 보여주고 있다. 두 번째 유형의 장점은 자기 수양만 잘 한다면 자신의 특성에 맞는 분야에서는 능력을 잘 발휘할 수 있을 것이다. 즉 모든 역량이 다 요구되는 직업이라고 할 수 있는 초등학교 선생님, 연예인, 정치인 등에 관심을 가진다면 큰 보람을 느낄 수 있을 것으로 보인다.

원문 子謂子夏曰 女爲君子儒無爲小人儒하라

자위자하왈 녀위군자유무위소인유

풀이 공자가 말했다. 자네는 군자의 유생이 되어야지 소인의 유생이 되어서는 안 된다.

지 혜 군자의 학문은 그 기준이 자기 자신에게 있고, 소인의 학문은 그 기준이 다른 사람에게 있다. 기준이 자기 자신에게 있는 사람은 이곳저곳에 기웃거리지 않고 조용하게 묵상하면서 스스로에게 묻는다. 반면에 학문의 기준을 다른 사람에게 두는 사람은 다른 사람에게 잘 보이기 위해 내면의 수양보다는 바깥 치장에 더 신경을 쓴다.

스스로 반성해보건대 지금껏 나는 스스로에게 묻는 공부보다는 다른 사람에게 보여주기 위한 공부를 많이 한 것 같다. 명언을 보면서 표기해두는 것도 나의 느낀 감정을 적어두기 위함이 아니라 다음 강의에서나 논문 작성할 때 인용할 것을 더 염두에 둔 것 같다. 한 때 연구노트를 작성해보기도 했는데, 내가 보기 위한 비망록 형식으로 했을 때는 훨씬 가볍고 알기 쉬웠는데, 남한테 보여주려고 작심을 하고 다시 작업을 해보니 분량은 많아졌는데 내용은 부실하기 짝이 없었다. 오히려 더 피곤하기까지 했다.

그런데 공적인 일을 하면서 나의 사익을 추구하지는 않았다고 하더라도 내가 그 일을 했다는 사실을 너무 강조하게 되면 주변으로부터 시기질투를 받게 된다. 통상 그렇게 자랑하고 싶은 사람은 무엇인가 내면의 수양이 부족해서 그런 것이지 진정으로 자기 자신을 떠벌려서 무엇인가를 얻으려고 하는 것이 아니다.

한 번은 이런 일이 있었다. 나의 연구동은 콘크리트로 지은 지 얼마 되지 않아 삭막하기 이를 데 없다. 그래서 담쟁이 넝쿨을 어디서 좀 구해다가 건물 둘레에 죽 심었다. 제법 싹이 나기도 했는데, 얼마 못가서 몇 개는 말라 죽기도 했다. 그래서 몇 개를 바꿔 심으려고 하는데, 어떤 사람이 "네가 했다고 자랑하려고 그러지?"라고 말하는 것이었다. 그것도 아는 사람과 같이 함께 다가오면서 반말로 그러는 것이었다. 하도 어이가 없어서 나는 아무 말도 못했다. 그 사람도 앞 뒤 사정이야 있을 수 있겠지만 말하는 품새는 별로였다. 결국 그러한 것도 내가 지은 대가이므로 탐 탓 할 이유가 하나도 없다. 하지만 거짓되지 않고 선의를 가지고 하는 경우에 주위에서는 따뜻한 마음으로 바라봐 주는 배려도 필요하다. 공부는 자기를 위한 것이지 남을 위한 것이 아니듯이 공적인 일 또한 자기 자신의 만족을 위한 것이지 남에게 보이기 위한 것이 아니라는 것을 새삼 확인할 수 있었다.

원문 子游爲武城宰러니 子曰 女得人焉爾乎아 曰 有澹臺滅明者하니 行不由徑하며 非工事어든 未嘗至於偃之室也니이다

자유위무성재 자왈 녀득인언이호 왈 유담대멸명자 행불유경 비공사 미상지어언지실야

풀이 자유가 무성[68]의 읍재가 되었다. 공자가 자네는 인물을 얻었는가라고 묻자, 자유는 대답했다. 담대멸명이라는 자가 있는데, 길을 다닐

68) 武城이란 노나라의 읍 이름이다. 중국 산둥성 더저우[德州]에 있는 縣이었다. "무성", 『네이버 지식백과』, 2015.9.22. 검색.

적에 지름길로 가지 않으며, 공적인 일이 아니면 일찍이 저의 집에 온 적이 없습니다.

지 혜 인격을 갖춘 사람은 큰 길을 다니며, 공사를 분명히 하여 사사로운 이익을 추구하지 않는다. 큰 길을 고수하고, 사적으로 상관의 집에 가지 않는 것은 공직자로서 갖추어야 할 필수적인 요건이다. 큰 길이란 쉽고 편하고 빠른 골목길이면서도 편법이 통하는 길을 상징한다. 큰 길을 다니면 보는 사람들이 많기 때문에 아무렇게나 해서 다닐 수가 없다. 옷매무새도 바르게 해야 하고 아무 곳에나 침을 뱉을 수도 없다. 그래서 더더욱 조심스럽다. 하지만 골목길이나 밤길을 다닐 때에는 이러한 긴장이 풀리게 된다. 또한 공적인 일이 아닌 데도 상관의 집에 들락거리는 것은 뇌물이나 청탁을 위한 목적일 것이다. 하지만 상관의 자녀들이 내가 보는 앞에서 다쳤을 경우 상관과 연락이 닿지 않을 때 다른 사람과 함께 힘을 합쳐서 도와주거나 집으로 데려다 주는 것은 비리라고 할 수는 없을 것이다.
그런데 인격을 갖춘 사람이라면 무슨 문제가 있겠는가. 오해의 소지가 없는 경우, 예컨대 낮 시간에 다른 사람과 동행하면서 비리를 목적으로 하지 않는다면 골목길로 다닌다고 해서 문제될 게 있겠는가? 성현의 가르침은 혼자 있더라도 불의를 저지르지 말라는 가르침을 강조해서 하는 말이다.

원문 子曰 孟之反은 不伐이로다 奔而殿하여 將入門할새 策其馬曰 非敢後也馬라 不進也이라

자왈 맹지반 불벌 분이전 장입문 책기마왈 비감후야마 부진야

풀이 공자가 말했다. 맹지반[69]은 공을 자랑하지 않았다. 패주하면서 군대 후미에 있다가 장차 도성문을 들어가려 할 적에 말을 채찍질하며, 내 감히 용감하여 뒤에 있는 것이 아니요, 말이 전진하지 못하여 그리하였다고 말했다.

지혜 맹지반은 쉬운 일은 양보하고 어려운 일은 자기가 먼저 하려고 하는 전형이다. 전쟁에서 먼저 살고자 하지 않는 사람이 누가 있으랴? 어려운 일 안하려고 하는 사람 또한 누가 있으랴?
우리 주위에 보면 특별한 이유도 없이 군대도 안다녀온 사람들이 공적인 자리에서 자기가 대단한 봉사를 한답시고 자랑하는 사람도 있다. 자신의 역할을 다 하고 난 뒤에 남 탓을 하더라도 해야 한다. 탤런트 중에서도 그런 사람이 있다. 온갖 장군 역할을 다 한다. 극중에서는 가장 용맹한 장수이다. 그리고 연예인 축구단 활동도 하고 있는데 원톱 스트라이커이다. 그런 사람들은 자신의 과오를 알고 방위성금을 많이 내든지 아니면

69) 맹지반(孟之反)은 춘추 시대 노(魯)나라 사람이다. 대부(大夫)를 지냈다. 이름은 측(側)이고, 지반(之反)은 자(字)이다.

적어도 장군 역할을 안 맡았으면 좋겠다.

원문 子曰 不有祝鮀之佞하고 而有宋朝之美면 難乎免於今之世矣니라

자왈 불유축타지녕이유송조지미 난호면어금지세의

풀이 공자가 말했다. 축관인 타[70]의 말재주는 없고, 송나라의 조와 같은 미모만 갖고 있다면, 지금 세상에서 환난을 면하기 어렵다.

지혜 여기서 말하는 말재주란 겉만 번지르르한 것을 의미하지 않는다. 꼭 필요할 때, 꼭 필요한 말을 하는 것이다. 말과 미모는 관계있으면서도 관계가 없다. 색기있는 여자가 하는 말은 간교한 말이 될 것이고, 화장기 없는 조강지처가 하는 말은 충언이 될 것이다.

선현들은 가능하면 말을 적게 하기를 권고한다. 그런데 이러한 가르침은 소극적인 전략에서 기인한 것이다. 말을 하지 않으면 실언을 하지 않기

---

70) 祝鮀는 祝官 벼슬자리에 있는 鮀를 말한다. 衛나라의 대부로 자가 子魚이다. 『左傳 · 定公四年』에 의하면, 그는 말재주가 뛰어나 昭陵에서 제후들이 회합할 때 蔡나라를 衛나라보다 위에 두려고 하자 위나라의 시조 康叔을 내세우며 논쟁을 벌여 위나라를 상위에 둘 수 있도록 하는 데 성공했다. 공자는 그의 이러한 능력을 높이 평가하여 위령공이 그의 무도한 행위에도 불구하고 임금의 자리를 잃지 않은 이유 중의 하나로 꼽았다. "축타", 『네이버 지식백과』, 2015.9.22. 검색.

때문에 남으로부터 비난은 받지 않기 때문에 최소한 본전은 한다는 생각에서 비롯된 것이다. 그런데 말을 꼭 해야 하는 상황에서 한 마디도 안하는 것도 문제이다. 상대방이 무슨 말이라도 하면 분석하려고 든다. 이런 생각을 가진 사람은 단기간의 대인관계에서는 성공할지 몰라도 장기적으로 마음을 터놓고 얘기할 수 없다. 꼭 필요한 말을 하되 자기 과시를 위한 목적이 아닌 새로운 사실을 얘기한다면 문제될 것이 없을 것이다.

원문 子曰 誰能出不由戶한데 何莫由斯道也잇가

자왈 수능출불유호 하막유사도야

풀이 공자가 말했다. 누구인들 밖을 나갈 적에 문을 경유하지 않고 나갈 수 없는데, 어찌하여 이 도를 따르는 이가 없는가?

지혜 모든 사람들은 집에서 밖에 나갈 때나 돌아올 때 대문을 통해서 다닌다. 도는 대문과 같은 것이어서 누구나 이용해야만 한다. 그런데 왜 이 대문을 이용하지 않을까? 이것이 공자의 관심사이다. 대문을 이용하지 않는 것은 첫째는 내가 밖으로 나가거나 밖에서 누가 올 일이 없기 때문이요, 둘째는 대문이외의 작은 쪽문들이 많이 있기 때문일 것이다. 둘 다 정상은 아니다.

먼저 내가 밖으로 나가거나 밖에서 누가 올 일이 없다는 것은 대인관계가 전혀 없는 사람에 해당된다. 대인관계가 전혀 없는 사람은 얻게 되는 정보가 없기 때문에 삶이 궁핍하게 된다. 그렇게 되면 자식들도 궁핍하여 대대로 궁핍을 면하기 힘들다. 그 반대되는 예가 경주 최부자집[71]의

---

71) 경주 최부자집은 오늘날 경상북도 경주시 교촌안길 27-40(교동 69)에 위치하고 있다. 400년 동안 9대 진사와 12대 만석꾼을 배출한 집안으로 보통 경주 최부잣집 또는 경주 최진사집으로 널리 알려져 있다. 현재 가옥이 위치한 곳은 신라시대 요석공주가 살았던 요석궁 터라고 전해진다. 경주최씨 崔彦璥(1743~1804)이 이곳에 터를 잡아 정착하여 약 200년을 이어져 내려왔다. 이전까지는 최부잣집의 파시조(派始祖)인 崔震立으로부터 약 200년 동안 경주시 내남면 게무덤이라는 곳에서 살다가 교동으로 이전한 것이다. 경주 내남면 게무덤에서 7대를 내려오면서 살았고 교동에서 5대를 만석꾼으로 유지하며 살았다. 최부잣집에서 전해오는 전통은 진사 이상의 벼슬을 금지했고, 만석 이상의 재산을 모으지 말라고 했다. 또한 찾아오는 과객을 후하게 대접하고, 흉년에 남의 논밭을 사들이지 못하게 했다. 그리고 며느리는 3년 동안 무명옷을 입고 사방 100리안에 굶어서 죽는 사람이 없게 하라고 했다. 최부잣집의 1년 쌀 생산량은 약 3천 석이었는데 1천 석은 사용하고, 1천 석은 과객에게 베풀고 나머지 1천 석은 주변에 어려운 사람들에게 나누어 주었다고 한다. 구한말에는 신돌석 장군이 이 집으로 피신하였고 최익현 선생이 여러 날을 머물러 갔다는 일화가 전해지며 의친왕 이강(李堈)이 사랑채에서 엿새 동안 머물면서 崔浚(1884~1970)에게 문파(汶坡)라는 호를 지어주었다. 최준은 집안의 마지막 부자였는데 白山 安熙濟와 함께 백산상회(白山商會)를 설립하여 막대한 독립자금을 제공하였고 일본 경찰에 체포되어 모진 고문을 당하였다. 백산상회는 결국 부도를 맞게 되었고 3만 석에 해당하는 빚을 지게 되었다. 이로 인해 일제 식산은행(殖産銀行)과 경상합동은행에게 모든 재산이 압류되었는데 식산은행 아리가(有賀光豊) 총재가 최준과의 개인적

경우이다. 최부자집의 가훈 중에는 주변 100리에 굶어죽는 사람이 없도록 하라는 내용이 있다. 그렇게 넉넉한 마음을 갖게 되면 자연히 사람들이 모이게 되고 정보 또한 모이게 된다. 그 살림이 더 번창하도록 사람들이 북돋우게 된다. 정도를 걷게 되면 복은 스스로 들어오게 되어 있는 교훈을 일깨워주는 좋은 예라고 할 수 있다.

원문 子曰 質勝文則野요 文勝質則史이니 文質彬彬然後君子니라

자왈 질승문즉야 문승질즉사 문질빈빈 연후군자

풀이 공자가 말했다. 본질이 수식보다 두드러지면 거칠고, 수식이 본질보다 두드러지면 사관처럼 되나니, 본질과 수식이 서로 조화를 이루어야만 군자라 할 수 있다.

인 친분으로 빚의 절반을 탕감하여 주었다고 전해진다. 해방 후 최준은 김구를 만난 자리에서 안희제에게 전달한 자금이 한 푼도 빠지지 않고 전달된 사실을 확인하고 백산의 무덤에서 그를 기리며 통곡하였다는 일화는 유명하다. 이후 전 재산은 교육사업에 뜻을 둔 최준의 뜻에 따라 대구대학교(영남대학교 전신) 재단에 기부하였다. 고택의 일부는 1971년 5월 26일 중요민속자료 제27호 문화재로 지정되어 보존되고 있다. "경주 최부자집", 『네이버 지식백과』, 2015.10.6. 검색, http://terms.naver.com/entry.nhn?docId=1060529&cid=40942&categoryId=33080.

지 혜 대학입시를 준비하는 고등학생이나 취업준비를 하는 대학생들은 자기소개서를 많이 쓰게 된다. 어떤 학생은 한 가지 일에 대해 자기의 논리를 잘 정리해서 마치 열 가지 일을 한 것처럼 꾸미는 경우가 있고, 어떤 학생은 한 일은 많은데 적절하게 자신의 논리를 제시하지 못해서 정녕 한 가지도 제대로 하지 못한 것처럼 하는 경우가 있다. 이 두 가지 모두 바람직한 경우가 아니다.

강의할 때도 마찬가지이다. 아주 어려운 내용을 완전히 소화하지 않고 강의를 하게 되면 너무 거칠어서 강의하는 본인도 잘 이해하지 못하는 경우가 있다. 반면 온갖 미사여구와 명언, 사례들을 동원해서 재미있게 만담처럼 강의하는 경우가 있는데, 이러한 강의는 듣는 동안은 재미있지만 다 듣고 나면 머리에 담아야 할 내용이 없다.

군자는 본질과 수식을 조화롭게 하는 것이다. 그것은 바로 본질의 원칙에 충실하면서, 대상의 기호와 수준에 맞춰서 수식을 하는 것이다.

원 문 子曰 人之生也直하니 罔之生也는 幸而免이니라

자왈 인지생야직 망지생야 행이면

풀 이 공자가 말했다. 사람이 살아가는 이치는 정직이니, 그것을 잊고서도 생존하는 것은 요행으로 죽음을 피한 것과 같다.

지 혜 인간에게 있어서 정직은 자(=尺)와 같은 것이다. 고대에는 동서

양을 불문하고 자를 속인 자는 사형에 처했다. 요즘에도 중형으로 다스리고 있다. 무게 많이 나가게 하려고 도축직전에 물을 억지로 먹인 한우고기, 값싼 외국산을 국산으로 탈바꿈하기 위한 원산지 표기 사기, 원가절감을 위해 함유성분을 속인 경우 등이 그 예들이다. 이러한 일에 관여한 사람들은 중형에 처해야 한다. 모두 자를 속인 자들이기 때문이다. 자를 속인 사람은 다른 것도 상황에 따라서 속일 확률이 상대적으로 더 높다. 자가 아닌 다른 것들은 상황에 따라 말을 다르게 하면 더 쉽게 다른 사람들을 속일 수 있기 때문이다.

군대에서 사격 명중률도 사수의 정직에 따라 결정된다. 사수의 정직은 조준선 정렬을 제대로 하는 것을 말한다. 이 조준선 정렬이란 자신의 눈과 총에 겨냥할 수 있는 장치인 가늠자(눈에 가까운 곳에 위치)와 가늠쇠(총구 끄트머리에 위치)의 3자를 일치시키는 작업을 말한다. 이것이 잘 돼야 사격을 제대로 할 수 있다. 총은 정직한 사수에게는 그대로 보답한다. 그런데 간혹 조준선 정렬을 하기도 전에 과녁의 영점에 명중시키는 경우가 있는데 이는 대부분 요행이다. 따라서 개인 소총은 자기 눈에 맞게 조절해야 명중하기 때문에 타인이 쏘게 되면 명중률이 낮아지게 된다. 군에서 개인 소총의 총 번호를 자기 주민등록번호만큼이나 애착을 갖게 하는 것도 바로 이러한 이유에서이다.

다만 정직한 사람은 겸손한 마음을 반드시 잊지 말아야 한다. 너무 정직하면 때와 장소를 가리지 않고 말하는 경우가 있는데, 그것은 정직의 덕을 실천한 것이라기보다는 과시욕 또는 타인에 대한 배려심 부족에 더 가깝다.

원문 子曰 知之者不如好之者요 好之者不如樂之者라

자왈 지지자 불여호지자 호지자 불여락지자

풀이 공자가 말했다. 알기만 하는 자는 좋아하는 자만 못하고, 좋아하기만 하는 자는 즐기는 자만 못하다.

지혜 진리 탐구의 단계적 절차를 말한다. 학문의 내용을 아는 사람, 좋아하는 사람, 즐기는 사람이 있을 때 가장 수준이 높은 것은 즐기는 사람이라는 뜻이다. 오래 전에 축구선수 박주영 선수가 인터뷰하는 장면을 보았다. 박주영 선수는 내성적이라서 그런지 몰라도 그렇게 유창하게 인터뷰를 잘 하는 편은 아니다. 그런데 어느 날 인터뷰에서 자신은 축구하는 것이 재미있어서 한다는 말을 한 적이 있었다. 유창한 백 마디의 인터뷰보다 이 날의 인터뷰 내용이 훨씬 감동적이었다. 이렇게 자신이 하는 일이 재미있으면 즐거운 것이다. 그렇다면 아무리 큰 시련이 오더라도 그것을 극복할 수 있다. 즐긴다는 것은 온 몸으로 알고, 좋아한다는 것이다. 아는 것은 머리로만 받아들이는 것이요, 좋아한다는 것은 감성으로만 받아들이는 것이다. 머리와 감성, 그리고 온 몸으로 내가 하는 일이 재미있을 때 보람은 더욱 배가될 것이다.

원문 子曰 中人以上은 可以語上也이나 中人以下은 不可以語上也니라

자왈 중인이상 가이어상야 중인이하 불가이어상야

풀 이 공자가 말했다. 중등 인물 이상은 높은 것을 말해 줄 수 있으나, 중등 인물 이하는 높은 것을 말해 줄 수 없다.

지 혜 공자가 설마 제자들을 차별 대우하지는 않았을 터이고, 눈높이에 맞춰서 강의를 한다는 얘기일 것이다. 요새 말로 하자면 수준별 학습이라고 말할 수 있겠다. 고등학교 시절 한 때 나는 모자란 영어실력을 한꺼번에 따라잡기 위해 아주 어려운 영어참고서를 구매해서 본 적이 있다. 선생님들은 다년간의 축적된 경험을 토대로 어떻게 가르칠 것인지에 대해 실전적인 데이터를 다 갖고 계신다. 따라서 혼자서 갑작스럽게 도약하기 위해 무슨 비책을 찾아다니는 것은 금물이다. 중간고사, 기말고사 꼬박꼬박 잘 준비하는 것이 결국 마지막 대학수학능력시험 잘 치루는 비법이다. 모든 도리 또한 마찬가지이다. 행동 하나, 말 한 마디를 하루하루 잘 실천하게 되면 군자의 도에 이르게 되는 것이다.

원 문 樊遲問知 子曰 務民之義 敬鬼神而遠之 可謂知矣 問仁 曰 仁者先難而後獲 可謂仁矣

번지문지 자왈 무민지의 경귀신이원지 가위지의 문인 왈 인자선난이후획 가위인의

풀 이 번지가 지혜에 대해 묻자, 공자가 말했다. 사람이 지켜야 할 도리를 다하기 위해 힘쓰고 신을 공경하되 멀리한다면 지혜라 말할 수 있다. 다시 인에 대해 묻자, 공자가 말했다. 인자는 어려운 일을 먼저 하고 얻는 것을 뒤에 한다면 가히 인이라고 말할 수 있다.

지 혜 여기서 공자는 두 가지 가르침을 주고 있다. 하나는 지혜를 얻는 방법과 절차에 관한 것이고, 다른 하나는 인을 얻는 방법과 절차에 관한 것이다.

우선 공자는 지혜를 갖기 위해서는 신을 '공경하되 멀리해야 한다'고 주문하다. '멀리하되 공경해야 한다'로 보면 더 잘 이해된다. 외경(畏敬)하라는 얘기일 것이다. 우리가 흔히 '삶의 지혜'라고 해서 실용성을 지나치게 강조하는 경향이 있는데, 진정한 지혜는 사실과 과정에 충실하면서도 두려워할 때 얻어지는 것이다.

한편 공자는 인을 얻기 위해서는 아무리 어려운 일이라고 실천할 것을 주문한다. 그리고 그 행위의 결과로 얻게 되는 이익을 먼저 생각하지 말 것을 강조한다. 제사를 지내기도 전에 제사밥 먹을 일을 먼저 생각하지 말라는 속담과 같은 맥락이다.

이렇듯 지혜와 인에 대한 공자의 가르침은 상식에 기반한다. 우리가 흔히 대학자나 성인들의 가르침이 하늘에서 뚝 떨어진 것인양 일방적으로 추종하는 경향이 많은데, 공자와 같은 성현도 현실 속에서 진리를 탐구하는 모습을 보였다.

원문 子曰 知者樂水 仁者樂山 知者動 仁者靜 知者樂 仁者壽

자왈 지자요수 인자요산 지자동 인자정 지자락 인자수

풀이 공자가 말했다. 지혜로운 자는 물을 좋아하고 어진 자는 산을 좋아하며, 지혜로운 자는 움직이고 어진 자는 조용하며, 지혜로운 자는 즐겁게 살고 어진 자는 오래 사느니라.

지혜 유교의 방위에서 인(仁)은 동쪽이며, 지(智)는 북쪽이다. 공자가 이런 방위개념으로 말을 했다면 智 대신에 의(義)를 넣었을지도 모르겠다. 의병(義兵)들이 물을 좋아하고, 동적이고, 즐겁게 산다면 큰 무리 없어 보이기도 하다.
어떻든 智와 仁은 유교에서 갖추어야 할 중요한 덕목이다. 여기서 제일 중요한 것은 끝 부분이라고 생각한다. 그것은 바로 지혜로운 자는 즐겁게 살고, 어진 자는 오래 산다는 대목이다. 지혜로운 사람은 때와 장소를 잘 구분하는 사람이다. 지혜로운 사람은 상대방의 기분이 좋은지 그렇지 않은지를 구분해서 자신의 얘기를 하고, 자신에 대해서는 스스로의 심리적 주기를 잘 파악해서 기운을 북돋우는 활동을 한다. 그런 삶이 재미없을 리 없다. 또한 어진 사람은 웬만한 일은 눈을 반쯤 감고 받아들이고 웬만한 일은 귀를 반쯤 덮고 받아들이기 때문에 신경과민으로 애태우지 않으므로 오래 사는 것이다.

원문 子曰 齊一變이면 至於魯하고 魯一變변 至於道니라

자왈 제일변 지어로 로일변 지어도

풀이 공자가 말했다. 제나라가 한 번 변화하면 노나라에 이르고, 노나라가 한 번 변화하면 도에 이를 것이다.

지혜 공자 당시 제나라는 강하고 실용을 중시했으며, 노나라는 약하기는 했지만 예를 숭상했다. 공자는 나라의 올바름은 예로서 법을 세울 때 이루어진다고 보았기 때문에, 제나라가 예를 받아들이면 노나라가 되고, 노나라도 예를 더욱 굳건히 하면 요순시대의 도덕적 태평시대를 다시 열 수 있을 것이라는 제안을 하고 있는 것이다.

오늘날 국가들도 예를 숭상하지 않고 실용을 앞세우는 경우가 많은데, 이를 현실주의라고 말한다. 자기 나라의 이익을 위해서는 어제의 동맹국도 오늘 적대국이 되는 것이다. 요즘 일본이 그런 형국이다. 2차 세계대전 동안 우리 한국과 중국 등의 소녀들을 강제로 동원하여 군인들의 성노리개로 이용한 일에 대해 반성은커녕 갖은 변명으로 이를 회피하고 있다. 특히 일본은 동북아 지역 내 중국의 패권 견제를 위해 혼자만의 힘으로 벅차서 일본의 힘을 빌리려고 하는 미국의 약점을 잡아 자국의 군사제국주의의 망령을 다시 되살리려고 하고 있다. 중국의 해양 영토 확장의 야욕도 문제이기는 하지만 일본의 욕심은 지나친 면이 많다. 세계지도를 놓고 보면, 일본은 대만의 북동쪽 코앞에 위치한 섬까지 자국의 영토에

포함되어 있다. 오끼나와[沖繩]는 그 이북이니까 당연히 포함되어 있다. 거기다 우리의 영토인 독도까지도 탐내고 있다.
도덕적인 근거가 없이 자국의 이익만을 일삼는 나라는 언젠가는 자기들의 꾀에 넘어가게 되어 있다. 이럴 때일수록 우리는 실속을 차리면서도 동시에 도덕국가의 이미지를 저버려서는 안 될 것이다. 나라 안 어디를 봐도 정리가 잘 되어 있고, 정치인들은 특히 비리에 연루되지 말아야하고, 공직자들은 자신들의 맡은 일에 전문성과 함께 도덕성을 갖추어야 한다.

원 문 子曰 觚不觚면 觚哉觚哉아

자왈 고불고 고재고재

풀 이 공자가 말했다. 모난 술그릇이 모나지 않으면 모난 술그릇이라 할 수 있겠는가?

지 혜 정체성에 관한 애기다. 소금이 짜지 않다면 진정한 소금이라 할 수 없다. 그것으로 간도 할 수 없을 것이고, 장도 담을 수 없을 것이다. 학생이 공부를 하지 않으면 그 또한 이와 같은 형국일 테고, 선생이 교재연구를 하지 않는 것도 같은 형국일 테다. 군인이 경계근무를 소홀히 하는 것도 이와 같은 맥락이다.
우리 사회에서는 자신이 있는 곳에 맞는 해야 할 역할이 있다. 그것을 소홀히 했을 경우 집단 전체가 국민들의 지탄을 받게 된다. 흔히 작전에 실패한 군인은 용서될 수 있지만 경계에 실패한 군인은 용서되지 않는다는 말이 있다. 정체성을 강조하는 말이다. 작전이야 정보가 믿을 만한 것인가 아닌가 또는 피아 전력의 강도 등에 따라서 이길 수도 있고 질 수도 있다. 하지만 경계근무를 소홀히 해서 적이 아군지역을 아무런 제재 없이 그냥 넘어 오게 하는 일이 있어서는 안 되겠다. 동부전선 최전방에서 북한군이 귀순했을 때, 한 때 우리 군은 '노크 귀순'이라는 비난을 받았다. 이 말은 경계근무를 너무 소홀히 해서 북한군이 넘어오고 난 뒤에 노크를 해서 그 귀순 사실을 알았다는 데서 비롯되었다. 있을 수 없는 일이다.

변화와 혁신을 추구하는 일도 자신의 정체성을 잘 유지한다는 전제하에서 시작되어야 한다. 자신의 정체성을 잃어버리고 무엇인가를 한다는 것은 이른바 '죽도 밥도 아닌 것'이 되고 만다.

원문 宰我問曰 仁者는 雖告之曰 井有仁焉이라도 其從之也잇가 子曰 何爲其然也리오 君子는 可逝也언정 不可陷也며 可欺也언정 不可罔也니라

재아문왈 인자 수고지왈 정유인언 기종지야 자왈 하위기연야 군자 가서야 불가함야 가기야 불가망야

풀이 재아가 물었다. 인자는 비록 우물에 사람이 빠졌다고 말해주더라도 우물에 들어가겠습니까. 공자가 말했다. 어찌 그렇게 하겠는가.

군자는 가까이 갈 수는 있겠으나 물에 빠져서 구하지는 않을 것이며, 속임수를 쓸 수는 있으나 실체를 속이지는 않는다.

지 혜 위급한 상황에 군자는 어떻게 대처해야 하는지에 대한 질문과 답변이다. 옛적의 군자는 오늘날의 리더라고 할 수 있다. 따라서 군자의 도는 리더십이라고 할 수 있을 것이다. 군자는 비록 위급한 상황이 오더라도 사려분별을 명확히 해서 자신이 직접 무엇인가를 나서서 해결하려고 하기보다는 조직이 제대로 작동하도록 만들어야 한다. 군의 지휘자(관)가 부하의 위급한 보고를 받고 직접 자신이 무엇을 하려고 하면 중간에 있는 간부들이 무엇을 어떻게 해야 할지를 모르고 당황하게 된다. 자신이 해야 할 일을 잘 처리하면 되는 것이다. 리더 혼자만 있는 예외적인 상황일 경우에는 그야말로 예외적으로 조치할 수 있을 것이다. 그럴 경우에도 주변에 있는 부양물질(예컨대, 빈 피티병) 등을 던져주고 스스로 생존해 올 수 있도록 조력하는 것이 둘 다를 살릴 수 있는 길이다. 잘못하다가 둘 다 죽을 수 있다. 1.8리터 빈 피티병 2개면 물에 빠진 성인 한 명의 목숨을 구할 수 있다고 한다. 좀 더 멀리 던지려면 빈 병 안에 물을 조금 넣어서 던져주면 좋다.

우리는 일상생활 속에서 거짓말을 전혀 하지 않을 수 없다. 삶의 재미를 위해 만우절 동안 하는 말은 넘겨받아주기도 한다. 그런 날이라도 누가 죽었다거나 크게 다쳤다거나 아니면 어디에 불이 났다는 등 사회적으로 심각한 충격을 줄 수 있는 장난은 피해야 한다. 재미로 하는 거짓말이나 강도에게 잡혀서 위기상황을 벗어나기 위해 하는 거짓말은 용납될 수 있다. 하지만 정체성을 속여서는 안 된다. 신분을 속이거나 경력을 속이는 것 등이 여기에 해당된다.

원문 子曰 君子는 博學於文하고 約之以禮면 亦可以不畔矣夫인저

자왈 군자박학어문 약지이례 역가이불반의부

풀이 공자가 말했다. 군자는 널리 배우되 예로써 단속하면, 가히 도에 어긋남이 없을 것이다.

지혜 넓게 배우는 것은 겸손이 필요하다. 겸손하게 청하지 않는데 누가 가르쳐주겠는가. “이것은 무엇입니까”라는 질문보다는 “이럴 경우에는 어떻게 해야 할지 모르겠습니다”라고 말하는 겸손함이 필요하다. 어떤 조직에서든 알면서 물어보는 사람만큼 얄미운 것도 없다. 자신의 현학적인 지식을 뽐내기 위해서 질문하는 사람은 질문 자체에 별로 관심이 없다. 이럴 경우 “좋은 말씀 많이 들었습니다”라고 말하면 족할 것이다.

그런데 너무 겸손해도 좋지 않을 때가 있다. 언젠가 어떤 시험의 출제위원으로 들어간 적이 있는데, 어떤 고등학교 선생님과의 대화 속에서 나온 얘기다. 나는 그런 류의 시험에 처음 들어가 봐서 사실 경험도 많이

없고 오히려 스스로 공부할 일이 더 많다는 사실을 느끼는 소중한 기회가 되었다. 어떤 말끝에 내가 “저는 잘 모르긴 하지만 이건 이러지 않은지요?” 라고 말을 하니깐, 그 선생님이 “모르는데 왜 들어왔어요?”라고 말하는 것이다. 공부하는 사람들이 자기의 전공분야 이외에 대해서는 잘 모른다고 하는 겸양의 마음이 소중한 것이라고 알고 있던 나로서는 참으로 당황스러웠다. 그냥 얼버무리고 말았으나, 지금 생각해보면 “선생님 같이 많이 아시는 분한테 배우러 왔지요”라고 말할 걸 하는 생각이 든다. 자신이 말을 해야 할 시간에 말하는 것은 겸양이 아니라 직무를 소홀히 하는 일이다. 이러한 구분을 잘 하는 것이 매우 중요하다. 이것이 곧 군자의 도리이다.

원문 子見南子한대 子路不說이어늘 夫子矢之曰 予所否者이면 天厭之 天厭之시리라

자견남자 자로불설 부자시지왈 여소부자 천염지 천염지

풀이 공자가 남자[72]를 만나자, 자로가 말을 하지 않았다. 공자가

72) 南子는 생몰미상이다. 춘추 시대 宋나라 사람이다. 성은 子이다. 衛靈公의 부인으로 총애를 받았다. 친오빠인 송나라의 公子 朝와 私通했다. 태자 괴외(蒯聵)가 이를 부끄럽게 여겨 살해하려다가 실패하고 송나라로 달아났다. 영공 42년 영공이 죽자 남자가 괴외의 아들 첩(輒)을 즉위시켰는데, 그가 出公이다. 孔子가 천하를 철환(轍環)하다가 위나라에 갔을 때

맹세하여 말했다. 내가 한 바 잘못이 있다면 하늘이 나를 벌할 것이다.

지 혜 '說'은 '설'로 읽으면 '말하다'가 되고, '열'로 읽으면 '기꺼워하다'라는 뜻이다. 여기서는 둘 다 무방하다고 본다. 자로가 자기가 판단하기에 스승인 공자의 행보가 탐탁지 않아서 '말을 하지 않았다' 또는 '기꺼워하지 않았다'고 볼 수 있다. 지금으로 치면 스승이 만나지 않아야 할 사람을 만난 것이다. 그래서 대놓고 스승에게 말을 할 수 없으니까 잠자고 있었던 것이다. 그러자 공자는 자신은 하늘에 맹세코 아무런 잘못이 없다고 말한다.

공자도 사람인데 조금은 한 눈을 팔았을 것이다. 자로가 바보가 아무리 공자만큼 내공이 높지는 않을지라도 그런 정도는 간파할 수 있었을 것이다. 일찍이 그리스의 현철 소크라테스도 이런 일이 있었다. 필설로 형용할 수 없을 정도로 아름다운 테오도테라는 여인이 아테네에 나타났다는 소식을 전해들은 소크라테스는 그녀를 구경하러 가겠다고 말한다.[73] 그런데 공자가 만약 자기 말이 사실이 아니라면 자기가 천벌을 받을 것이라고 했는데, 그러면서 반성하는 것으로 이해하면 족할 것이다.

그녀가 침실로 끌어들여 유혹했었던 이야기는 유명하다. "남자", 『네이버 지식백과』, 2015.9.22. 검색.

73) Xenophon, Memorabilia, Ⅲ, xi, 1 이하, 이동수, "크세노폰: 프로네시스의 정치", 전경옥 외, 『서양 고대・중세 정치사상사』, 책세상, 2012, p.110 재인용.

원문 子曰 中庸之爲德也는 其至矣乎인저 民鮮久矣라

자왈 중용지위덕야 기지의호 민선구의

풀이 공자가 말했다. 중용의 덕은 지극한데, 그 덕을 갖춘 백성은 드물고 오래되었다.

지혜 중용은 지나침이나 모자람이 없는 중요한 덕이다. 따라서 덕목 중의 하나에 불과한 것이 아니다. 예컨대 효나 충과 같은 덕을 구현할 때 어느 정도 해야 하는지를 판단하는 것은 바로 중용의 덕이다. 부모님이 돌아가시기 직전에 누군가의 원수를 갚고 싶다고 해서 그 사람을 죽여서는 안 된다. 이는 지나친 효이다. 입신출세를 한다거나 더 좋은 방편을 삼아 좋게 원수를 갚는 것도 하나의 대안이 될 수 있을 것이다. 이와 같이 중용의 덕은 모든 일상사의 덕의 실천에서 고려되어야 한다. 공자는 이렇게 좋은 덕을 백성들이 잘 모르고 있다는 점을 개탄하면서, 그렇게 된지도 오래되었음을 더욱 개탄한다. 온 나라의 도덕성을 재무장하는 일은 단 시일 내에는 불가능하다. 의식이 바뀌어야 하고, 습관도 바뀌어야 한다. 그리고 난 뒤 문화도 바뀌어야 한다. 덕의 문화를 제대로 정착시키기 위해서는 적어도 세 번의 세대교체, 즉 100년은 필요하다. 만약 압축성장을 한다고 하더라도 30년은 걸린다. 공교육과 공영미디어, 그리고 시민단체 등에서는 온 국민의 도덕성 강화를 위해 하나씩 실천하는 노력이 필요하다.

원문 子貢曰 如有博施於民而能濟衆이면 何如可謂仁乎잇가 子曰 何事於仁이리오 必也聖乎인저 堯舜도 其猶病諸시니라 夫仁者는 己欲立而立人하며 己欲達而達人이니라 能近取譬면 可謂仁之方也已니라

자공왈 여유박시어민 이능제중 하여 가위인호 자왈 하사어인 필야성호 요순기유병제 부인자 기욕립이립인 기욕달이달인 능근취비 가위인지방야이

풀이 자공이 공자에게 물었다. 만일 백성에게 널리 은덕을 베풀고, 능히 백성들을 고난에서 구제한다면 인자라고 할 수 있는지요? 공자가 말했다. 어찌 인자에 그치랴! 필시 성인이로다. 요순도 그렇게 하지 못함을 근심했느니라. 인자는 자신이 서고 싶으면 남을 세우며, 자기가 이루고 싶으면 남을 이루어 주느니라. 가히 자기를 미루어 남을 이해할 수 있다면, 이것이 곧 인에 이르는 방법이라 할 수 있느니라.

지혜 국가 최고 통치자의 덕으로서의 인에 관한 얘기다. 인은 개인윤리에 국한되는 것이 아니다. 개인이 어질어서 다른 사람이 신뢰하고 존경할 수 있는 덕성을 구비하는 것도 중요하지만, 국가라고 하는 조직을 잘 이끌어 가는 중요한 덕이다. 군주가 백성을 불쌍히 여기지 않으면 인을 갖추었다고 볼 수 없다. 군주가 백성을 어여삐 여겨 덕을 베풀고, 그들이 고난에서 허덕이지 않도록 잘 보살핀다면 인정(仁政)을 베푸는

것이다.

여기에 더하여 인정을 베푸는 통치자는 자기가 했다고 생색내지 않는다. 오히려 다른 부하가 그것을 했노라고 돌려서 칭찬해주고, 자기가 복되고자 하면 백성들이 복된 것이라면서 백성들의 행복을 위해 노심초사한다. 이러한 인정의 실천은 비단 국가 수준에서만 필요한 것이 아니다. 가정이나 작은 소공동체에서부터 학교, 마을, 직장, 국가를 포함해서 국제사회에서도 그대로 적용될 수 있다.

우리 역사 속에서 볼 때, 세종대왕은 이러한 인정을 실천한 예가 될 수 있다. 백성들을 행복하게 하기 위해 신분에 구애받지 않고 훌륭한 인재를 등용하여 좋은 제도와 문물을 창안하고, 그 과정에서 권한을 위임해주고, 그 결과를 백성들에게 돌려주고, 거기에 공헌한 신하들에게 계속해서 동기를 부여해주었다.[74] 세종대왕의 큰 업적 중에서 한글이야

---

74) 대표적인 예로 장영실을 꼽을 수 있다. 『조선왕조실록』에 의하면 그의 조상은 원나라 소주, 항주 출신이다. 고려때 귀화하여 牙山君에 봉해졌던 蔣壻의 9대손이며 그의 집안은 고려때부터 대대로 과학기술분야 고위관직을 역임하였다. 그의 부친은 고려말 전서라는 직책을 지낸 장성휘이며 모친은 기녀였다고 기록하고 있다. 장영실의 신분은 東萊縣의 官奴였다. 그의 과학적 재능으로 태종 때 이미 발탁되어 궁중기술자 업무에 종사하였다. 製鍊 · 築城 · 농기구 · 무기 등의 수리에 뛰어났으며 1421년(세종 3) 세종의 명으로 윤사웅, 최천구와 함께 중국으로 유학하여 각종 천문기구를 익히고 돌아왔다. 1423년(세종 5) 왕의 특명으로 免賤되어 정5품 尙衣院 별좌가 되면서 官奴의 신분을 벗었고 궁정기술자로 역할을 하였다. 그 후 行司直이 되고 1432년 중추원사 李蕆을 도와 簡儀臺 제작에 착수하고

말로 백성을 사랑하는 큰 마음이 그대로 녹아들어 있다. 어려운 한자를 배울 수 없는 백성들에게 우리의 발음에 맞게 한글 자모를 만들어서 제공해주었으니, 백성에 대한 큰 사랑의 징표가 될 것이다. 세종대왕은 인정을 베푼 훌륭한 정치적 지도자였다고 말할 수 있을 것이다.

각종 天文儀 제작을 감독하였다. 1433년(세종 15) 정4품 護軍에 오르고 渾天儀 제작에 착수하여 1년 만에 완성하고 이듬해 銅活字인 庚子字의 결함을 보완한 금속활자 甲寅字의 주조를 지휘감독하였으며, 우리 역사상 최초의 물시계인 報漏閣의 自擊漏를 만들었다. 1437년부터 6년 동안 천체관측용 대·소간의(大小簡儀), 휴대용 해시계 懸珠日晷와 天平日晷, 고정된 定南日晷, 仰釜日晷, 晝夜 겸용의 日星定時儀, 태양의 고도와 출몰을 측정하는 圭表, 자격루의 일종인 欽敬閣의 玉漏를 제작 완성하고 경상도 採訪별감이 되어 구리[銅 · 철(鐵)의 채광·제련을 감독하였다. 1441년 세계 최초의 우량계인 측우기와 水標를 발명하여 하천의 범람을 미리 알 수 있게 했다. 그 공으로 上護軍에 특진되었다. 그러나 이듬해 세종이 신병치료차 이천으로 온천욕을 떠나는 길에 그가 감독 제작한 왕의 수레가 부서져 그 책임으로 곤장 80대를 맞고 파직당하였다. 세종은 곤장 100대의 형을 80대로 감해 주었을 뿐이었다. 그 뒤 장영실의 행적에 대한 기록은 남아있지 않다. "장영실", 『네이버 지식백과』, 2015.9.22. 검색.

子曰質勝文則野
文勝質則史
文質彬彬然後
君子

6

述而篇과 청춘의 지혜

원문 子曰 述而不作 信而好古 竊比於我老彭

자왈 술이부작 신이호고 절비어아로팽

풀이 공자가 말했다. 나는 옛것을 전술할 뿐이지 새로 짓지 않으며, 옛 것을 믿고 좋아함을 가만히 노팽[75]에게 견주어 보노라.

지혜 하늘 아래 새로운 것 없다는 말이 있다. 계속해서 새로운 것이 만들어 지지만 그 변화의 저변에는 하나의 일관된 어떤 원칙 또는 법칙이 있다는 것이다. 아무리 새로운 것이 생성된다고 하더라도 인간은 인간이고, 동물은 또 동물이 되는 것이다. 그리고 그 인간과 동물들은 각기 정해진 길을 따라 왔다가 또 가게 되는 것이다.
이렇듯 우주만물의 생성변화는 피조물이 아무리 큰 뜻을 품고 무엇인가를 만든다고 해서 창조주 하늘의 뜻을 위배할 수는 없다. 오직 창조하는 것은 신의 전유 기술이기 때문이다. 인간을 비롯한 모든 피조물이 할 수 있는 것은 새로운 창조가 아니라 그 창조의 역사 속에서 자신의

---

75) 노팽이 누구냐에 대해서는, 은나라의 대부로 옛날 일을 즐겨 이야기했다는 인물이라는 설, 공자가 예에 관하여 질문했다는 老聃 즉 노자라는 설, 노자와 팽조(彭祖) 두 사람을 가리킨다는 설 등이 있다. 공자의 조상이 은나라의 후예가 세운 宋나라 사람이라는 사실과 이 구절의 我老彭(아로팽)이 지니는 친근한 어감을 고려할 때 은나라 대부 노팽일 가능성이 높다고 한다. “아로팽”, 『네이버 지식백과』, http://terms.naver.com/entry.nhn?docId=2427088&cid=41893&categoryId=51342 2015.9.22. 검색.

일상일 뿐이다. 여기서 옛것이란 단지 지나간 일들, 그 중에서도 잘못된 일들까지 망라하는 것은 아니다. 내가 무엇인가를 생각하고, 행동으로 옮기기 전에 이전 사람들이 이미 똑같이 고민했을 수 있다는 것을 잊지 말라는 교훈이 더 크다.

공적인 일에서도 마찬가지이다. 흔히 구관이 명관이라는 말이 여기에 해당된다. 처음 부임하는 상관은 이전에 어떤 일이 진행되었는지를 잘 알 수 없다. 위법이 아닌 범위 내에서 관행적으로 시행되고 있는 바도 있을 수 있는데 이러한 것도 알지 못한다. 가끔씩 장관 부임한 지도 얼마 되지 않았는데, 갑자기 경질되는 경우, 장관 혼자만의 개혁을 하다가 그렇게 되는 경우가 많다.

이와 같이 과거의 것을 소중히 하는 문화는 실패 확률을 확실히 낮춘다. 예법이라고 하는 것은 일종의 대인관계 포로토콜이다. 다른 사람과의 관계에서 기분 나쁠 수 있는 경우의 수를 망라해놓은 것이기 때문에 그것을 회피하면 반대로 성공 확률을 높일 수 있다. 하지만 주변 환경이 급변할 경우 시류에 어느 정도는 편승해서 그 변화된 환경이 무엇을 요구하는 지에도 관심을 가져야 한다. 그렇지 않으면 실제 따로 원칙 따로 식의 괴리가 생기게 될 것이다. 동시에 지나치게 새로운 것만이 바람직한 것이라는 생각도 금물이다. 가끔 새로운 책이 출판되었다고 해서 구매해보면 과거 이미 출판된 적이 있는 것을 다시 표지 디자인을 바꾼다거나 편집 양식을 바꿔서 출판하는 경우가 있다. 오래 간직할수록 좋은 것도 있고 매년 매월 매일 매순간 바꿔서 좋은 것도 있다. 그것을 잘 구분해서 판단하는 것이 군자의 탐구 주제인 것이다.

원문 子曰 黙而識之 學而不厭 誨人不倦 何有於我哉

자왈 묵이식지 학이불염 회인불권 하유어자재

풀이 공자가 말했다. 배운 학문을 묵묵히 마음에 새겨 두고, 배움에 싫증내지 않으며, 제자들 가르침에 게을리 하지 않는 것, 이런 것들이 어찌 나에게 있으리오.

지혜 공자의 학문 수행 태도에 관한 내용이다. 배운 바를 묵묵히 마음에 새겨야 한다. 배운 바를 아로 새기지 않으면 금방 날아가 버린다. 한 주제로 오래토록 고민하면 잘 때도 꿈을 꾼다. 명상과 걷기 수행도 좋은 방편이 될 수 있을 것이다. 텃밭을 일구는 농심을 회복할 필요도 있을 것이다. 일상생활 속에, 자연 속에서, 사회 속에서 어떻게 탐구한 결과가 적용될 수 있는지를 곰곰이 생각해보는 것도 도움이 될 것이다. 배움에 싫증을 내어서는 안 된다. 대개 타율적으로 일을 하게 되면 쉽게 싫증이 난다. 자신이 목표를 찾아서 설정하지 않으면 그런 일이 생기게 된다. 설령 자신이 목표를 설정했다고 하더라도 다른 일을 도모하기 위한 수단으로 이 일을 하게 되면 싫증이 난다. 이런 두 경우를 예방한다면 배움의 싫증을 최소화할 수 있다.

선생으로서 제자들 가르침에 게을리 해서는 안 된다. 공자는 제자들의 특성을 잘 파악해서 그 특성과 눈높이에 맞게 지도를 했다. 제자들의 해맑은 눈동자를 보고서 내일은 또 무슨 재미있는 애기를 해줄까하고 고민했던 공자의 모습을 떠올리면 오늘날 나의 모습에서도 반성할 점이 많다. 나의 관심사와 나의 연구 주제에 빠져서 정작 제자들이 무엇을 궁금해 하는지 도외시한 적이 많았다. 특히 공자의 제자에 대한 사랑은 후대 많은 선생들에게 제자를 어떻게 가르치는 것인지 모범을 보여는 좋은 예이다.

원문 **子曰 德之不修 學之不講 聞義不能徙 不善不能改 是吾憂也**

자왈 덕지불수 학지불강 문의불능사 불선불능개 시오우야

풀이 공자가 말했다. 덕이 잘 닦여지지 않음과 배움이 익지 않음과 의를 듣고도 행하지 못함과 선하지 못함을 고치지 못하는 것, 이런 것들이 바로 내가 걱정하는 것들이니라.

지혜 공자의 수양관에 관한 내용이다. 덕은 닦아야 한다. 덕은 거울과 같은 것이기 때문이다. 게을러서 가꾸지 않으면 진리를 제대로 볼 수가 없다. 또한 덕은 잘못되었을 때 고쳐야 한다. 내가 원하지 않는 방향으로 흘러 갈 때도 있기 때문에 그것을 제대로 잡을 수 있는 노력도 게을리 해서는 안 된다.

배움의 길은 새로운 것을 받아들이는 것도 있지만 이미 알고 있는 바 이기 느낀 바를 실제 행동으로 표출될 수 있도록 익히는 것이다. 그래야 완전히 자기 것이 되는 것이다. 그런데 한번 체득하고 완전히 다 안다고 하면서 계속해서 익히려고 노력하지 않으면 안 되는 것이다. 또한 공자는 의를 보고도 행하지 않고 자신의 과오를 고치지 못함은 경계한다. 공자의 이러한 수양관은 오늘날에도 그대로 적용될 수 있다. 있는 그대로의 사실을 받아들일 수 있는 눈과 귀를 가져야 하고, 선입견 없는 판단을 위한 사고를 위한 준비 등이 전제되어야 한다. 마치 음식 맛을 정확히 보기 위해서는 인공조미료의 타성에 젖은 미감을 버려야 하듯이 말이다. 본래의 자기 입맛으로 되돌아가는 노력은 곧 도덕적 주체자로서 자신의 몸과 마음 그리고 정서의 본원성을 회복하는 것과 같다.

원문 子之燕居에 申申如也하시며 夭夭如也러시다

자지연거 신신여야 요요여야

풀이 공자가 한가하게 있을 적에 그 모습은 넓고 온화해보였다.

지혜 수양을 많이 한 사람은 얼굴에서 광채가 난다. 가톨릭의 천사나 성자, 그리고 불교의 대선각자들의 머리 뒤에서 느껴지는 후광이 바로 그 예라고 할 수 있다. 자신의 교리에 대한 신념과 내면화, 그리고 자신감 등이 복합적으로 작용할 때, 마치 후광이 나타나는 것처럼 보인다고 한다.

이러한 공자의 평상시 모습은 인자한 스승의 전형이다. 진리를 탐구하고

자 하는 모든 제자를 품을 듯 그 가슴은 열려있고, 모든 제자들의 궁금한 점을 들어주려는 듯 그 귀는 열려있고, 모든 제자들의 성장하는 과정을 지켜보기 위해 그 눈은 열려있다. 모든 것이 열려있다. 요즘 들어 나는 사도상(師道象)에 대해 많은 생각을 하고 있다. 진정한 스승은 어떤 모습이어야 하며, 어떤 행동을 해야 하는가에 대해서 말이다. 서예공부를 더 하게 되면 다음의 글귀를 연습해서 의미있게 사용하고 싶다.

師表如海　　스승의 표상은 바다와 같고
師道不孤　　스승의 길은 외롭지 않다.

오늘날 사범대학이 제 기능을 발휘하기 위해서는 완전 개방하는 것보다는 일종의 목적대학 형식으로 운영할 필요가 있다. 전국 단위로 이것을 별도로 하나의 대학교를 중심으로 하는 것은 지역 편중이나 균형발전의 관점에서 부적절한 면이 많다. 이러한 문제점은 점차 폐지하는 쪽으로 개선할 필요가 있고, 지역 거점대학의 사범대학을 중심으로 강화해서 발전시키는 것이 더 합리적이다. 불필요하게 과도한 경쟁시험에 투자하는 대신 좋은 스승이 될 수 있는 품성을 계발하는 데 더 많은 시간을 투자해야 한다. 그래야만이 스승으로서의 호연지기(浩然之氣)를 자발적으로 기를 수 있을 것이다. 기초 생계가 보장되지 않는 사람에게 문화생활을 못한다고 타박할 수는 없는 노릇과 같다.

원문 子曰 甚矣라 吾衰也여 久矣라 吾不復夢見周公이로다

자왈 심의 오쇠야 구의 오불복몽견주공

풀 이 공자가 말했다. 아아. 내가 너무 늙었나 보다. 이렇게 오랫동안 꿈에서 주공을 뵙지 못하다니!

지 혜 공자에게는 뚜렷한 목표상이 있었다. 누구처럼 행하겠다는 목표상 말이다. 그 목표상이 주공이었던 것이다. 과거의 인물을 목표상으로 잡게 되면 다른 사람과의 의사소통을 할 때 편리한 점이 많다. 달리 더 이상 설명하지 않아도 알아들을 수 있기 때문이다. 만약 말하는 사람 자기만 알 수 있는 상상 속의 인물을 제시하면, 듣는 사람들은 실제 그 모습을 쉽게 떠올리지 못한다.

목표로 하는 바는 여러 가지가 있다. 어떤 직위일 수도 있고, 어떤 사건이 될 수도 있으며, 간혹 물건이 될 수도 있다. 나는 도지사가 될 거야라고 하는 것은 직위가 그 목표이며, 나는 우리나라의 통일이 되면 그 기념식장의 제일 앞자리에 있겠다는 것은 사건이 그 목표이며, 나는 특정 상표의 자동차를 꼭 갖고 싶다고 할 때는 물건이 그 목표가 된다.

그런데 대개 인물을 목표상으로 설정하는 경우가 많다. 왜냐하면 그 인물이 생활 속에서 많은 이야기꺼리를 가지고 있기 때문이며, 또 같은 인간으로서 따라 배우기 좋기 때문이다. 꿈은 현실의 반영이기 때문에, 평상시에 존경하고 따르고 싶은 인물은 꿈 속에서 자주 등장한다. 꿈 속에서 그 인물과 대화를 같이 나누기도 한다. 공자의 경우, 꿈 속에서 그 인물이 등장하지 않는 것은 의지의 부족 때문이라기보다는 자신의 건강이 너무 나빠서 그렇다는 점을 한탄하는 것이다.

원 문 子曰 志於道하며 據於德하며 依於仁하며 游於藝니라

자왈 지어도 거어덕 의어인 유어예

풀 이 공자가 말했다. 군자는 도에 뜻을 두고, 덕에 근거하며, 인에 의지해야 하고, 육예[76]를 갖추어야 할지어다.

지 혜 공자의 도학적 일상생활에 관한 내용이다. 우선 학문의 도에 뜻을 두어야 하고, 그것을 통해서 얻은 덕에 의거해서 생활해야 하며, 다양한 가치 중에서 인을 중심으로 따르고, 실생활에서는 여섯 가지의 중요한 실제적인 기술을 구비해야 한다.

앞의 도(道), 덕(德), 인(仁)의 세 가지는 중심적인 가치관이라고 할 수 있다. 도는 지향처이며, 덕은 원칙의 길이며, 인은 중심 힘이 되는 길이다. 이와 같이 생각은 공부를 할 때나 일을 할 때나 여전히 통용되는 진리이다. 한편 실제적 기술로서의 예(藝)에는 禮, 樂, 射, 御, 書, 數의 여섯 가지가 있다. 모두 밖으로 드러나는 행동들이다. 6예는 도덕인의 중심 덕을

---

76) 육예는 옛날 선비들이 반드시 배워야 할 여섯 가지의 일로서, 禮, 樂, 射, 御, 書, 數의 여섯 가지를 말한다.

구현하기 위한 실천 기술인데, 여기에 탐닉하면 본질을 잃게 된다. 대개 6예는 외현적인 활동이 중심이 되기 때문에 그것을 행하는 마음을 놓기 십상이다. 그 중에서 대부분 글자의 의미대로 해석할 수 있겠는데, 악, 사, 어의 경우는 현대적으로 재해석할 필요가 있다.

우선 악은 예나 지금이나 음악을 말한다. 다만 오늘날의 경우는 노래방문화와 연계해서 생각해볼 수 있다. TV에서도 노래방기기를 아예 스튜디오에 두고 연예인들이 출연해서 노래경연대회를 하는 경우도 있을 정도이다. 우리 민족은 풍류를 좋아해서일 것이다. 어디 행사가 있어서 야유회라도 가면 노래 한 가락 해보라고 다들 권유한다. 몇 년 전의 일이다. 1992년 이후부터 계속해서 한국과 중국의 윤리학자들은 매년 교차해서 학술대회를 갖고 있는데, 2009년 경에 중국의 강서성(江西省)에 다녀왔다. 버스 여행이 지루해갈 즈음 양국의 교수들은 버스 안에서 자국의 노래를 부르기로 했다. 중국도 우리와 같이 노래 부르는 것을 좋아하는 것 같았다. 어떤 분은 송창식의 '담뱃가게 아가씨'를 멋지게 불러서 큰 호응을 얻었다. 중국의 학자들은 대개 군가 비슷한 노래들을 좋아하는 것 같았다. 그런데 어떤 분이 '선구자'를 불러서 분위기 아주 엄숙하게 만들어버렸다. 바로 다음이 내 차례였는데, 분위기 반전을 위해 알지도 못하는 댄스곡을 부를 수도 없는 입장이고 해서 평소 혼자서 잘 부르는 맹인 가수 이용복의 '그 얼굴의 햇살을'을 불렀다. 그 외에도 내가 좋아하는 노래에는 역시 이용복이 불렀던 '줄리아', 우리 어머니가 좋아하시는 '동백아가씨', '그대 먼 곳에', '내일이 찾아와도', '안돼요 안돼', '당신', '당신도 울고 있네요', '카멜레온', '그대 그리고 나', '사랑이여', '당신',

'전선야곡', '부산갈매기', 'J에게', '찬찬찬' 등이 있다. 나름대로 부르긴 했지만 '담뱃가게 아가씨'만큼 호응이 높지는 못했다. 하지만 이 노래도 마땅히 불러야 할 때 못 부르거나 곡목을 잘못 선정할 경우 안 부른 것만 못할 수 있으므로 약간은 신경을 써 두는 것도 좋다. 예컨대 아내 앞에서 나훈아의 명곡 '영영'을 부르는 경우이다. 또한 밤11시 넘어서 업무 핑계로 노래방에 있는 것도 적절치 못하다.

사에 해당되는 현대적 활동은 국궁이 있다. 양궁은 대중 스포츠로 정착되지는 않았다. 사격동아리도 있기는 하지만 대중화되어 있지만 않다. 다만 잊지 말아야 할 것은 사가 잡념을 제어하고 집중력을 키우는 활동이라는 점이다. 국궁이외에도 목표를 향해 의지와 힘을 투사하는 운동이라면 고전적 사의 개념에 부합된다고 할 수 있다. 야구에서의 던지기나 축구에서의 킥, 테니스·배드민턴·탁구에서의 스매싱 등이 이러한 활동이라고 할 수 있다.

어에 해당되는 현대적 활동은 승마가 있다. 옛적의 말 타기는 항상 전투에 임할 수 있는 마음의 준비태세이기도 하고 식량을 구하기 위한 수렵활동이기도 하다. 요즘은 승마 게임기도 있어서 말 타는 것을 배우는 것은 쉽지 않지만 수렵활동이나 전투의지 등을 고양하기 위한 기회는 갖기 힘들다. 어의 기본정신은 제어하는 것이다. 자신의 원하는 방향으로, 원하는 세기로 조절해서 목표를 달성하는 것을 말한다. 따라서 모든 운동에서 자기조절 기술은 모두 이 활동이라고 할 수 있다. 축구에서의 드리블, 테니스에서의 발리, 탁구에서의 컷 리시브, 당구에서의 맛세와 새리치기 기술 등이 여기에 해당된다. 무엇보다 중요한 어의 활동은

혀를 잘 조절하는 것이다. 운동과 같은 활동에서 제어할 수 있는 기술은 결국 자신의 심신을 조절할 수 있는 것으로 연결될 수 있어야 한다.

원문 子曰 自行束脩以上은 吾未嘗無誨焉이로다

자왈 자행속수이상 오미상무회언

풀이 공자가 말했다. 육포 한 묶음이라도 가지고 와서 가르침을 청하는 자를 내 일찍이 학생으로 받아들여 가르치지 않은 적이 없다.

지혜 포10개를 묶어야 1속이 된다. 요즘 시세로 치면 만 원 정도 될 듯하다. 현금 만 원을 들고 오는 것은 성의 없어 보이지만 부모님이 묶어서 주는 육포 1속 들고 찾아드는 제자를 공자는 물리치지 않았다는 것이다. 배움을 갈망하는 제자에게는 언제나 문을 열어둔 것이다.
요즘에는 복지제도가 너무 잘 되어 있어서 어지간한 호의에 대해서는 그렇게 고마운 마음을 안 가진 듯하다. 특히 우리나라 대학교육에서 이러한 문제는 심각하다. 파리대학 등과 같은 종교기반의 대학을 제외한 유럽의 많은 대학은 길드 시스템에 의해 학생들의 자발적인 의사가 많이 반영되었다. 그런데 우리나라 대학은 국가의 필요에 의해 유지된다. 사립대학의 경우도 설립자의 건학이념에 따라 주도된다. 학생들은 그 의지에 부합하면 따라가게 되는 것이다.
우리 사회에서는 돈으로 환산될 없는 것들이 많다. 최근 우리나라 대학교육에도 돈으로 무엇이든 환산될 수 있다는 잣대가 적용되고 있다. 소위 '반값 등록금'이라는 용어가 그 한 예이다. 대학의 등록금은 시장에서 안 팔릴 때 깎아주는 물건이 아니다. 적절한 등록금을 책정하고, 거기에 부합되지 못하면 대출을 받거나 그것에 대한 장기적인 상환 능력이 예상되지 않으면 아예 등록 자체를 무기한 유예해야 한다. 국립대학의 경우 국가재정을 흥정을 통해서 결정하지 않는 대원칙에 따르는 것이고, 사립대학의 경우 등록금이 너무 높으면 학생들 유치가 자연히 안 되게 되어 있다.

그렇다고 오늘날의 대학 당국이 공자의 가르침에 전면적으로 위배된다고는 말할 수 없다. 진정으로 배우고자 한다면 제도권의 다른 방편들도 많이 있다. 방송통신대학도 있고, EBS 통신교육, 일반대학의 평생교육원, 독학사 등 다양한 방편이 있다. 대학이 적자를 보면서까지 가르칠 수는 없는 것이다. 과거 학교에서 장기무이자로 지급한 '대여장학금'을 아직도 상환하지 않고 있는 졸업생도 많다. 우리 사회 기부문화를 정착해 나가야 한다는 장기적인 과제도 있지만, 우선 자기가 할 수 있는 분수가 어디까지인가를 명확히 알고, 해야 할 약속은 먼저 지키는 자세가 절실히 필요하다.

원문 子曰 不憤이어든 不啓하며 不悱어든 不發하되 擧一隅에 不以三隅反이어든 則不復也라

자왈 불분불계 불비불발 거일우불이삼우반 즉불복야

풀 이 공자가 말했다. 배우려고 분발하지 않으면 가르쳐 주지 않고, 표현하려고 애쓰지 않으면 가르쳐 주지 않으며, 한 모퉁이를 짚어 주어도 나머지 모퉁이를 알아차리지 못하는 자에게는 더 이상 가르쳐 주지 않느니라.

지 혜 공자의 교육관에 관한 내용이다. 소에게 물을 먹이더라도 소 스스로 물을 먹으려고 해야 물가에 데려다 준다. 억지로 소에게 물을 먹일 수는 없다. 교육도 학생이 스스로 하고자 할 때 선생이 도와주는 것이다. 따라서 교육의 제일 중요한 주체는 학생이라고 할 수 있다. 요즘 대학생들은 소위 말하는 스펙 쌓기에 몰두한 나머지 찾아서 하는 공부를 할 시간이 없다.
전국의 사범대학과 교육대학에서는 이러한 현상이 더 심각하다. 교원임용고시를 대비하느라 다양한 전공의 기반을 쌓을 시간이 없다. 공부하는 내용은 엄청나게 많다. 복수전공이나 부전공을 할 경우 더 바쁘다. 이런 와중에서 심신수련과 인격도야, 그리고 취미충족을 위해 개인적인 동아리 활동을 한다는 것은 무리다. 그런데 저자가 소속된 경상대학교 윤리교육과에서는 그 와중에서도 학술동아리 활동을 하고 있다. 초인적인 학생들이다. 교과교육, 동서철학, 정치윤리 등의 굵직한 학문적 범주들을 공부하면서도, 특화된 분야의 공부를 심화해서 하고 있다. 한국윤리 분야의 '국학회', 교과교육과 서양철학 분야의 '길학회', 유학을 위한 '유학회', '응용윤리학회' 등이 있다. 어떤 학회는 일주일에 한 번 강독회를 갖기도 하고, 어떤 학회는 한 달에 한 번 갖기도 한다.
차제에 나도 학회 하나를 개설해보려고 여러 가지 준비를 해 본 적이 있었으나, 대단한 용기가 필요할 듯하다. 수업하기도 바쁜데 동아리 지도까지는 도저히 무리라고 생각했기 때문이다. 학과의 동료교수들의 학생들에 대한 관심과 애정이 얼마나 깊은지 느낄 수 있을 듯하다. 하지만 학생 몇 명이 통일학·북한학을 포함하는 정치윤리 분야에 대해 같이 고민하는 탐구동아리를 만들겠다고 하면 가끔씩 참석할 수도 있겠다는 생각도 해본다. 다만 주도하기는 힘들 듯하다. 이미 이름은 '정치윤리연구회'라고 지어두었다.

원문 **子食於有喪者之側에 未嘗飽也시고 子於是日에 哭則不歌하시다**

자식어유상자지측 미상포야 자어시일 곡즉불가

풀이 공자가 상을 당한 자의 곁에서 음식을 먹을 때에는 배부르게 먹은 적이 없었다. 공자는 이날 조곡을 하면서도 노래를 부르지 않았다.

지혜 공자의 상례에 관한 내용이다. 남이 해준 음식을 맛있게 먹어야 하기는 하지만 초상집에서는 망자를 기리는 마음과 상주를 생각해서 배불리 먹는 것은 결례이다. 상주는 망자를 잃은 슬픔에 식음을 전폐하고 있을 텐데 나는 맛있게 음식을 먹는 것은 적절하지 않다. 또한 곡은 하면서 노래를 불러서는 안 된다. 노래는 산 자의 영혼에 생기를 불러일으키는 것일지언정, 망자에게는 맞지 않다. 망자에게는 곡을 함으로써 그 영혼을 달래주어야 한다.

어떤 분의 상가에 간 일이 있었다. 세 명이서 각자 따로 길을 출발해서 상가에서 만나 같이 조문했다. 조문은 조문이고, 우리는 같이 만나 반갑다고 맥주를 한 잔씩 컵에 부어서 건배를 하려고 했다. 그 때 같은 테이블에 앉은 연장자 한 분이 상가에서는 건배 제의하면 안 된다는 말씀을 하셨다. 그것이 바로 공자의 상례라고 할 수 있을 것이다.

원문 子謂顔淵曰 用之則行하고 舍之則藏을 惟我與爾有是夫인저 子路曰 子行三軍이면 則誰與시리잇고 子曰 暴虎馮河하여 死而無悔者를 吾不與也니 必也臨事而懼하며 好謀而成者也니라

자위안연왈 용지즉행 사지즉장 유아여이유시부 자로왈 자행삼군 즉수여 자왈 폭호풍하 사이무회자 오불여야 필야림사이구 호모이성자야

풀이 공자가 안연[77]에게 일러 말했다. 써주면 도를 행하고 버리면

---

77) 안연은 안회(顔回)를 말한다. 자가 연(淵)이다. 공자가 가장 신임하였던 제자이며, 공자보다 30세 연소(年少)이나 공자보다 먼저 죽었다. 학문과 덕이 특히 높아서, 공자도 그를 가리켜 학문을 좋아하는 사람이라고 칭송하였고, 또 가난한 생활을 이겨내고 도(道)를 즐긴 것을 칭찬하였다. 은군자적(隱君子的)인 성격 때문인지 그는 "자기를 누르고 예(禮)로 돌아가는

은둔하는 것을 오직 나와 자네만이 이것을 지니고 있을 뿐이다. 자로가 말했다. 부자께서 3군을 출동시킨다면 누구와 함께 하시겠습니까? 공자가 말했다. 맨손으로 범을 잡으려 하고 맨몸으로 강하를 건너려다가 죽어도 후회함이 없는 자는 함께 하지 않을 것이니, 나는 반드시 일에 임하여 두려워하고, 도모하기를 좋아하여 성공하는 자를 데리고 갈 것이다.

지 혜 이 단락은 두 가지로 나뉜다. 첫째는 출사관에 관한 것이고, 둘째는 전투에 대비한 마음가짐에 관한 것이다.

우선 공자의 출사관은 누군가 자기를 써준다면 도를 행할 준비가 되어 있지만, 버리면 사회에서 은둔하여 조용히 생활한다는 것이다. 스스로 인격을 두루 갖추고 치세를 위한 도를 구비하고 있다가 누군가 자신을 등용해준다면 능력을 최대한 발휘한다는 것이다. 그런데 등용해주지 않으면 은둔해버린다는 것이다.

이러한 생각은 오늘날에는 적절하지 않다. 물론 스스로의 능력 밖으로 억지로 벼슬을 해보겠다고 해서는 안 된다는 공자의 가르침을 전제한다

것이 곧 인(仁)이다"라든가, "예가 아니면 보지도 말고, 듣지도 말고, 말하지도 말고, 행동하지도 말아야 한다"는 공자의 가르침을 지킨 사람임에도 불구하고, 장자(莊子)와 같은 도가(道家)에게서도 높이 평가되었다. 젊어서 죽었기 때문에 著述이나 업적은 남기지 못했다. "안회", 『네이버 지식백과』, 2015.10.6. 검색.

고 하더라도 이러한 생각은 너무 소극적이다. 출사를 위해 자신의 장점을 알리고 단점을 보완하는 노력이 필요하다. 오늘날의 출사는 공무원시험이나 취직시험에 응시하는 것을 말하는데, 가만히 있으면 유비가 제갈량 찾아가듯이 찾아가지는 않는다. 본인의 적성에 맞는 출사처가 어디인지를 적극적으로 찾아서 도전해 볼 필요가 있다. 다만 시험에 낙방하고 난 뒤에 은둔해서는 안 되고 자신의 단점을 보완하기 위한 노력을 즉각 시행해야 한다.

둘째, 전투에 어떤 사람과 같이 참전할 것인가의 문제이다. 공자는 전쟁에 임하면서 무모한 사람을 선호하지 않으며, 두려워하면서도 일단 일을 도모하면 목적을 달성하는 사람을 선호한다. 대개 무모한 사람은 준비과정에서는 겁이 없지만, 실패하고 나면 겁을 먹는다. 반면에 신중한 사람은 준비과정에서는 겁이 많아서 이것저것 살피는 일이 많다. 하지만 일단 결행했다면 그 목표를 달성해내고 만다. 진정한 용기는 두려움을 전제하고, 그것을 얼마나 잘 극복해내는가에 달려있다. 두려움이 없는 사람의 행동은 용기에서 비롯된 것이 아니라, 타성에 의해 비롯된 것이다. 그런 사람은 제대로 된 분석이 불가능하기 때문에 차후 용기 있는 행동을 발휘하기란 쉽지 않다.

원문 子曰 富而可求也인댄 雖執鞭之士라도 吾亦爲之어니와 如不可求인댄 從吾所好하리라

자왈 부이가구야 수집편지사 오역위지 여불가구종오소호

풀 이 공자가 말했다. 부라는 것이 만일 구할 수 있는 것이라면, 내 비록 마부 노릇을 해서라도 하겠지만 억지로 구할 수 없는 것이라면 내가 하고자 하는 바를 따르리라.

지 혜 공자의 빈부관에 관한 내용이다. 옛날에는 부자는 하늘이 내린다고 했다. 특히 농경사회에서는 하늘이 내리지 않는 부자는 없었다. 한 해 농사를 지어서 거둬들일 수 있는 양이 제한되어 있기 때문이다. 그런 상황에서 자기가 부자가 되어 보겠다고 동분서주해본들 원래의 상황과 큰 차이가 없다.
하지만 현대 자본주의 사회에서는 좀 더 전향적으로 생각해볼 필요가 있다. 자본이 무한정으로 널려져 있기 때문이다. 생각이 자본인 시대이다. 아이디어 하나만 있으면 회사를 설립할 수 있다. 그리고 문명의 흐름을 잘 예측하고, 투자와 회수의 시기를 잘 선택하면 주식투자로도 많은 돈을 벌 수도 있다.
오늘날에는 무슨 노릇을 해서 버는 시대가 아니라 무슨 생각을 해서 버는 시대이다. 따라서 돈은 벌 수 있지만, 그것을 어떻게 관리하고, 기부하고, 더 나아가서는 그 와중에 자신의 인격을 어떻게 유지하는지에 더 많은 관심을 가져야 한다.

원 문 子之所愼은 齊戰疾이로다

자지소신 제전질

풀 이 공자가 조심한 것은 마음가짐, 전쟁, 그리고 질병이었다.

지 혜 어떤 동요 중에 '젓가락 두 짝이 나란히'라는 가사가 있다. 음식을 먹으려고 하면 젓가락 두 짝이 잘 정돈되어 있어야 가능하다. 어떤 일을 도모할 때도 마찬가지이다. 마음이 여러 수십 갈래인데, 하나의 일을 도모해서 성공하기란 쉽지 않다. 해볼까 말까부터 시작해서 이정도면 될까 말까에 이르기까지 너무나 많은 마음의 갈래들이 있다. 이 마음가짐은 마음을 잘 정돈해서 어떤 일을 쉽게 시작할 수 있도록 하는 것이다. 가장 전형적인 마음가짐의 행위는 제사이다. 제(祭)는 곧 제(齊)라고 할 수 있다. 공자가 제례를 강조한 것도 바로 이러한 마음가짐을 단단히 다지기 위해서였을 것이다.

다음으로 공자는 전쟁을 조심했다. 전쟁은 적과 아의 구분 속에서 적의 의지를 꺾는 활동이다. 적군의 의지를 꺾어야 하는 이유는 아군의 안녕을 위해서이다. 우리 백성들의 당면한 위협을 제거하고, 지속가능한 행복을 달성하기 위해서이다. 그런데 이러한 국가의 중대한 행위로서의 전쟁은 단기간에 몇 사람이 동원되어 진행되는 것이 아니다. 많은 백성들과 그들의 물자들이 동원되어야 한다. 그리고 전쟁의 결과 그 피해를 감수해야 한다. 심지어 적군에게 우리의 모든 것들이 귀속될 수도 있는 위험마저도 있다. 그렇기 때문에 전쟁은 조심해야 하는 것이다.

마지막으로 공자는 질병을 조심해야 한다고 했다. 얼마 전 MERS[78]라는 호흡기 전염병으로 우리한국이 온통 소란스러웠다. 그 결과 많은 사람들의 목숨을 잃었다. 과거에 비해 오늘날의 의료지식과 시설이 아주 높은 수준임에도 불구하고, 발병에서부터 종식에 이르기까지 엄청난 노력을 기울였다.

그런데 개인의 영양상태도 부실하고 국가 의료관리 시스템도 잘 정비되지 않았던 고대에는 질병, 특히 전염병이 한 번 왔다하면 전체 인구의 생존에 심대한 타격을 주었을 것이다. 그 질병의 강도와 파급력은 당시 인간에게 덕스러운 삶을 사느냐의 문제보다는 사느냐 죽느냐의 절박한 문제로 몰고 갔을 것이다.

이 마음가짐, 전쟁, 질병의 문제는 여전히 현대에도 개인적으로나 공동체의 입장에서 중요하다는 점을 생각해볼 때, 공자의 혜안을 깊이 인식할 수 있다. 현대 사회의 특징을 감안해서 한 가지 더 부가한다면, 의사소통을 꼽을 수 있다. 의사소통을 위한 기술을 많이 발달돼 있다. 전통적인

---

78) MERS(Middle East Respirator Syndrome)는 2012년 사우디아라비아에서 처음 발견된 뒤 중동 지역에서 집중적으로 발생한 바이러스로, 2003년 아시아에서 발생한 뒤 전 세계로 확산되며 800명 가까운 사망자를 낸 사스(중증급성호흡기증후군)와 유사한 바이러스다. 잠복기가 1주일가량이며 사스와 마찬가지로 고열, 기침, 호흡곤란 등 심한 호흡기 증상을 일으킨다. 다만 사스와는 달리 급성 신부전증을 동반하는 것이 특징으로 사스보다 치사율이 6배가량 높다는 조사 결과가 나오기도 하는 등 더 치명적인 양상을 보이고 있다. 초기에는 신종 코로나바이러스로 불렸지만 이후 사우디를 비롯한 요르단, 카타르, 아랍에메리트(UAE) 등 중동 지역에서 환자가 집중적으로 발생하면서 메르스코로나바이러스(MERS-CoV)로 명명됐다. “MERS”, 『네이버 지식백과』, 2015.9.22. 검색.

전화와 우편은 물론이거니와 인터넷으로 통한 이메일, 휴대폰, 카카오톡, 페이스북 등 다양한 의사소통 수단이 있다. 그런데 스마트폰의 기술이 급속도로 발전하면서 전통적인 의사소통의 질서가 파괴되다시피 했다. 식당에 가서 주문하고 앉아서 기다리는 사람들 대부분은 자기 스마트폰 보기 바쁘다. 산책하는 아주머니도 스마트폰 보면서 걷고 있다. 심지어 유모차 끌고 가는 사람들도 자기 스마트폰으로 카카오톡 하면서 간다. 그리고 돌아서면 좀 전에 같이 있었지만 대화를 나누지 못한 사람과 스마트폰으로 통화하거나 문자교환을 한다. 계속해서 악순환이 된다. 지금 내 눈앞에 있는 그 사람이 제일 중요하다. 아무리 근심걱정이 있더라도 지금 내 앞에 있는 사람과 나중에 다시는 연락하지 않을 정도로 열정적으로 관심을 가져야 한다. 그 사람이 내 인생 마지막 보는 사람이라는 절박한 심정으로. 심지어 그 중에 누군가 연락이 와도 받지 않는 것이 좋다.

원 문 子在齊聞韶하시고 三月不知肉味하사 曰 不圖爲樂之至於斯也노라

자재제문소 삼월부지육미 왈 부도위락지지어사야

풀 이 공자가 제나라에 있을 때 소악을 듣고, 3개월 동안 고기 맛을 모르며 음악을 만든 것이 이러한 경지에 이를 줄은 생각하지 못했다고 말했다.

지 혜 이 세상에 가장 간편하게 느낄 수 있는 만족은 입으로부터 온다. 맛있는 것을 먹으면 쌓인 스트레스도 풀린다. 인간관계에서도 쌓인 게 있으면 밥을 같이 먹으면 다소 풀린다. 그런데 이 먹는 즐거움도 잊게 만드는 것이 있다. 그것은 바로 자기가 좋아하는 일을 할 때 몰입함으로서 해서 느끼는 보람이다.

언젠가 TV에서 마두금(馬頭琴)[79]에 관한 내용을 본 적이 있다. 몽고의 낙타에 대한 것이었는데, 어미 낙타가 아기 낙타에게 젖을 오랫동안 주지 않고 있는 상황이었다. 그런데 주인이 악사를 불러서 마두금을 연주하니 어미 낙타가 닭똥 같은 눈물을 뚝뚝 흘리는 거였다. 아마도 그 연주를 통해서 그동안 마음 한 곁에 엉킨 어미 낙타의 마음이 풀린 것 같이 보였다. 주인은 어미 낙타의 코뚜레를 풀어주면서, 저 넓은

---

79) 몽고의 민속 악기의 하나. 몽골어로는 모린 후르(Morin Khuur, 말 노래)라고 부른다. 胡弓의 하나로, 몸통 위쪽 끝에 말머리 장식이 있는 두 줄의 현악기이다. 독주, 합주, 또는 노래의 반주에 쓰인다. 중국의 二胡, 한국의 해금과 유사하다. "마두금", 『Daum 한국어 사전』, 2015.8.12. 검색.

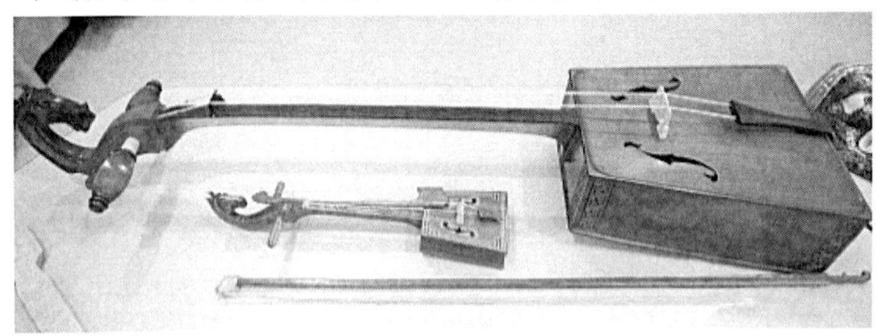

출처: http://t1.daumcdn.net/news/201008/31/newsis/20100831134514673.jpg, 2015.9.22. 검색

초원으로 아기 낙타와 함께 내보냈다. 그러면 통상 한동안 새끼와 같이 노닐다가 돌아온다고 한다. 이 장면은 동물도 음악에 영향을 받는다는 것을 보여준 중요한 사례라고 생각된다. 나는 음악이 인간의 가치관의 변화에 중요한 역할을 할 수 있을 것이라고 생각한다. 그리하여 나는 한문 독서성(讀書聲)[80]과 음악치료에 관심을 가진 적이 있다.[81]
음악 뿐만 아니라 자신이 진정으로 좋아 하는 일이라면 배고픈 줄도 모르고 시간 가는 줄도 모르게 된다. 하지만 몰입은 하되 자기 의지로 원상태로 돌아올 수 있어야 한다. 그렇지 않으면 중독자의 오명을 벗어나기 힘들 것이다.

원문 冉有曰 夫子爲衛君乎아 子貢曰 諾다 吾將問之하리라 入曰 伯夷叔齊는 何人也잇고 曰 古之賢人也니라 曰 怨乎잇가 曰 求仁而得仁이러니 又何怨이리오 出曰 夫子不爲也시리라

---

80) 독서성과 관련해서 다음 연구를 한 바 있다. 박균열, "지리산 지역 출신 한학자의 한문 독서성", 『옛글 속에 담겨있는 우리음악』, 국립민속국악원, 2008, pp.8-29; 박균열・이상호, "한문 독서성을 통한 도덕교과 수업", 『윤리교육연구』 18, 2009, pp.93-105; 박균열・이상호, "漢文 讀書聲의 意義와 特徵: 智異山 慶南 地域을 중심으로", 『윤리교육연구』 20, 2009, pp.257-274.

81) 음악과 도덕성의 관계에 대해서 다음의 연구가 있다. Basil Cole, 박균열 역, 『음악윤리학』, 철학과현실사, 2008; 성현영, "음악치료활동을 통한 특수아동의 도덕성 발달 실증 연구: ADHD, 정신지체, 자폐성 장애아동을 중심으로", 경상대학교 대학원 박사학위논문, 2012.

염유왈 부자위위군호 자공왈 낙 오장문지 입왈 백이숙제 하인야 왈 고지현인야 왈 원호 왈 구인이득인 우하원 출왈 부자불위야

풀 이 염유가 말하기를 "부자께서 위나라 군주를 도우실까"라고 하자, 자공이 말하였다. "좋습니다. 내 장차 여쭈어보겠습니다"라고 하였다. 들어가서 "백이와 숙제는 어떠한 사람입니까"라고 묻자, 공자가 말했다. "옛날의 현인이시다." 자공이 다시 "원망하셨습니까?"라고 묻자, "인을 구하여 인을 얻었으니 어찌 원망하겠는가"라고 대답했다. 자공이 나와서 말하기를 "부자께서는 그를 돕지 않으실 것입니다"라고 말했다.

지 혜 자공과 염유는 이 주제를 위나라의 군주와 연관해서 대화를 나누고 있다. 공자 생각에 위의 군주는 인치를 베푸는 사람이 아니었던 것이다. 그래서 자공이 백이와 숙제를 예로 들어 묻자, 그들의 구인(求仁) 과정을 원망하지 않았던 것이다. 이에 자공은 곧 공자가 위의 군주를 돕지 않을 것이라고 판단한 것이다.

무릇 후회함이 없음은 최선을 다했다는 증거일 것이다. 그런데 그 최선이 자기만의 기준에 근거해서는 안 된다. 독재를 하면서도 자기는 국가와 민족을 위해서 최선을 다했다고도 말할 수 있기 때문이다. 인의 덕은 의도와 과정, 그리고 결과에 이르기까지 일관되게 유지되어야 한다. 의도와 과정은 무시하고 결과의 인덕만을 구하려고 하면 독재를 정당화하는 논리가 될 수도 있다. 민주주의에서 절차성의 공정성이라는 말은

이런 의미에서 와 닿는다.

한편 후회라는 말을 하면서도 멋있게 보이는 경우도 있다. 그 예를 최규하 전대통령의 인터뷰 내용에서 찾을 수 있다. 대통령직을 끝내면서 어떤 소감이냐는 한 기자의 질문에 대해, 주역의 구절을 인용해서 '亢龍有悔'라고 했다. 최 전대통령의 후회는 더 이상 오르지 못할 데 올랐다는 후회함이라기보다는 구차하게 밀려서 오른 찜찜함의 후회 또는 역사의 진리 앞에서 순명하는 심정의 후회일 것이다.

원문 子曰 飯疏食飮水하고 曲肱而枕之라도 樂亦在其中矣니 不義而富且貴는 於我如浮雲이니라

자왈 반소사음수 곡굉이침지 낙역재기중의 불의이부차귀 어아여부운

풀이 공자가 말했다. 거친 밥을 먹고, 냉수를 마시고 팔을 구부려 베고 잘지라도 즐거움이 그 안에 있나니, 의롭지 않은 부귀는 내게 있어서 한낱 뜬구름과 같으니라.

지혜 공자의 안빈낙도 하는 모습을 그리고 있다. 의로운 부귀는 자신의 재능을 발휘해서 정당하게 얻는 것으로, 관직에 나아가는 것일 게다. 그렇지 않으면 관직에 연연하지 않으므로 자연인으로서 식음을 거칠게 하고 잠자리가 안락하지 않더라도 하늘이 준 것에 만족하면서 사는 것이다.

거친 밥과 냉수는 요즘으로 치면 식은 보리밥에 된장과 풋고추 정도가 되겠다. 병오년생인 내가 어렸을 적만 하더라도 학교 다녀오면 곧장 친구들이랑 놀러 갈 생각에 처마 밑에 걸어둔 보리밥 꺼내서 신 김치 돌돌 말아 얹어서 먹었다. 요새 간혹 점심 식사하러 식당에 가보면 산해진미가 늘려있다. 대개 뷔페식당을 가 봐도 1인당 1만원을 넘지 않는다. 육지의 모든 고기, 바다의 모든 해물, 날짐승들이 다 있다. 그것도 요리방식에 따라 찜, 훈제, 수육, 튀김, 볶음 등 다양한 메뉴가 있다. 많이 먹는 것 같은데 다 먹고 나면 개운하다는 생각은 나지 않는다. 그러다가 가끔 집에 혼자 있을 때, 어렸을 적 먹었던 방식대로, 밥 한 공기에 된장과 풋고추, 그리고 김치를 꺼내놓고 먹으면 남들이 볼 때 빈티 흠씬 풍기지만 그것이 삶의 더 큰 기쁨을 가져다 줄 때가 많다. 일할 때는 맹렬하게 하더라도 여유를 가질 때는 그 여유 또한 만끽할 줄 알아야 한다.

원문 子曰 假我數年하여 卒以學易이면 可以無大過矣리라

자왈 가아수년 졸이학역 가이무대과의

풀이 공자가 말했다. 하늘이 나에게 몇 년의 수명을 빌려주어 주역 공부를 끝내게 된다면 큰 허물이 없을 것이다.[82]

---

82) 이 문장은 다음과 같이 이해되기도 한다. 子曰 加我數年 五十以學易 可以

지 혜 인명재천(人命在天)의 겸허한 마음과 주역 공부의 중요성에 대해 얘기하고 있다. 사람의 명은 하늘이 주는 것이므로, 억지로 더 살려고 해도 더 살 수가 없다. 주역은 이러한 하늘과 사람간의 복합적인 관계를 다루고 있는데, 공자는 이 공부를 다 하게 된다면 복잡한 사회를 살아가는 데 허물이 없을 것이라는 포부를 밝히고 있다.

주역은 수 많은 교훈을 시사한다. 가장 큰 교훈은 변화와 혁신이라고 생각한다. 정체되면 망하고, 망함이 극에 달하면 다시 흥하게 된다. 그런데 거기서 중요한 것은 인간의 의지이다. 부자 3대 없고, 가난뱅이 3대 없다는 얘기도 이러한 연장선상에서 이해될 수 있다.

인간은 누구나 잘 살고 싶어 한다. 자신의 대에서 못 이루면 자식의 대에서 이루겠다는 긴 안목을 갖고 부단히 노력하면 반드시 목표를 이루게 된다. 그런데 현실에 안주하여 과거의 습속에 젖어 새로운 도전을 게을리 한다면 오래 못가서 망하게 된다. 목표가 대의에 맞으면 실패를 두려워해서는 안 된다.

원 문 子所雅言은 詩書執禮니 皆雅言也러시다

無大過矣. '假'대신에 '加'라고 표기했고, '卒'대신에 '五十'이라고 표기했다. 발음상의 유사성과 표기상의 혼동으로 인해 빚어진 일이라는 주장이 있다. 成百曉 역주, 『論語集註』, 傳統文化硏究會, 1999, p.136. 이러한 경우 "공자가 말했다. 나에게 몇 년 만 더 주어진다면, 역을 공부한지가 50년이 되는데, 그렇게 되면 가히 큰 과오가 없을 것이다"라는 식으로 이해될 수 있다.

자소아언 시서집례 개아언야

풀 이 공자가 평소 강조한 것은 시와 서와 예를 지키는 것이었다. 이것이 평소에 늘 하시는 말씀이었다.

지 혜 시와 서는 문화적 창작활동이며, 예는 생활이다. 시와 서는 나의 의지를 표현하는 수단이다. 오늘날로 치면 펜으로 쓰는 편지에서부터 카카오톡으로 날리는 문자도 포함된다. 그러면서도 품위가 있어야 한다. 그냥 잡담만 하는 것이 아니다. 그런데 시와 서는 나의 의사를 다른 사람에게 전달하는 것보다 다른 사람의 의사를 받아들이는 데 더 많이 활용해야 할 매체이다. 10명이 있다면, 나 이외의 나머지 9명의 시와 서를 알아듣고 느끼고 난 뒤에 나에게 기회가 돌아온다.

원 문 葉公問 孔子於子路어늘 子路不對한대 子曰 女奚不曰 其爲人也發憤忘食하고 樂以忘憂하여 不知老之將至云爾오

엽공문 공자어자로 자로부대 자왈 여해불왈 기위인야발분망식 락이망우 불지로지장지운이

풀 이 섭공[83]이 자로에게 공자의 인물됨을 물었는데, 자로가 대답하

83) 섭공은 생몰미상이다. 춘추 시대 楚나라의 沈諸梁을 일컫는 말. 자는 子

지 않았다. 공자가 말했다. 자네는 어찌 나의 사람됨이 분발하면 먹는 것도 잊고, 즐거워 근심을 잊어 늙음이 장차 닥쳐오는 줄도 모른다고 말하지 않았느냐?

지 혜 이 대화는 공자가 제자인 자로를 타이르는 형국이다. 하지만 섭공의 입장이야 차치하고서라도 자로의 입장에서는 할 말이 많다. 우선 섭공의 인품이 좋건 좋지 않건 자로로서는 차마 스승을 평가해달라는 주문을 쉽게 응대할 수는 없다. 지금도 길가는 누군가가 너희 윤리선생님 좋으시냐라고 묻는다면 쉽게 평가할 수는 없다. 더욱이 스승의 집에서 거주하면서 배우게 되는 관계라면 더 조심스러울 것이다. 여기서 자로가 스승에 대해 평가를 하지 않은 것은 마땅히 내세울 게 없어서가 아니라 차마 자기 입으로 이렇다 저렇다라고 말할 수 없기 때문일 것이다. 이 대화에서 공자가 자신의 인품을 평가하기를, 탐구하는 동안에는 먹는 것도 잊을 정도이고, 또 그것을 오래 지속해도 늙는 줄도 모른다는 것이다. 제자를 가르쳐지고 사회를 계도하는 데 얼마나 집중하는지에 대한 자신감과 자부심을 표현하고 있다. 불광불급(不狂不及)이라는 성어

高인데, 초의 섭(葉) 땅을 영유하고 있어서 이렇게 불렸다. 섭공호룡(葉公好龍)은 겉으로는 좋아하는 척하지만 진정으로 좋아하는 것이 아닌 것을 비유하는 말이다. 춘추 시대 때 초나라의 섭공이 용을 아주 좋아해서 자신의 온갖 물품에 용을 그려 넣고 집의 벽까지 용으로 새겨 넣었다. 하늘의 용이 그 소식을 듣고 섭공 앞에 모습을 나타냈더니 섭공이 혼비백산하여 달아났다는 데서 나왔다. “섭공”, 『네이버 지식백과』, 2015.9.22. 검색.

를 떠올리게 한다. 자신이 하는 일에 미칠 정도로 심취하게 되면 그 목표에 도달하게 된다는 뜻이다. 내가 사관학교 교수로 근무하던 30대 초반에 갑자기 하달된 과제를 해결하느라 6일 동안을 잠을 자지 않은 적이 있다. 5일째 되는 날에는 각막에 이물감이 심해서 눈이 감기질 않았다. 병원에 가니 군의관이 안구에 대고 연고를 바로 발라준 기억이 난다. 물론 3일째이후부터는 낮에 20분 정도 눕지는 않고 쪽잠을 자긴 했다. 이 일은 이후 나의 인생에서 큰 자극이 되었다. 아주 긴장하여 집중하면 몸이 공중부양(空中浮揚)하는 것 같이 가벼워지면서 꼭 필요한 일 이외에는 눈에 들어오는 것이 없었다. 장기적으로는 자신이 목표로 하는 것을 가능한 빨리 설정해야 한다. 그래야 거기에 집중할 수 있기 때문이다.

원 문 子曰 我非生而知之者라 好古敏以求之者也로라

자왈 아비생이지지자 호고민이구지자야

풀 이 공자가 말했다. 나는 태어날 때부터 무엇이든 다 알았던 게 아니라 옛것을 좋아해서 재빨리 습득하려고 했을 뿐이다.

지 혜 공자의 겸손한 수양의 태도에 관한 내용이다. 공자는 진리의 근거를 과거의 태평세월에서 찾았다. 그리고 그것을 토대로 깊은 사색과 탐구를 통해서 진리를 구체화했다는 것이다. 태어날 때부터 천재적인

능력을 구비하면서 후천적으로도 열심히 하면 금상첨화일 것이다. 우리 주변에는 그런 경우를 찾아보기란 쉽지 않다. 천재적인 머리를 가지고 있으면 그 머리를 믿고 후천적인 노력을 게을리 하는 경우가 많다. 보도를 통해서 보면, 초등학교에 들어가지도 않은 어린이가 고등수학을 척척 풀어서 신기함을 안겨주기도 하는데 그런 천재성이 끝까지 지속되는 경우는 드물다. 아마 과거 과학기술부장관을 지난 정00는 예외일 듯하다. 대부분 성공한 사람들은 자신의 집념과 노력을 제일 큰 재산을 삼았다. 많은 발명을 해서 유명한 에디슨도 단 1%만이 머리의 역량이고 나머지 99%는 땀으로 얻은 것이라고 했다. 집념을 갖고 계속해서 노력하다보면 진리의 신이 가끔씩 나타나서 해답을 던져준다.

원 문 子不語怪力亂神이러시다

자불어괴력란신

풀 이 공자가 말했다. 괴이한 힘과 어지러운 귀신에 대해 언급하지 않았다.

지 혜 이 문구는 "공자가 괴이함, 용력(勇力), 패란(悖亂), 그리고 귀신을 과 귀신에 대해 언급하지 않았다"라고도 번역되기도 한다.[84] 그런데

84) 成百曉 역주, 『論語集註』, 傳統文化硏究會, 1999, p.138.

괴(怪)와 난(亂)이 형용사로도 해석되기 때문에 네 가지로 구분하기보다는 각기 힘(=力)과 신(神)의 두 가지 개념을 꾸미는 역할로 이해하는 것이 적절할 듯하다. 그렇다면 '괴이한 힘'(=怪力)이란 어떤 것일까? 요사스럽고 신비스러운 힘이라고 볼 수 있는데, 무협지나 만화 등에서 볼 수 있는 공상적인 힘이라고 볼 수 있다. 공자는 현실세계의 문제를 합리적으로 해결하려고 하기보다는 허무맹랑한 요술로 대처하려는 접근법을 좋아하지 않았던 것이다. 한편 '어지러운 귀신'(=亂神)은 어떤 것일까? 하늘의 순리를 벗어나는 귀신을 말한다. 조상신이나 나라의 건국신과 같은 귀신은 좋은 신이다. 어지러운 귀신에는 이른바 '처녀귀신', '몽달귀신' 등과 같은 일상생활 속의 권선징악(勸善懲惡) 또는 유희를 위해 통용되는 도깨비와 같은 것을 말한다. 공자는 귀신을 인정했다. 그렇기 때문에 제사를 지냈던 것이다. 그렇다고 해서 온갖 잡신을 인정하고 그것을 대상으로 제사를 지낸 것은 아니다. 그렇게 보면 공자는 발은 땅에 두고 이상을 추구한 현실주의적 이상주의라고 할 수 있겠다.

원문 子曰 三人行에 必有我師焉이니 擇其善者而從之요 其不善者而改之니라

자왈 삼인행 필유아사언 택기선자이종지 기불선자이개지

풀이 공자가 말했다. 세 사람이 함께 길을 가면 그 중에 반드시 내 스승이 될 만한 사람이 있으니, 그한테서 좋은 점을 보고 배우고,

좋지 못한 점은 거울삼아 고치는 것이라.

지 혜 공자의 이 가르침은 두 가지이다. 하나는 스승이 바로 옆에 있는 사람이 될 수 있다는 점이고, 또 다른 하나는 완전한 사람은 없으니 그 사람의 장점과 단점을 모두 자신의 인격수양을 위한 발판으로 삼으라는 것이다.

내가 고등학교 다닐 적의 일이다. 서부 경남에서 공부 좀 한다는 친구들이 다 모였으니 웬만큼 해서는 두각을 나타내기 힘들었다. 그래서 방학 때가 되면 산 너머 동네 사는 형에게 찾아가서 자문을 구하기도 하고, 또 다른 학교에 진학한 친구들이 뭘 하나 궁금해 하기도 했다. 바로 옆에 있는 선생님과 친구들이 나의 표상이 된다는 사실을 깨닫지 못했던 것이다. 평상시 운동 잘 하는 선수가 대회 나가서 좋은 결과를 얻듯이, 평상시 공부 잘 하는 학생이 실제 시험에서도 좋은 성적을 거두는 것이다. 그 평상시란 결국 나의 생활 공간을 떠나서 저 멀리 있는 특별학원이 아닌 것이다. 내 생활 주변의 인물들과 소재들을 모두 상징하는 것이다. 공부 잘하는 친구들이 보는 책이 유달리 시험에 잘 나오는 것도 아니다. 공부는 자신을 깨우치는 과정이지 책이 좋다고 되는 것도 아니다. 심지어 선생을 탓할 것도 못된다. 지금도 고등학교 시절을 꿈에서 만나게 되면 빨리 벗어나고 싶은 생각뿐이다.

하지만 공부 잘 했던 친구들 덕을 보는 경우도 가끔 있어서 좋다. 당시 친구들은 세칭 명문대 A, B, C 세 곳을 각기 50명, 20명, 20명 정도

간 것 같다. 워낙 다양한 분야에 있으니 모르는 것이 있을 때 물어볼 친구가 많다. 인생의 쓴 맛을 알 수 있는 좋은 기회가 되기도 했으니 어려웠던 자신의 과거를 비관하지 말자. 결국 자신을 일깨워주고, 도움을 주는 사람은 현재 생활하고 있는 공간 내에 있는 사람들이다. 일가친척보다는 이웃사촌이 좋다는 얘기도 같은 맥락에서 이해될 수 있다. 그 사람들을 경쟁의 상대로 생각하기보다는 내가 어려울 때 함께 고민할 수 있는 동반자로 생각할 때 그 공동체는 행복의 에너지가 가득할 것이다.

원문 子曰 天生德於予시니 桓魋其如予何리오

자왈 천생덕어여 환퇴기여여하

풀이 공자가 말했다. 하늘이 나에게 덕을 주었으니 환퇴[85]가 나에게 어떻게 할 수 있겠는가?

지혜 공자의 천도에 대한 신념을 확인할 수 있는 대목이다. 내가 존재하는 것은 하늘이 허락했기 때문이다. 하늘이 나에게 존재할 수 있는 기회를 주지 않았다면 불가능한 일이다. 더욱이 덕을 주었으니, 그 어떤 자가 나를 음해한다고 해도 부질없는 일이 될 것이다. 설령

---

85) 朱子에 의하면, 여기서 桓魋는 宋나라 司馬인 상퇴(向魋)를 말한다. 成百曉 역주, 『論語集註』, 傳統文化硏究會, 1999, p.139.

그 음해로 인해 내가 죽는 한이 있더라도 그것은 의미 없는 죽음이 아니라 하늘의 뜻일 것이다.

원문 子曰 二三者는 以我爲隱乎아 吾無隱乎爾로다 吾無行而不與二三子者是丘也니라

자왈 이삼자 이아위은호 오무은호이 오무행이불여이삼자자시구야

풀이 공자가 말했다. 자네들은 내가 무엇을 숨긴다고 여기는가? 나는 자네들에게 숨기는 것이 없노라. 나는 행하고서 그대들에게 보여주지 않은 것이 없는 자이다.

지혜 공자가 제자를 어떻게 대하는지에 대한 내용이다. 간혹 제자들이 스승이 자신만 알고 있는 대단한 비밀을 간직하고 있는 것이지 않은지 의문시했던 것 같다. 이에 공자는 자신이 따로 접어두고 말 안하는 스타일이 아니라고 말한다. 공자는 솔직했던 것이다. 항상 근엄한 것도 아니었다. 때로는 농담도 잘 했다. 한 제자의 어리석음이 있으면, 그 흠을 다른 제자에게 얘기하기도 했다. 그렇게 솔직했던 것이다.
배우는 사람의 입장에서 보면 이미 알고 있는 선지자들이 대단해 보인다. 그런데 강의를 하는 사람들 중에 이러한 학도들의 사정을 역이용하는 경우가 있다. 종이로 쓰면 한 두 장도 안 되는 내용을 대단한 진리인양 각종 미사여구를 섞어가며 열변을 토한다. TV에서 명강의를 한다는

사람들 중에서도 이런 경우가 있다. 각종 숫자와 사건, 그리고 인용문헌 등을 많이 제시하면 대개의 경우 자신이 말하고자 하는 핵심 내용이 없거나 명확하지 않다. 오히려 공자처럼 솔직해져야 한다. 현실에 근거해서 사실대로 자신의 일상사를 담담하게 풀어나가는 교육이 더 설득력이 있는 것이다.

원 문 子以四教하시니 文行忠信이러시다

자이사교 문행충신

풀 이 공자는 네 가지로써 가르쳤는데, 문, 행, 충, 신이 그것이다.

지 혜 공자가 운영하는 학교에서 가르치는 교육내용을 말한다. 우선 글을 가르쳤다. 많은 경전과 서책들을 읽고 공부하게 했을 것이다. 둘째, 행동, 즉 실천을 가르쳤다. 글로 배운 바를 그대로 머리 속에만 넣어두는 것이 아니라 밖으로 실천하는 것을 가르친 것이다. 셋째, 나라에 충성하는 내용을 가르쳤다. 임금을 어떻게 섬기며 나라일은 어떻게 처리하는 것인지에 대해서도 다루었을 것이다. 넷째, 다른 사람과의 관계에서 신의를 지키도록 가르쳤다. 믿음이 없는 사람은 결코 대인관계에서 제대로 설 수 없기 때문이다. 신의는 반드시 친구 관계에서만 적용되는 것이 아니라 일반적인 대인관계 전반에 포괄적으로 적용될 수 있는 덕목이다.

원문 子曰 聖人을 吾不得而見之矣어든 得見君子者면 斯可矣니라 子曰 善人을 吾不得而見之矣어든 得見有恒者면 斯可矣니라 亡而爲有하며 虛而爲盈하며 約而爲泰면 難乎有恒矣니라

자왈 성인 오불득이견지의 득견군자자 사가의 자왈 선인 오불득이견지의 득견유항자 사가의 망이위유 허이위영 약이위태 난호유항의

풀이 공자가 말했다. 성인을 내가 만나볼 수 없으면 군자만이라도 만나보면 된다. 공자가 말했다. 선인을 내가 만나볼 수 없으면 변함없는 마음을 가진 자만이라도 만나보면 된다. 없으면서 있는 체하며, 비었으면서 가득한 체하며, 적으면서 많은 체하면 항심을 두기가 어려울 것이다.

지혜 범인이 갈 수 있는 길은 두 가지인데, 하나는 학문을 해서 성인으로 가는 길이고, 다른 하나는 생활 단위에서 착한 마음을 가진 선인이 되는 길이다. 우선 학문을 하는 사람들은 자기 자신만의 안위를 생각하는 것이 아니기 때문에 더 어렵다. 그 전단계가 군자이다. 여기서 '만나다'는 뜻은 내가 '되다'는 뜻으로 이해하면 될 것 같다. 즉 내가 성인이 되고자 하는 길이 너무 멀면 군자가 되는 길을 도모하면 되는 것이다. 단계별로 하나씩 밟아 올라가면 언젠가는 큰 덕을 가진 사람이 된다는 뜻일 게다.

한편 범인으로서 수양의 목표는 선인이 되는 것이다. 평범한 사람이 선인이 되는 것도 쉽지는 않다. 왜냐하면 먹고 살아가는 과정에서 계속해

서 다른 사람들과 이해관계가 충돌하기 때문에 항상 착한 마음을 간직하기기 쉽지 않다. 만약 그것이 어렵다면 변함없는 마음을 가진다면 좋은 출발을 하게 될 것이라고 공자는 권고하고 있다. 그리고 그러한 항심은 없으면서 있는 체하지 않고, 비어있으면서 가득한 체하지 않으며, 적으면서 많은 체하지 않아야 한다. 동시에 가진 것이 부족하더라도, 있는 범위 내에서 나의 마음을 솔직하게 전제하고, 차근차근 쌓아간다면, 범인으로서는 선인이 될 것이요, 학자로서는 군자와 성인이 될 것이다. 일상생활 속에서 이 항심의 기준을 잡기란 참으로 힘들다. 대개 90%이상이 갖추어져 있고, 그 나머지 10%로 말하고 행동한다면 항심을 갖추었다고 말할 수 있을 것이다. 또한 어떤 사실에 대한 확신이 90%이상이 될 때, 조심스럽게 나의 생각으로는 이렇다라고 말한다면 항심을 가졌다고 할 수 있을 것이다. 대개 이것이 자신 없다면 내가 하는 말을 10%미만으로 하고 듣는 것을 90%이상으로 한다면 그 형식적 요건을 맞출 수 있을 것이다.

원문 子는 釣而不綱하시며 弋不射宿하시다

자 조이불망 익불사숙

풀이 공자는 낚시질은 했으나 그물을 사용해서 물고기를 잡지는 않았으며, 활을 쏘아 새를 잡되 둥지에 든 새는 쏘지 않았다.

지 혜 물고기 잡는 일과 새를 잡는 일로 생계를 이어가는 사람에게 이 구절은 그대로 적용되지는 않을 것이다. 취미로 수렵을 하면서 내가 먹는 양보다 월등히 많이 잡게 된다면 생태계에 위협을 줄 수 있다. 그물 사용하는 일과 둥지에 든 새를 잡는 일은 격이 다소 차이가 있다. 전자는 양의 문제로서 낚시질 10번 대신에 투망 한 번 던져서 잡으면 되는 문제이다. 반면에 후자는 생명존중의 마음이 전제되어 있다. 공자가 가르치고자 하는 교훈은 후자에 더 강조점이 있는 것 같다.
오늘날 인간들은 자연상태의 수렵생활을 취미삼아 계속해서 하고 있다. 얼마 전에는 아프리카 수단의 상징이라는 숫사자를 어떤 미국인 사냥꾼이 사냥을 해서 많은 사람들로부터 비난을 받은 적이 있다. 이와 같은 예외적인 상황을 제외한다면 대개 낚시나 사냥 등은 필요하다. 혼자서도 생존할 수 있다는 자신감과 능력을 계속해서 확인하는 계기가 되기 때문이다. 다만 공자가 지적하는 것과 같이 생태계의 균형을 무너뜨리는 행동, 자기 혼자서 먹지도 못할 거면서 남획을 하는 행동 등은 경계해야 한다.

원 문 子曰 蓋有不知而作之者아 我無是也로라 多聞하여 擇其善者而從之하여 多見而識之가 知之次也니라

자왈 개유불지이작지자 아무시야 다문 택기선자이종지 다견이식지 지지차야

풀 이 공자가 말했다. 알지 못하면서 행동하는 것이 있는가? 나는 이러한 일이 없노라. 많이 듣고서 그 좋은 것을 가려서 따르며, 많이 보고서 기억해 둔다면 이것이 아는 것 다음이다.

지 혜 도덕적 행동에 있어서 제일 첫 단계는 있는 그대로를 아는 것이다. 그 다음은 분별하는 것이다. 그리고 그 다음은 경중완급과 순서를 조절할 수 있는 것이다. 여기서 공자는 첫 단계의 있는 그대로를 알지도 못하고 곧장 행동하는 것을 경계하고자 한다. 소위 도덕적 게으름이나 의지의 박약으로 실천으로 옮기지 못하는 사람들도 있지만, 대개 잘 알면 특별한 제한사항이 없는 한 그대로 행동으로 옮기게 된다. 안다고 하는 것은 뇌가 궁금해서 비롯된 것이 아니라, 다음의 자신의 행동과 그 행동을 위한 사유의 근거가 되기 때문이다. 그런 의미에서 보면 공자는 도덕적 인지주의자이다.
여기서 공자는 문자를 통한 학습을 아는 것으로 가정하는 것 같다. 하지만 현대 심리학에서는 문자 학습뿐만 아니라 다양한 시청각적인 매체를 통해 우리 몸으로 유입되는 정보는 모두 아는 것의 재료가 된다고 얘기한다. 따라서 여기서 강조하는 좋은 것을 가려서 따르려고 하고 많이 보고서 기억해두려고 하는 것도 아는 것이다. 우리 몸 전체는 아는 것의 기반이자 통로이다. 몸의 철학[86]이니 통각(統覺)이니 체험(體

---

86) 신체를 중시한 철학자로는 스피노자와 니체 등이 있다. 질 들뢰즈, 박기순 역, 『스피노자의 철학』, 민음사, 2010, p.32. 현대에는 모리스 메를로-

驗)이니 하는 말들은 모두 이런 철학적 기반에 근거한다.

원문 互鄕은 難與言이러니 童子見커늘 門人惑한대 子曰 人潔己以進이어든 與其潔也요 不保其往也며 與其進也요 不與其退也하니 唯何甚이리오

호향 난여언 동자견문인혹 자왈 인결기이진 여기결야 불보기왕야 여기진야 불여기퇴야 유하심

풀이 호향[87] 사람과는 더불어 말하기 어려웠는데, 호향의 동자가 찾아와 공자를 뵙고자 하니, 문인들이 의혹을 하였다. 공자가 말했다. 사람이 몸을 가다듬어 깨끗이 하고서 찾아 나오거든 그 몸을 깨끗이

뽕띠의 다음의 연구는 참고할만하다. 그의 몸의 철학은 실존주의 철학의 학풍의 영향으로 신체를 포함하는 모든 것이 중요함을 주장을 한다. 상대적으로 소외되었던 신체의 중요성을 강조했다. M. Merleau-Ponty, 권혁면 역, 『의미와 무의미』(Sens et Non-Sens), 서광사, 1984[1948]; M. Merleau-Ponty, 『지각의 현상학』(Phénoménologie de la Perception), 문학과지성사, 2002[1945].

87) 互鄕은 중국 춘추 시대 선하지 못한 사람들이 살았던 마을을 말한다. 사람들은 이 지역 출신들과 만나기를 꺼려했다. 고려 시대에는 중국의 국자감에 고려의 자제들을 입학시켜주기를 요청하는 표문에서 이 학생들을 낮추는 말로 사용된 적이 있고, 조선에서는 상대방을 비하하거나 어울리기 싫어하는 사람에 대해 이곳 출신이라는 지칭을 했다고 한다. "호향", 『네이버 지식백과』, 2015.9.22. 검색.

한 것을 보고 같이 할 뿐이요, 지난날의 잘잘못을 따지려는 것이 아니며, 찾아오면 같이하고 물러나면 같이 하지 않는 것이니 어찌 심하게 할 수 있겠는가?

지 혜 여기서 호향은 풍속이 좋지 않은 동네로 알려져 있다. 그런데 그곳에 사는 동자 한 명이 공자를 찾아뵙겠다고 하자 제자들이 그 동네의 이미지를 생각해서 면담을 좋게 생각하지 않았다. 공자가 이 말을 듣고 제자들을 나무라는 것이다. 몸과 마음을 깨끗이 하고 선지자를 찾아오는 사람을 탓해서는 안 된다는 것이다.

우리의 삶 속에서도 이런 상황은 쉽게 찾을 수 있다. 자신이 사는 마을의 풍속이 좋으면 거기 사는 사람들은 자연히 자부심을 갖게 되고, 다른 마을의 사람들은 선망하게 된다. 중요한 것은 개인이다. 그런 좋은 풍속을 만든 것은 그 마을 사람들 개개인의 노력과 그 공동의 노력의 소산임에 틀림없다. 하지만 아무리 좋은 사회라도 무임승차(free-riding)의 문제는 상존하며, 아무리 안 좋은 사회라도 걸출한 영웅은 나타날 수 있다. 현대 미국의 도덕신학자 니버는 도덕적인 사람들만 구성된 사회도 비도덕적일 수 있다는 점을 명확히 지적한 바 있다.[88]

선입견 없는 마음으로 개인의 인물됨을 평가하려는 공자의 가르침을 다시금 깨닫게 된다. 예전에 사관학교 교수로 근무할 때의 일이다. 후배

---

88) Reinhold Niebuhr, 이한우 역, 『도덕적 인간과 비도덕적 사회』(Moral Man and Immoral Society: A Study in Ethics and Politics), 문예출판사, 2013[1932].

교수 중에 석사특임장교로 부임해 온 공요한 소위의 일화이다. 그는 미국의 존스홉킨스대학에서 학부를 졸업하고 영국의 캠브리지대학에서 석사학위를 받은 수재였다. 외할아버지가 우리나라 초대 외무장관을 지냈고 이후 의원내각제로 운영된 2공화국에서 총리를 지낸 장면 박사이다. 그의 할아버지는 안과의사이면서 한글타자기를 만든 공병우님이시다. 내외 집안 모두 가톨릭의 신앙심 깊은 가풍 속에서 성장했다. 하루는 사관생도들의 시험이 끝나고 나는 벌써 끝냈는데, 그는 아직도 1/3 밖에 못했다는 거였다. 채점과정에서 선입견이 작용할 수 있기 때문에 명단을 다 가리고 하게 되는데, 그는 더 꼼꼼하게 채점을 했던 것이다. 각 문항별로 처음부터 끝까지 대상별로 채점을 따로 한다는 거였다. 이후 나는 채점을 하면서 그의 채점방식을 간혹 떠올리곤 한다. 열심히 공부한 결과를 나의 선입견으로 오판하는 일이 없는지 생각하게 된다. 이후 그는 미국의 명문 보스턴대학에서 로스쿨을 졸업하고 미국과 한국에서 국제변호사로 큰 활약을 하고 있다. 편견 없이 다른 사람을 바라보려고 하는 사람은 자신도 당당하게 드러내기 위해 열심히 하게 된다.

원문 子曰 仁遠乎哉아 我欲仁이면 斯仁至矣니라

자왈 인원호재 아욕인 사인지의

풀이 공자가 말했다. 인이 멀리 있는가? 내가 인을 하고자 하면 인이 당장 이르는 것이다.

지 혜 공자의 인관(仁觀)을 말한다. 공자는 인을 저 멀리 매달아 놓고 달려가야 할 대상으로 인식하지 않았다. 자신의 생활 공간 속에서 지금 당장이라고 실천할 수 있는 친구로 생각했다. 다만 그 정도는 차이날 수 있겠지만, 모든 사람들에게도 그러한 원칙은 적용될 수 있다고 보았다. 외국어를 하는 것도 이와 마찬가지이다. 글쓰기, 문법 등을 다 습득하고 난 뒤에 그 말을 한 마디 하려고 하면 어색하기 짝이 없다. 그리고 너무 어렵다. 그 말이 어렵다기보다는 앞의 선행 글쓰기와 문법을 어떻게 적용하는 것인지를 모르기 때문일 것이다. 머리 좋은 기준으로만 외국어를 한다면 어린이들은 말을 할 수 없어야 한다. 언어는 생활이다. 내가 그 나라의 음식을 먹을 수 있으면, 그 나라의 말도 할 수 있는 것이다. 이런 생각을 가지고 인을 실천한다면 그 수준이야 높지 않다고 하더라도 인덕을 갖추었다고 할 수 있을 것이다. 인을 너무 쉽게 생각해서 아무렇게나 하는 것도 문제이지만 성인군자만이 할 수 있는 것으로 너무 경원시하는 것도 문제이다. 인은 나의 친구이고, 이웃이다. 그리고 저 멀리 무지개와 함께 사는 것이 아니라 나의 책상과 밥상위에 나의 침대에 함께 같이 하는 것이다.

원 문 陳司敗問 昭公知禮乎잇가 孔子曰 知禮시니라 孔子退어시늘 揖巫馬期而進之하여 曰 吾聞君子不黨이라하니 君子亦黨乎아 君取於吳하니 爲同姓이라 謂之吳孟子라하니 君而知禮면 孰不知禮리오 巫馬期以告한대 子曰 丘也幸이로다 苟有過어든 人必知之은저

진사패문 소공지례호 공자왈 지례 공자퇴 읍무마기이진지 왈 오문군자불당 군자역당호 君取於吳 위동성 위지오맹자 군이지례 숙부지례 무마기이고 자왈 구야행 구유과 인필지지

풀 이 진나라 사패[89]가 소공[90]이 예를 알았습니까하고 묻자, 공자가 예를 아셨다라고 대답했다. 공자가 물러가자, 사패가 무마기[91]에게 읍하여 나오게 하고 말했다. 내가 들으니 군자는 편당하지 않는다 하였는데, 군자도 편당을 하는가? 임금이 오나라에서 장가드셨으니, 동성이 된다. 그리하여 오맹자라고 불렀으니, 임금이 예를 알아서 누구나 예를 모를리 있겠는가? 무마기가 이것을 아뢰자, 공자가 말했다. 나는 다행이다. 만일 잘못이 있으면 남들이 반드시 알게 되는구나.

---

89) 사패란 진나라의 관직 이름이다. 법의 집행을 담당한 관리로 다른 나라에서는 司寇라 하기도 했다. "사패", 『네이버 지식백과』, 2015.9.22. 검색.

90) 소공(BC 541~510)은 예를 잘 아는 임금으로 알려져 있었지만 동성인 姬씨를 아내로 맞아들인 후 이를 위장하기 위하여 吳孟子라고 불렀기 때문에 진나라의 사패가 공자에게 이를 물어보았다. 이에 대하여 공자는 자기 나라의 임금을 악평하는 것이 도리가 아니라고 생각하여 예를 안다고 대답했는데 진나라 사패가 공자의 이러한 태도를 비꼰 것이다. "소공", 『네이버 지식백과』, 2015.9.22. 검색.

91) 巫馬期는 공자의 제자로 공자보다 30세 아래였다. 성이 巫馬, 이름이 施이고 자가 子期이다. "무마기", 『네이버 지식백과』, 2015.9.22. 검색.

지 혜 이 구절은 동성결혼의 금지와 예를 지키지 않으면 자연히 다른 사람들에게 알려지게 된다는 점을 강조하고 있다. 두 대목이 명확하지 않다. 우선 '君而知禮 孰不知禮' 부분이다. 이 내용은 임금이 본인이 동성과 결혼한 것은 정략적으로 한 것이기 때문에 예가 아님을 알고 이름을 바꾸는 방식으로 형식적인 예를 갖추고자 노력한 점을 공자가 높이 사서 예를 알았다는 것으로, 따라서 모든 사람들이 예를 잘 알게 되었다는 것으로 이해될 수 있다. 어떤 식으로 해석해도 의역을 하지 않으면 뜻이 잘 통하지 않는다. 어떤 부분이 누락되었거나 순서가 도치된 듯한 느낌도 든다.
다음은 '丘也幸'라는 부분이다. 임금도 잘못하니 많은 사람들이 다 알게 되었는데, 본인은 그렇지 않아서 다행이라는 것이다. 어떻게 보면 순진하고 어떻게 보면 유치하게 보이기도 한다. 공자의 인간적인 면모 정도로 이해하는 것이 좋겠다.

원 문 子與人歌而善이어든 必使反之하시고 而後和之러시다

자여인가이선 필사반지 이후화지

풀 이 공자는 남과 함께 노래를 불러 상대방이 노래를 잘 하면, 반드시 다시 부르게 하고 그 뒤에 따라 불렀다.

지 혜 공자가 얼마나 좋아했는지 드러나는 예화이다. 오늘날에도

공연장에 가면 공연을 잘 하면 다시 불러줄 것을 요청한다. 'Bis'나 'Encore' 라고 외치면 공연에서 다시 한 번 더 하기도 한다. 다시 부를 때는 새로운 레퍼터리로 해야 한다. 그대로 하지는 않는다. 그래서 공연자들은 추가로 몇 곡을 더 준비하기도 한다.

그런데 여기서 공자는 다시 한 번 같은 곡을 부르게 한다. 그 느낌을 다시 확인하고 그 노래를 배우고 싶어서였을 것이다. 매사 배우려는 태도가 돋보인다. 심지어 제자가 하는 일이라도 자기가 서툰 일이라면 기꺼이 배우려는 불치하문(不恥下問)의 마음가짐을 확인할 수 있다. 모르면 언제나 물어야 한다. 모르면서 아는 체 하면 안 된다. 그런데 묻는 과정에서 자신이 많이 안다는 것을 생색내듯이 드러내면 안 된다. "내가 알기로는 여러 가지 이론이 있습니다. A, B, C 등이 그 이론의 종류입니다. 발표자가 말씀하신 내용은 C이론의 일종인데, 그 특징을 말씀 좀 해주시지요"라는 질문이 그러한 류의 질문이다. 자신의 현학적인 자랑으로 가득 차 있다. 따라서 "좀 전에 설명해 주신 C에 대해 이해가 안됩니다. 혹시 그것이 이론 A, B의 연장선상에 있는 것인지요. 그 특징에 대해 다시 한 번 설명해주십시오"라는 질문은 좋은 질문으로 볼 수 있다. 이 두 가지의 질문은 핵심 내용은 사실상 다르지 않다. 하지만 질문을 어떤 방식대로 하는지에 따라 자신의 인격 상태가 그대로 드러난다. 질문할 때도 예를 잘 차려서 해야 한다.

원문 子曰 文莫吾猶人也아 躬行君子는 則吾未之有得호라

자왈 문막오유인야 궁행군자 즉오미지유득

풀 이 공자가 말했다. 문은 내 남과 같다고 볼 수 있겠으나 군자의 도를 몸소 행함은 내 아직 얻은 것이 있지 못하다.

지 혜 공자의 겸손함을 나타내는 대목이다. "글은 좀 읽었지만, 아직도 군자가 되기에는 멀었다"는 얘기다. 이전 시기의 군자들의 언행은 글로 기록되어 있는데, 그것을 읽어서 아직 머릿속에서만 생각하고 있을 뿐이지 행동으로 실천할 준비가 못되었다는 것이다.
또한 이 구절은 덕을 행할 용기가 부족하다는 점도 강조하고 있다. 공자와 같은 위인도 알고 있는 바를 행동으로 옮기는 데 용기가 부족하다고 했다. 알기만 하고 실천으로 옮기지 못하는 지식은 쓰임새가 없는 것이므로 공허하다. 아주 초보적인 지식이지만 실생활에 어떻게 쓰일지를 알고 탐구하는 자세는 매우 중요하다. 최근 태권도 품새 대회를 TV로 보았다. 품새는 실전의 많은 기술을 응축해 놓은 표준안이다. 기본적으로 공격과 방어의 다양한 기술로 되어 있는데, 상대의 옷자락을 거머쥐는 상황, 복부를 무릎으로 가격하는 상황, 막고 곧장 반격하는 상황, 마지막 부분에서 끊어서 힘을 줘야 하는 상황 등 매우 다양하다. 겉모양새는 비슷한데 그 기술로 무엇을 하려는 것인지 목적을 모르면서 하는 경우를 볼 수 있었다. 그것은 마치 실천에 옮기지 않고 단지 글자만 공부하는 것과 같은 형국이다. 물론 다년간 수련하면 자연스럽게 터득하게 되겠지만, 그 많은 시간동안 동작을 익히면서 그 기원과 목적을 배우지 않는다면 헛공부를 하는 셈이다. 태권도 품새는 태극7장, 고려장, 금강장이 일품이다.

원문 子曰 若聖與仁은 則吾豈敢이리오 抑爲之不厭하며 誨人不倦은 則可謂云爾已矣니라 公西華曰 正唯弟子不能學也로소이다

자왈 약성여인 즉오개감 억위지불염 회인불권 즉가위운이이의 공서화왈 정유제자불능학야

풀이 공자가 말했다. 성과 인으로 말하면 내 어찌 감히 자처할 수 있겠는가? 그러나 행하기를 싫어하지 않으며, 남을 가르치기를 게을리 하지 않는 것으로 말하면 그렇다고 말할 수 있을 뿐이다. 공서화가 말했다. 바로 이것이 저희 제자들이 배울 수 없는 점입니다.

지혜 이 대목에서도 공자의 겸양을 확인할 수 있다. 공자 스스로는 성인이라거나 인자라고 자부하지는 않는다. 여전히 이전 시대의 성현들을 본받을 따름이라고 늘 말한다. 그러면서 그들의 가르침을 행하려고 하고 또 터득한 만큼 제자들에게 가르쳐주려고 한다는 것이다.
그렇다면 공서화가 배울 수 없는 점이라는 말을 무엇을 말하는 것인가. 따라 할 없을 만큼 위대하다는 뜻일 게다. 보통의 경우 성현의 말씀을 얻게 되면 마치 자기가 성현이 된 듯이 행동하거나 누군가 가르침을

청해도 손해 본다는 생각에 가르쳐주지 않으려고 하는데, 스승인 공자는 그렇지 않다는 것이다.

내가 중학교 다닐 적이다. 참으로 유치하기 짝이 없는 나의 어리석음을 얘기하고자 한다. 인수분해를 한참 배울 때였다. 그런데 그 친구는 공부를 아주 잘 했다. 처음 배울 때라 좀 생경했던가 보다. 1-x2을 어떻게 인수분해 하는지 내게 물었다. 나는 그냥 장난삼아 "가르쳐주면 너랑 똑같아지게" 라고 말을 했다. 분위기 쏴 해지면서 갑자기 말 잘못했다는 생각이 들었다. 이후 그 친구를 만나게 되면 꼭 나의 그 유치하기 짝이 없었던 말 한마디가 생각이 나서, 그 친구에게 미안한 생각이 든다. 하지만 그 친구는 나보다 더 큰 마음을 가져서 나의 그 유치함을 다 포용해주었고, 지금도 자주 연락하는 좋은 친구로 지내고 있다. 누군가 내게 무엇인가를 물었을 때 알고 있는 일이라면 자상하게 가르쳐줘야 한다는 것을 깨닫게 되었다.

그런데 상황이 역전되어 내가 고등학교 다닐 적의 일이다. 2학년, 3학년 때 같은 반을 한 친구이다. 언제나 유머가 있었고 배려심이 많은 친구이다. 내가 참으로 귀찮게 많이 해준 것 같다. 그 친구는 수학을 아주 잘 했다. 문과인데도 경상남도 수학경시대회에 나가서 상도 받았다. 내가 수학문제를 물어보면 자기도 공부할 일이 많았을 텐데 언제나 친절하게 설명해주었다. 그 친구는 당시 학력고사에서 경남에서 수석을 해서 명실상부한 우리나라 최고 대학의 법학과에 진학을 했다. 그 인연이 질겨서 지금은 같은 직장에서 근무하고 있다. 경상대학교 일반사회교육과의 조우영 교수이다. 내가 교수가 되고 난 뒤에 두 번의 큰 고비가 있었다. 두 번 다 나의 거만함과 무절제함에서 비롯되었는데, 그 친구는 언제나 내 편이 되어 주었고, 그 대안도 같이 고민해주었다. 너무나 감사하다. 학교 앞에 있는 막걸리집에서 나의 애환을 들어주느라 밤을 지새운 적도 몇 번이나 된다. 밤새 얘기하고 동이 트는 아침 다섯 시 반의 여명은 내 머리를 더 맑게 만들어주었다. 이제 내 정신이 온전하게 정리되었는데, 모두 그 친구 덕택이다.

자기 혼자만 아는 것은 범인이요, 지식을 공유하는 사람은 대인이다. 배고픈 걸인에게 먹을 것을 주는 것만큼이나 진리를 갈망하는 사람에게 가르쳐주는 보람도 크다. 그 가르침의 대상이 반드시 학생이 아니라 하더라도 그 의미는 희석되지 않는다.

원문 子疾病이어시늘 子路請禱한대 子曰 有諸아 子路對曰 有之하니 誄曰 禱爾于上下神祇라하니이다 子曰 丘之禱久矣니라

자질병 자로청도 자왈 유제 자로대왈 유지 뢰왈 도이우상하신기 자왈 구지도구의

풀이 공자가 병이 들자, 자로가 기도를 청하였다. 공자가 이런 이치가 있는가라고 묻자, 자로가 대답했다. 있습니다. 제문에 '너를 상하의 신명에게 기도하였다'라는 기록이 있습니다. 공자는 나는 기도한 지가 오래이다 하셨다.

지 혜 이 대목은 간단하지가 않다. 우선 공자가 '이런 이치가 있는가'라고 하는 대목을 살펴볼 필요가 있다. 공자가 말하는 이런 이치라는 것은 국가 대사와 조상에게 때가 되어 제사지내는 것이 아니라 누군가가 아플 때 기도를 청하는 이치가 있는가라는 질문으로 볼 수 있다. 공자 스스로는 이 몸이 아픈데 뭐 기도를 하느냐라는 자기 읊조림 또는 제자에 대한 타이름이라고 하겠다.

둘째, 상하 신명에게 기도했다는 부분이다. 지금껏 동서양에서 신을 찾을 때 대부분 하늘을 염두에 두었다. 기독교의 주기도문에서도 '하늘에 계신 아버지'라고 하고, 그 '아버지'를 동양식으로 번역할 때에 '하느님'(가톨릭 기준)이라고 한다. 중국과 우리나라에서는 하늘 위에 있는 상제(上帝), 한울님이라고 표현한다. 그런데 하계의 지신(地神)도 동시에 다루어지고 있는 점이 특이하다. 부엌신, 창고신, 화장실신, 곡물신 등과 같이 구체적인 사물이나 장소마다 깃든 신들과 병렬되는 지신이 아니라 하늘신과 대별되는 지신은 의미가 더 깊다.

마지막으로, 공자가 "그런 기도한 지가 오래되었다"고 하는 부분은 석연치 않다. 앞에서 공자는 그런 이치가 있는가라고 물었는데, 제자의 답변에서 새로운 사실이 제시되지 않았는데도 불구하고 그런 일이 오래되었다고 했다. 그렇다면 이전에 그런 기도를 한 적이 있었다는 얘기다. 인덕을 깨우치기 전에 그냥 한 번 해본 일인지, 아니면 처음엔 무슨 뜻인지 잘 몰랐는데 제자의 말을 듣고 상하 신명에게 기도를 드린 것이 생각나서 그렇게 말한 것인지는 분명치 않다.

전체 맥락으로 볼 때, 만약 공자가 기도를 했다면, 스스로의 생명 연명을 위한 기도라기보다 이제 건강이 좋지 않으니 더 이상 조상님께 기도를 드릴 수 없다는 사죄의 기도를 하지 않았을까 짐작된다.

원문 子曰 奢則不孫하고 儉則固이니 與其不孫也론 寧固니라

자왈 사즉불손 검즉고 여기불손야 영고

풀이 공자가 말했다. 사치하면 불손해지고, 검약하면 인색해지기 쉽다. 불손하기보다는 차라리 인색한 편이 낫다.

지혜 공자의 경제관을 말한다. 사치하면 불손해지기 쉽다. 가난한 사람이 갑자기 사치를 하면 분수에 넘치는 일로 지탄받게 되고, 원래 돈이 많은 사람이라도 마땅히 써야 할 곳에 쓰지 않고 개인치장이나 허례를 일삼는 데 돈을 쓴다면 거만해진다. 너희들은 돈이 없으니 내가 쓴다는 식이 되면 그 혜택을 받는 사람들도 기분이 좋지 않을 것이다. 반면에 너무 검소하면 돈 다발 들고 저승 갈 것이냐는 비아냥을 받게 된다. 그런데 공자는 사치해서 불손하기보다는 검약해서 인색하다는 평을 듣는 것이 더 좋다고 말한다.
사치하는 사람은 돈이 많은 사람이든 아니든 계획성 없이 지출을 한다. 기분에 따라 물건을 많이 구매하거나 분별없이 다른 사람들과 회식자리를 갖는다. 이런 경우 초대받은 사람도 기분이 썩 좋지 않을 것이다.

거의 대부분의 현대인들은 시간단위로 자신의 스케줄이 변한다. 그런데 갑자기 누가 오늘 저녁에 회식하자고 하면 좋아할 사람 아무도 없다. 매일같이 회식을 베푸는 사람은 요즘 밥 못 먹고 사는 사람은 없다는 사실을 모르고서 자신이 자비를 베푸는 사람이라고 착각을 한다. 그리고 매일 만나서 얘기한다고 해서 생산적인 결과가 나오는 것도 아니다. 대개 회식을 베푸는 사람은 연장자일 경우가 많은데 자신의 사는 넋두리 늘어놓기 일쑤이다. 막걸리라도 한 잔 걸치게 되면 시간은 계속 늘어진다. 결국 폐인이 되는 지름길이다. 한때 나도 근 1년 정도를 그렇게 산 적이 있다. 주변 사람들에게 오히려 민폐를 끼친 것 같아서 미안하다. 인색한 사람은 돈 아까운 줄 아는 사람이다. 그런데 인색하게 돈을 아껴서 자기 자신과 가족들만의 안위를 위해서 쓰게 된다면 좋은 평가를 받지 못할 것이다. 간혹 그런 사람들도 있다. 돈을 제대로 쓰는 방법도 배워야 한다. 참으로 안타까운 기사를 보았는데, 두 자매 할머니에 관한 내용이다. 두 분 다 연세가 여든이 훌쩍 넘겼는데, 언니는 치매를 앓고 있고 동생은 부자인데 언니 병수발을 들고 있었다. 두 분은 매일같이 폐지를 수집해서 연명을 했는데, 안타깝게도 동생이 먼저 저세상으로 가게 되었다. 나중에 밝혀진 사실인데, 그 동생은 빌딩 하나를 소유하고 있었다는 거였다. 평생 아낄 줄만 알았지 제대로 쓸 줄을 몰랐던 것이다. 건물을 잘 관리해서 거기서 나오는 수익금으로도 원하는 좋은 일을 많이 했을 것이다. 아직도 옛날 사람들은 쌈지에 차곡차곡 돈을 넣어두면 언젠가는 큰 돈이 된다는 생각을 갖고 있다. 물가변동이 거의 없고 사회구조 자체가 정체되어 있을 때는 그 말이 맞지만, 오늘날의 경제상황에는 맞지 않는 얘기다. 하지만 대개의 인색한 사람들은 꼭 지출해야 할 때는 자신의 역할을 한다. 흔히들 소비가 미덕이라고 해서 돈 쓰는 사람들을 높이 사는 경우가 많은데, 우리사회 저변의 진정한 재정 담보자는 그 인색한 사람들이다. 그들이 경제를 뒷받침해주지 않는다면 자본주의 체계는 허물어질 것이다. 간혹 익명의 기부자들의 기사를 보게 되는데, 대부분 이들 인색한 사람들이 아끼고 아껴서 좋은 일에 사용해달라고 기탁한 것이라고 추측한다.

원문 子曰 君子는 坦蕩蕩이요 小人은 長戚戚이니라

자왈 군자 탄탕탕 소인 장척척

풀이 공자가 말했다. 군자는 늘 마음이 넓으며, 소인은 항상 마음이 초조하다.

지혜 군자는 덕을 갖추고 있어서 늘 마음가짐을 넓게 간직해서 불안해하지 않는다. 반면 소인은 이익에 몰두하여 시시각각 변화하는 상황 속에서 자신의 이익이 얼마나 되는지를 따져봐야 하기 때문에 늘 초조하다. 전략과 전술에 빗대어 이해할 수 있겠다. 군자는 전략가이다. 전쟁에 이기는 것에 관심가지기 때문에 자신의 안위나 자그마한 전투의 승패에 연연하지 않는다. 전투에 지면서도 전쟁에 이기면 되기 때문이다. 반면에 소인은 전쟁보다는 단기국면의 전투에 관심이 있다. 규모가 큰 전쟁에

이기는 일보다는 내가 속한 부대가 이기는 것에만 몰두한다. 물론 전략가의 식견을 가진 소부대 지휘관은 이런 점을 잘 알고 있기 때문에 전체 전쟁국면을 이해하면서 전투를 수행하게 된다. 이런 경우 소부대 지휘관은 소인이 아니라 군자인 것이다.

우리 일상생활에서도 마찬가지이다. 작은 것은 양보해버리고 인생의 더 큰 의미를 건지는 일이 중요하다는 사실을 잊어서는 안 된다. 간혹 재수해서 대학에 입학하는 학생들과 곧장 입학한 학생들 간에 사이가 좋지 않은 경우가 많다. 제때 입학한 학생들이 사전 양해 없이 재수한 학생들을 친구 대하듯 하는 것도 이상한 일이지만, 재수한 학생들이 대우받으려고 하는 것도 문제이다. 큰 인생에서 나이 한 살 차이가 나는 것이 그렇게 의미부여할만한 일이 아님에도 불구하고 기를 쓰고 구분 짓고자 한다. 다른 친구보다 1년 빨리 초등학교 입학한 것까지 고려하게 된다면 더 복잡해진다.

그런데 성인이 되고 나면 출생 신고가 늦게 되었다면서 슬그머니 나이를 올려 대우받고자 하다가도 나이가 들어 정년이 가까워지면 주민등록이 잘못되었다면서 나이를 낮추려고 하는 경우도 있다. 10년 전후로는 친구로 지내던 옛 시절도 있었다. 너무 세세한 것에 목숨 걸 필요는 없다.

원문 子溫而厲하시며 威而不猛하시며 恭而安이러시다

자온이려 위이불맹 공이안

풀 이 공자는 온화하면서도 엄격하고, 위엄이 있으면서도 사납지 않으며, 공손하면서도 편안하였다.

지 혜 공자의 평상시 모습을 담고 있는 내용이다. 한 마디로 공자는 자신의 마음을 잘 조절한다는 얘기다. 통상 서예를 배울 때 큰 붓부터 시작하게 된다. 큰 붓을 사용하게 되면 한 획 한 획의 필치를 생략하지 않고 배울 수 있기 때문이다. 이것이 다 되고 나면 작은 붓으로 이동한다. 또한 글자체도 처음에도 정자체에서부터 시작하다가 맨 나중에 초서를 하게 된다. 중국어도 대만식의 번자를 알면 북경식의 간자를 이해하는 것은 어렵지 않다. 하지만 그 반대의 경우는 힘들다. 원천이 어디서부터인지를 모르면 변화에 적응하기 어려운 것이다.

공자가 자신의 인격의 모양새를 다양하게 조절할 수 있었던 것은 젊은 시절부터 글 공부와 실제 생활의 체험을 골고루 다 해보았기 때문에 가능한 일이다. 공자 스스로도 얘기하고 있듯이 자신이 머리가 좋다고는 하지 않는 이유가 바로 여기에 있다. 부지런히 선현들이 가르침을 배우는 자세로 사려 깊게 행동하다보면 그 이치를 자연스럽게 터득하게 되는 것이다.

子曰德之不修學之不講聞義不能徙不善不能改是吾憂也

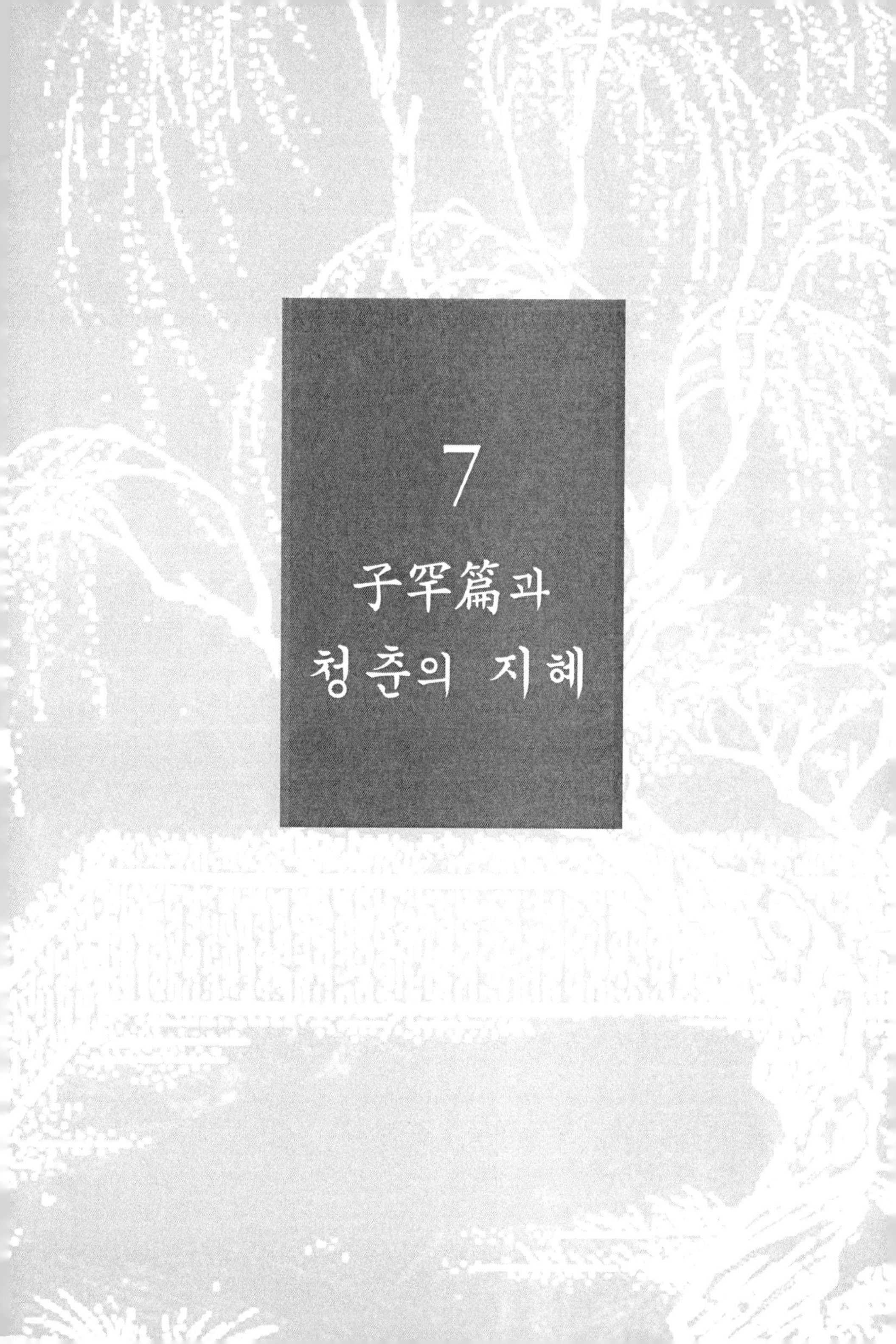

7

子罕篇과 청춘의 지혜

원문 子 罕言利與命與仁이러시다

자 한언리여명여인

풀이 공자는 이(利)와 운명(運命)과 인(仁)에 관해서는 별로 말하지 않았다.

지혜 이 대목은 두 가지로 해석된다. 우선 공자는 이, 명, 인이라는 세 개념에 대해 별로 언급하지 않았다는 해석이다. 둘째, 그가 가장 중시했던 인을 언급하면서 앞의 이와 운명과 결부해서 언급하지 않았다는 해석이다. 대개 전자의 경우로 해석된다. 그런데 후자로 보는 것이 공자가 강조했던 인을 더욱 두드러지게 강조하는 것이리라 본다. 공자는 인간의 가장 근본적인 도리로서 인을 강조했다. 따라서 그 인을 이익과 연결해서 말하지 않았고, 운명과 연결해서 말하지 않았고 본다. 이익의 측면에서 인을 보게 되면, 타산적으로 되기 쉽다. 오늘날 용어로 얘기하자만 행위의 결과로 얻게 되는 이익만을 고려하는 공리주의(utilitarianism)가 바로 이러한 입장을 지지하는 철학적 사조이다. 한편 인덕을 얻는 것이 하늘의 이치에 순응함으로서 얻어지게 되는 것이기는 하지만, 운명에 맡겨버리게 되면 개인의 자발적인 노력을 무시하게 되어, 개성과 자유의지가 무시될 우려가 많다.

원문 達巷黨人曰 大哉라 孔子여 博學而無所成名이로다 子聞

之하시고 謂門弟子曰 吾何執하고 執御乎아 執射乎아 吾執御矣로리라

달항당인왈 대재 공자 박학이무소성명 자문지 위문제자왈 오하집 집어호 집사호 오집어의

풀 이 달항당[92]의 사람이 말하기를, 위대하구나 공자여! 박학하였으나 이름을 낸 것이 없구나 하였다. 공자가 이를 들고 문하의 제자들에게 말했다. 내 무엇을 전문으로 잡아야 하겠는가? 말 모는 일을 잡아야 하겠는가? 아니면 활 쏘는 일을 잡아야 하겠는가? 내 말 모는 일을 잡겠다.

지 혜 달항당이라는 사람이 공자의 인품을 일면 칭찬하는 것 같으면서도, 일면 특기가 없다고 비아냥거리는 장면이다. 세칭 박학다식(博學多識)하면 특출한 재주가 없다고도 한다. 그런데 그것도 수양 방법에 따라서 다르다. 공자처럼 다양한 체험과 교류를 통한 탐구를 한 사람들은 모든 것을 함에 있어서 편벽됨이 없다. 재주는 있지만 굳이 드러내고 싶지 않아서 그런 경우도 있다. 우리 주변에서도 워드 잘 치는 사람이 있는데, 그것이 필수적이지 않으면 굳이 자격증 따려고 하지 않는 것과 같다.

---

92) 達巷黨人이란 달항 고을 사람을 말한다. 達巷은 지금의 산동성 滋陽縣 서북쪽이라는 설이 있으나 분명하지 않다. 黨은 500호 규모의 마을이다.

다만 한 가지 유의할 점은 있다. 많이 알기만 하고 제대로 조절할 줄 모르는 사람은 어떤 일에도 참견하려고 한다. 이 점을 경계해야 한다. 바둑이나 장기를 두면 진짜 고수는 옆에서 묵묵히 지켜보기만 하는데, 비슷한 수준이거나 약간 하수는 훈수(訓手)를 두어 분위기를 망치는 경우가 종종 있다. 공자의 가장 큰 특기는 세상을 인덕으로 구제하는 방법을 터득했고, 그것을 제자들에게 잘 가르쳐주었다는 점일 것이다.

원문 子曰 麻冕이 禮也어늘 今也純하니 儉이라 吾從衆하리라 拜下禮也어늘 今拜乎上하니 泰也라 雖違衆이나 吾從下하리라

자왈 마면 례야 금야순 검 오종중 배하례야 금배호상 태야 수위중 오종하

풀이 공자가 말했다. 베로 만든 면류관이 예이지만 지금에는 생사로 관을 만드니, 검소하다. 나는 여러 사람들을 따르겠다. 아래에서 절하는 것이 예인데, 지금은 위에서 절하니, 이는 교만하다. 나는 비록 사람들과 어긋난다 하더라도 아래에서 절하겠다.

지혜 인덕을 지켜나감에는 여러 가지 변수가 있다. 공자는 겉치레보다는 본래의 의도를 중심으로 인덕을 판단했다. 베로 만든 면류관은 비싸기 때문에 검소한 생사로 관을 만든다고 해서 그 정성이 없어지는 것이 아니므로, 그러한 편이 더 낫다고 보았다. 반면 아래에서 절하는

것이 예인데, 많은 사람들이 편하게 위에서 절하고 있는데, 그것은 예의 근본정신에서 벗어나기 때문에 따르지 않겠다는 것이다.
통상 자리에 앉을 때 상급자가 오른쪽에, 하급자가 왼쪽에 위치한다. 그런데 길을 갈 때는 약자인 여성을 보호하기 위해, 차도 쪽에 남자가 위치하는 것이 맞다. 특별한 질병에 걸렸을 경우는 그 방향이 달라질 수도 있다. 뇌졸중에 걸리게 되면 통상 남자는 오른쪽 기능이 마비되고, 여자는 왼쪽 기능이 마비된다. 그렇게 될 경우 그 환자가 도움이 필요로 하는 방향 쪽에서 부축하는 것이 예의에 맞는 것이다. 이와 같이 예의 근본정신이 무엇인지를 토대로 행동하는 것은 공자의 가르침에 근거한 것이다.

원 문 子絶四러시니 毋意 毋必 毋固 毋我러시다

자절사 무의 무필 무고 무아

풀 이 공자는 네 가지의 마음이 전혀 없었다. 억지로 뭘 해보겠다는 의도가 없었고, 반드시 뭘 해야 한다는 마음이 없었고, 집착하는 마음이 없었으며, 자기만을 생각하는 마음이 없었다.

지 혜 공자의 평상시 생활태도를 말하고 있다. 우선 공자는 우리 주변에 누가 봐도 해서는 안 될 일을 도모하지 않았다. 누가 봐도 해서는 안 될 일은 해발 1000m되는 앞산을 허물어서 학교를 짓겠다는 발상이

한 예가 될 수 있겠다. 높은 산을 허무는 데는 몇 대에 걸쳐서 하면 불가능하지는 않다. 그러나 그 결과 학교를 짓겠다는 것은 투입한 노력에 비하면 너무 하찮은 것이다. 공자는 이런 일을 하지 않았다는 것이다.
둘째, 공자는 뭘 해보겠다는 마음을 목숨을 지키려고 하지 않았다. 이 세상에 죽고 사는 문제를 제외하고는 올 해 못하면 내년에 할 수도 있는 것이다. 보잘 것 없는 일에 목숨을 걸어서는 안 된다는 가르침이다.
셋째, 공자는 집착하는 마음을 갖지 않았다. 대개 어떤 일에 중독된 사람은 집착하게 된다. 다른 것들이 눈에 들어오지 않게 된다. 누구나 존경하고 바라는 일에 중독될 수도 있는데, 그럴 경우 일상으로 쉽게 돌아올 수 있게 때문에 심취(深趣)라고 고상하게 표현한다. 아무리 좋은 일이라도 자기를 잊을 정도로 몰입하는 것은 적절하지 않다.
마지막으로 공자는 자기만의 의지, 자신에게만 이익을 충족시키는 데 진력하지 않았다. 대개 자신만의 이익을 추구하는 것은 이기주의자라고 비난받는다. 자신의 이익은 아니지만 자신의 의지만을 관철시키려고 하는 것도 경계해야 한다. 그것도 넓게 보면 이기심이다. 통상 회의를 할 때 보면 다른 사람이 무슨 의견을 내면 "그렇게 하면 안 되고!"라고 막말을 하는 사람이 있다. 성질 급한 사람 만나면 "그러면 당신이 해보세요!"라는 핀잔을 들을 수도 있다. 이 세상은 혼자 사는 것이 아니라 다 함께 가야 하는 공동체이다. 자기가 이익을 챙기지 않는다고 해서 이기주의자가 아닌 것은 아니다. 다른 사람의 의견을 무시하고 자기의 의견만을 관철하려고 하는 생각을 가져서는 안 된다.

원문 子畏於匡이러시니 曰 文王旣沒한데 文不在茲乎아 天之將喪斯文也신댄 後死者不得與於斯文也어니와 天之未喪斯文也시니 匡人이 其如予何리오

자외어광 왈 문왕기몰 문불재자호 천지장상사문야 후사자불득여어사문야 천지미상사문야 광인 기여여하

풀이 공자가 말했다. 광 땅에서 경계심을 품고 있었다. 공자가 말했다. 문왕이 이미 별세하였으니, 문이 이 몸에 있지 않겠는가? 하늘이 장차 이 문을 없애려 하셨다면 뒤에 죽는 사람이 이 문에 참여하지 못하였을 것이다. 그러나 하늘이 이 문을 없애려 하지 않으셨으니, 광 땅 사람들이 나를 어떻게 하겠는가?

지혜 공자가 광 땅에서 자신의 신변의 위협을 느끼면서 한 말이다. 대강의 뜻은 자신이 평생을 문(文)을 위해 살아왔고, 지금도 자신이 살아 있음은 하늘이 그 존재이유를 인정해준 것이기 때문에 하늘이 다시 나를 거두어 가지 않는 한 어느 누구도 인력으로 마음대로 나를 함부로 못할 것이라는 강한 자신감의 표현이다.

하지만 한 가지 미심쩍은 점이 있다. 즉 '문왕이 이미 별세하였으니, 문이 이 몸에 있다'는 대목이다. 문왕은 성왕으로서 문의 표상이라고 할 수 있다. 그런데 그 문왕이 죽은 것과 문이 이 몸에 있다는 것을 어떻게 논리적으로 연결해야 하는지가 과제이다. 여러 가지 가능성이

있겠지만 문왕을 공자가 계승했기 때문에 문왕 이후에는 본인을 제외하고는 아무도 없다는 것을 나타내고자 한 뜻이 제일 유력한 해석이라고 볼 수 있다. 그렇기 때문에 뒤의 문장인 '뒤에 죽는 사람'인 공자 자신이 이 문에 계속해서 참여할 수 있는 근거도 마련하게 된 셈이다.

공자가 하늘을 얘기하는 것은 인간 세상에서 할 수 있는 일은 다 해보았다는 뜻이다. 그리고 최고의 권위를 하늘에서 찾는 것은 모든 인간들의 근원도 하늘에서 비롯된 것이기 때문에, 공자에게 있어서의 하늘은 민심의 총체이기도 하다.

원문 大宰問於子貢曰 夫子聖者與아 何其多能也오 子貢曰 固天縱之將聖이시고 又多能也시니라 子聞之曰 大宰知我乎인저 吾少也賤이라 故로 多能鄙事하니 君子는 多乎哉아 不多也니라 牢曰 子云 吾不試라 故로 藝라하시니라

대재문어자공왈 부자성자여 하기다능야 자공왈 고천종지장성 우다능야 자문지왈 대재지아호 오소야천 고 다능비사 군자 다호재 불다야 뢰왈 자운 오불시 고 예

풀이 대재(여기서는 태재)[93]가 자공에게 물었다. 공자는 성자인가?

---

93) 大宰, 즉 太宰는 국정을 총괄하는 관직이다. 구체적으로 누구를 가리키는지 분명하지 않은데 노나라 애공 7년에 자공이 노나라의 사신으로서 오나라에 간 적이 있으므로 오나라의 태재 백비(伯嚭)를 가리킨다고 보는

어쩌면 그리도 능한 것이 많으신가? 자공이 말했다. 진실로 하늘이 풀어놓으신 성인이실 것이요, 또 능한 것이 많으십니다. 공자가 이 말을 듣고 말했다. 대재가 나를 아는구나, 내 젊었을 적에 미천했기 때문에 비천한 일에 능함이 많으니, 군자는 능한 것이 많아야 하는가? 많지 않아야 한다. 뢰(牢)[94]가 말했다. 선생께서 말씀하시기를 '내가 세상에 등용되지 못했기 때문에 재주를 익혔다'고 했다.

지 혜 공자가 스스로의 재주 많음에 대한 일종의 겸손이다. 공자는 당대의 많은 사람들로부터도 성인으로 알려져 있었다. 공자가 아는 것도 많고 재주도 다양한 것을 자타가 모두 인정했다. 그렇다면 이렇게 아는 것도 많고 재주도 다양한 것이 성인과 군자가 원래부터 그런 것을 목표로 했기 때문인가라는 의문이 남게 된다. 공자는 그것은 아니라고 답한다. 상황에 맞게 어쩌다보니 그런 재주를 갖게 되었다는 것이다. 어렸을 적에는 부모님 사는 형편이 좋지 않아서 그러한 재주를 배우게

설이 있다. "태재", 『네이버 지식백과』, http://terms.naver.com/entry.nhn?docId=2427154&cid= 41893&categoryId=51342, 2015.9.22. 검색.

94) 뢰(牢)는 생사불명이다. 그에 대해 朱子는 공자의 제자로 성은 琴이고 자는 子開, 子張이라고 본다. 그러나 『史記』 「仲尼弟子列傳」에는 그의 이름이 없다. 王肅이 편찬한 『孔子家語』에 琴張, 일명 牢라고도 하며 衛나라 사람이라고 했지만, 『孔子家語』 자체가 僞書로 의심되는 책으로 추가적인 확인이 필요하다. 한 동양철학자(황태현)가 운영하는 사이트가 참조할 만하다. http://blog.daum.net/spaceandtime/4990, 2015.10.8. 검색.

되었고, 장성해서는 관리로 등용되지 못해서 재주를 배우게 되었다는 것이다. 공자의 이러한 자기 재능 많음에 대한 겸손은 어떻게 보면 변명 또는 후회로 보이기도 하다. 제자들에 대한 강의 내용에 보면, 삶이 아무리 비천하다고 하더라도 도의 삶을 살기를 권했다. 우리는 여기서 공자가 무엇이든 습득할 수 있고 어떤 인물이든 될 수 있는 가능성과 도량을 가진 개방된 성품을 가진 인물이라는 점을 깨닫게 된다.

원문 子曰 吾有知乎哉아 無知也로라 有鄙夫問於我하되 空空如也라도 我叩其兩端而竭焉하노라

자왈 오유지호재 무지야 유비부문어아 공공여야 아고기량단이갈언

풀이 공자가 말했다. 내가 아는 것이 있는가? 나는 아는 것이 없다. 그러나 어떤 비루한 사람이 나에게 묻되, 그가 아무리 무식하다 하더라도 나는 그 양쪽을 다 말해준다.

지혜 공자의 진리에 대한 겸손과 교육관을 읽을 수 있다. 공자 스스로는 아는 것이 별로 없다고 말한다. 선현들의 가르침을 전제하고 탐구하는 자세를 가졌기 때문에 자신을 항상 모자란 것으로 말할 수밖에 없다. 하지만 자신보다 못한 사람이 무엇인가를 물어본다면 그 내용을 숨김없이 모두 얘기해주겠다는 의지를 읽을 수 있다. 그 대상이 비록 자기가

아끼는 직계 제자가 아니라도 그렇게 하겠다는 것이다.
우리는 간혹 선생된 자로서 강의할 때에는 열정을 다해 하면서, 강의실이 아닌 야단으로 내려가게 되면 범인들과 같은 행색으로 되돌아가버리는 경향이 있다. 선생된 자로서 강단에 섰을 때의 말과 행동이 야단에서 통용될 수 없기 때문에 스스로 자신이 없어서 그런 것일 수도 있다. 나는 이점에서 크게 뉘우치는 바가 있다. 오히려 정반대의 경우에 해당된다. 나는 야단을 생각하면서 강단에서 강의를 한다는 자부심을 가졌다. 강단의 논리는 원칙을 얘기하기 때문에 딱딱하고 진부해질 수 있기 때문에 생활 속의 예화 등을 통해서 학생들에게 다가갈 수 있는 선생이 되고자 했다. 그런데 학생들의 반응은 그렇게 좋지 못한 듯하다. 돌이켜보면 그 근본적인 접근법은 맞는 것 같다. 다만 실제 수업환경에서 사소하지만 중대한 실책을 범한 것 같다. 내가 터득한 수범 강의 기법은 이렇다. 첫째, 반드시 계획된 말만 해야 한다. 자연스럽고 다양하게 강의한다면서 즉흥적으로 얘기를 해서는 안 된다. 그렇게 되면 전체 강의의 균형이 허물어지게 되고 학생들이 무엇을 배웠는지 알 수 없게 된다. 개그프로그램을 보면 아무리 재미있는 내용이라도 모든 대사를 개그맨들이 다 외워서 한다. 베테랑 개그맨은 전체의 대의를 벗어나지 않으면서 간혹 이른바 '애드립'을 하게 되지만 그것이 주가 되지는 않는다. 둘째, 자신의 얘기를 예화로 끌어오지 않아야 한다. 선생 본인의 얘기는 쉽게 이해하는 데 도움을 줄 수 있지만, 편견을 가져다줄 수도 있다. 개인의 경험이 아무리 다양하다고 하더라도 복잡한 사회현상을 모두 설명하는 데는 한계가 있다. 셋째, 질문에 대한 핵심을 먼저 얘기해주고 더 필요하다면 추가적으로 주변의 얘기를 더 해줘야 한다. 여기서 공자는 양끝을 모두 얘기해준다고 했는데, 그것은 결코 학생의 사정은 생각하지 않고 한꺼번에 답해주라는 뜻은 아닐 것이다. 학생이 질문을 하면 해당되는 답만 명확하게 해주면 된다. 동태를 살피고 난 뒤에 수긍이 되면 더 이상의 설명은 사족(蛇足)이다.

원문 子曰 鳳鳥不至하며 河不出圖하니 吾已矣夫인저

자왈 봉조불지 하불출도 오이의부

풀이 공자가 말했다. 봉황새가 오지 않으며, 황하에서 하도가 나오지 않으니, 이제 나는 끝났구나.

지혜 봉황새와 룡(龍), 해태, 거북 등은 동양에서 신령스러운 동물이다. 봉황새와 룡 그리고 해태는 상상의 동물이다. 과학문명이 발달한 오늘날 우리나라에서도 국가의 상징물로 이것을 사용하고 있다. 대통령의 문양에 봉황새가 들어가 있는 것은 그 한 예이다. 해태상은 여전히 광화문 입구를 지키고 있다. 언론의 세속적인 표현 중에 대통령후보를 '잠룡'(潛龍)이라고 표현하는 것은 어제 오늘의 일이 아니다.
이러한 상스러운 동물들이 등장했다는 소식이 들리지 않는다는 것은 세상이 혼탁해졌다는 얘기다. 공자는 이러한 세태를 한탄하고 있다. 그러한 상스러운 동물은 자연의 질서가 완벽할 때 등장한다. 공자는

사회의 질서 또한 그러한 자연의 질서가 갖추어졌을 때 이루어지게 되는데, 결국 상스러운 동물이 등장하지 않는다는 것은 사회의 질서가 갖추어져 있지 않다는 반증이라고 본 것이다. 덕에 기반한 통치를 펼칠 수 있는 사회가 도래해야 공자 스스로도 할 일이 많아지게 될 텐데 그렇지 못함을 한탄하는 것이다.

원문 子見齊衰者 冕衣裳者與瞽者를 見之하면 雖少必作하고 過之必趨하시다

자견제최자 면의상자 여고자 견지 수소필작 과지필추

풀이 공자가 제사지내는 옷을 입은 자와 관을 쓰고 의상을 차린 자와 장님을 만나게 되면 그들이 비록 나이가 어리더라도 반드시 일어나고, 그 곁을 지나실 때에는 반드시 재빨리 자리를 벗어났다.

지혜 대인관계에 있어서, 공자의 조심스러운 마음을 읽을 수 있다. 제사지내는 옷을 입은 자는 경건한 예를 지내자는 모든 사람들이 다 포함될 것이다. 장례행렬이나 임금의 행차 등을 모두 포함한다. 관복을 차려입은 사람은 공무를 수행하는 사람이다. 따라서 마땅히 자리를 피해줘야 한다. 장님 앞에서 자리를 피해주는 것은 약자에 대한 배려심에서 우러나온 것이다. 이들의 곁을 지날 때 재빨리 이동을 해서 그들의 행차에 방해가 되지 않으려고 했다. 특히 장님의 경우 유의해야 한다.

우리가 보기로 아무 것도 안보일 것이라고 생각하고 마냥 도와주려고 해서는 안 된다. 완전히 안 보이는 경우, 형체만 보이는 경우 등 다양하다. 상대의 입장을 생각하지 않고 그냥 도와주려고 하면 오히려 방해가 될 수 있다. 보폭과 방향 등을 다 헤아려 뒀는데, 중간에 누군가 끼어들면 혼선을 초래할 수도 있다. 나는 어렸을 적에 부친이 거동이 불편하여 요강에 대소변을 받아내곤 했었다. 그래서 몸이 불편한 사람을 보면 도와주고 싶은 마음이 언제나 생겼다. 한번은 지하철을 타고 내렸는데, 장님이 보여서 도와드릴까요라고 물었더니 아주 차갑게 나의 제안을 거절했다. 상대의 상태를 모르고 도와주려고 했던 것이다. 언제나 도움은 간절할 때 행해야 진정한 도움이 된다. 그렇지 않으면 간섭이 되거나 나의 적선행적을 돋보이고자 하는 한 예가 될 뿐이다.

원문 顔淵이 喟然歎曰 仰之彌高하며 鑽之彌堅하며 瞻之在前이러니 忽焉在後로다 夫子循循然善誘人하사 博我以文하시고 約我以禮하시니라 欲罷不能하도다 旣竭吾才하니 如有所立卓爾라 雖欲從之나 末由也已로다

안연 위연탄왈 앙지미고 찬지미견 첨지재전 홀언재후 부자순순연선유인 박아이문 약아이례 욕파불능 기갈오재 여유소립탁이 수욕종지 말유야이

풀이 안연이 크게 탄식하며 말했다. 우러러볼수록 더욱 높고, 뚫을수

록 더욱 견고하며, 바라봄에 앞에 있더니 홀연히 뒤에 있도다. 부자께서 차근차근 잘 이끄시어 문으로써 나의 지식을 넓혀주시고 예로써 나의 행동을 요약하게 해주셨다. 그만두고자 해도 그만둘 수 없다. 나의 재주를 다해서 다가가보니 (부자께서) 내 앞에 우뚝 서 있는 듯하다. 그리하여 그를 따르고자 하나 어디로부터 시작해야 할지 모르겠다.

지 혜 안연이 그의 스승 공자를 높이 숭상하는 대목이다. 우선 우러러 볼수록 높다는 것은 학문적 내공이 높이를 이야기하는 것이다. 내가 배우려고 하니 태산같이 높아서 도저히 따라갈 수가 없다는 것이다. 뚫을수록 더욱 견고하다는 것은 스승의 어떤 가르침에 질문을 해도 거침없은 답변을 얻을 수 있어서 그 흠을 잡을 수 없다는 것이다. 바라봄에 앞에 있더니 홀연히 뒤에 있다는 것은 공자의 가르침의 실체가 변화무쌍함을 얘기하는 것이다. 안연이 생각하기에 공자의 가르침이 이것이라는 것을 분명히 깨우쳤는데, 다음 기회에 접해보니 또 다른 진리로 다가오는 것이다. 공자의 가르침이 얼마나 폭이 넓었는지를 얘기하는 것이다. 안연은 공자에게서 문으로 지식을 넓히고 예로 지식을 가다듬는 훈련을 받았다고 증언한다. 문은 축척의 공부고, 예는 세련의 공부다. 문은 들으면 들을수록 정보가 많아진다. 예는 들으면 들을수록 정보가 요약된다. 문은 발산의 공부요, 예는 수렴의 공부다. 문은 이론적 공부요, 예는 실천의 공부다. 그 궁극에 달하면 문이 수렴되고, 예가 확장되게 되는데 그것은 곧 성인만이 할 수 있는 것이다. 성인은 기존의 문과 예에 구속되지 않는다. 성인이 하는 말은 곧 새로운 문과 예가 되는 것이다.
안연이 아무리 공자를 따라 배우려 해도 다가갈 수 없는 것은 스스로가 성인의 반열에 오르지 못했기 때문이다. 성인은 새로운 문과 예를 만들어 나가고 있는데, 성인이 아닌 사람은 성인의 발자취를 따라가기 바쁘기 때문이다.

원문 子疾病한데 子路使門人爲臣이러니 病間曰 久矣哉라 由之行詐也여 無臣而爲有臣하니 吾誰欺오 欺天乎인저 且予與其死於臣之手也론 無寧死於二三子之手乎아 且予縱不得大葬이나 予死於道路乎아

자질병 자로사문인위신 병간왈 구의재 유지행사야 무신이위유신 오수기 기천호 차여여기사어신지수야 무녕사어이삼자지수호 차여종불득대장 여사어도로호

풀이 공자가 병이 심해지자, 자로가 문인으로 가신을 삼았다. 병에 차도가 조금 있자 공자가 말했다. 오래되었구나. 유가 거짓을 행함이여! 나는 가신이 없어야 하는데 가신을 두었으니, 내 누구를 속였는가? 하늘을 속였구나! 또 내가 가신의 손에서 죽기보다는 차라리 자네들 손에서 죽는 것이 낫지 않겠는가? 또 내가 비록 큰 장례는 얻지 못한다 하더라도 내 설마 길거리에서 죽겠는가?

지 혜 옛적에 가신이란 정승벼슬을 하는 가문의 일을 맡아보는 사람이다. 공자의 병세가 심해져서 제자인 자로가 제자들 중에서 누군가를 가신을 삼아 조력하게 했다는 얘기다. 여기서 우리는 공자의 공직관 또는 분수를 아는 마음을 읽을 수 있다. 이미 관직에서 물러났는데 가신을 둔다는 것은 공자 생각으로 분수에 맞지 않다는 것이다. 그리하여 그런 조치를 한 자로를 타이르는 내용이다.

하지만 그 꾸지람이 큰 것은 아니라고 본다. 그렇게 하지 않아도 되는데 하면서 제자의 충정을 받아들이는 것으로 볼 수 있겠다. 왜냐하면 자로가 문인들 중에서 그 일을 하게 했기 때문이다. 생면부지의 인물에게 급료를 주면서 가신역을 해달라고 부탁했다면 공자의 지적대로 자로가 잘못한 일이 될 것이다. 그 정도는 용납될 수 있으리라 본다.

우리나라에서도 대통령이 은퇴한 뒤에도 각종 의전을 지원해주는 관례가 있다. 대통령이 아니라고 하더라도 나라의 상징적인 인물일 경우 신변의 안전과 업무의 연속성을 도모하기 위해 보좌관을 지원해주는 것도 필요하다고 본다.

원 문 子貢曰 有美玉於斯하니 韞匵而藏諸잇가 求善賈而沽諸잇가 子曰 沽之哉沽之哉하나 我는 待賈者也노라

자공왈 유미옥어사 온독이장제 구선가이고제 자왈 고지재고지재 아대가자야

풀 이 자공이 말했다. 여기에 아름다운 옥이 있을 경우, 이것을 궤 속에 넣어 감추어 두시겠습니까? 아니면 좋은 값으로 파시겠습니까? 이에 공자가 말했다. 팔아야지, 팔아야지. 그러나 나는 기다렸다가 파는 사람이다.

지 혜 공자가 보물을 어떻게 처리할지에 관한 내용이다. 그 보물이란 인재가 될 수도 있을 것이고, 자신이 관직에 나가는 것을 의미할 수도 있을 것이다. 그런데 '기다렸다가 파는 사람'(待賈者)은 '좋은 값을 주는 사람을 기다렸다가 파는 사람'으로도 해석될 수도 있고, '좋은 값에 파는 사람을 기다리는 사람'으로도 해석될 수도 있다. 전자는 내가 파는 사람이고, 후자는 내가 사는 사람이다. 보물을 인재라는 측면에서 보면 전자로 이해하는 것이 맞을 것이다. 나를 간절히 원하는 사람이 나타날 때까지 기다렸다가 그 요건이 맞으면 출사하겠다는 뜻이 될 것이다. 출사하는 데만 급급해서 아무렇게나 하면 안 된다는 것이다. 따라서 여기서는 '기다린다'(=待)는 의미가 강조되어야 한다. 신중하게 처신해야 한다는 것이다.

원 문 子欲居九夷하니 或曰 陋이니 如之何잇고 子曰 君子居之면 何陋之有리오

자욕거구이 혹왈 루여지하 자왈 군자거지 하루지유

풀 이 공자가 구이에 살려고 하니 혹자가 말하기를 누추하니 어떻게 생활하시렵니까라고 하였다. 이에 공자가 대답했다. 군자가 거주한다면 무슨 누추함이 있겠는가?

지 혜 훌륭한 목수는 연장 탓을 하지 않는다. 목수가 연장 탓을 하지 않을 수야 없을 터이다. 만약 그렇다면 자신이 새로운 연장을 만들면 되는 것이다. 제대로 준비 안 된 목수는 연장 만들 줄을 모른다. 그래서 자기가 연습할 때의 그 연장이 아니라면서 익숙하지 않은 연장 탓만 하는 것이다.
마찬가지로 군자는 자신의 처한 장소를 탓하지 않는다. 누추하다 함은 질서가 없고, 문의 문화가 정착되지 않음을 의미할 것이다. 그 사회에 질서와 문의 문화를 만들면 되는 것이다. 군자는 그러한 역량을 구비하고 있기 때문에 문제되지 않는 것이다. 길이 없으면 직접 만들어 갈 수 있는 존재가 바로 군자이다. 청춘 시기에는 그러한 혜안과 용기가 동시에 부족하다. 따라서 청춘 시기에는 혜안과 용기를 갖는 잠재역량을 갖추는 데 매진해야 한다.

원 문 子曰 吾自衛反魯然後에 樂正하니 雅頌이 各得其所하니라

자왈 오자위반로연후 악정 아송 각득기소

풀 이 공자가 말했다. 위나라로부터 노나라로 돌아온 뒤로 음악이

바로 되어 아와 송이 각기 제자리를 찾게 되었다.

지 혜 예로부터 나라가 망하려고 하면 음악이 저속하고, 나라가 잘 되려고 하면 음악이 정숙해진다고 한다. 공자가 노나라로 돌아올 당시에는 아직도 노나라에 좋은 음악의 전통이 남아 있어서 그것을 토대로 음악의 질서가 잡혔다고 한다.

우리가 거짓말을 하게 되면 목소리가 떨리게 된다. 정상적인 높낮이(pitch 또는 frequency), 두께(volume), 길이(duration)가 나타나지 않는다고 한다. 이러한 특징을 잘 반영하여 만들어진 것이 거짓말 탐지기이다. 그런데 음악은 보통의 목소리에 리듬과 멜로디를 부가한 것이기 때문에 훨씬 복잡하다. 즉 마음 속에 조금의 거짓이 있어도 일반 목소리보다 훨씬 더 잘 드러나게 되어 있다.

이와 같은 음악이 정치적으로 이용되는 사례는 많다. 우선 의식노래가 있는데, 일반 학교에서 부르는 교가에서부터 국가의식 행사에서 부르는 애국가에 이르기까지 다양하다. 선거용 노래도 있다. 유명한 곡에 개사를 해서 정치인들의 공약을 강조하는 노래를 만들어 유세에 활용한다. 한편 정치적으로 음악 자체를 이용한 사례도 있다. 1980년대 군부 정권의 정통성을 고양하기 위해 기획된 '국풍81'이 그 한 예이다.[95] 또한 정치적 목적을

95) '국풍81'이란 1981년 5월 28일부터 6월 1일까지 전두환 정부가 민족문화의 계승과 대학생들의 국학에 대한 관심 고취라는 명분 아래 서울 여의도광장에서 주최한 관제적 성격의 문화축제를 말한다. 행사를 주관한 KBS에

위해 특정 노래를 금지한 것도 음악의 정치적 이용 사례라고 할 수 있다. 「동백아가씨」 등과 같이 주옥같은 노래들이 한 때 금지곡이었다.

원문 子曰 出則事公卿하고 入則事父兄하며 喪事를 不敢不勉하며 不爲酒困함이 何有於我哉오

자왈 출즉사공경 입즉사부형 상사 불감불면 불위주곤 하유어아재

풀이 공자가 말했다. 나가서는 공경[96]을 섬기고, 들어와서는 부형을 섬기며, 상을 당하면 힘쓰지 않음이 없으며, 술로 인해 곤란을 당하지 않는 것, 이 중에 어느 것이 나에게 해당되겠는가?

따르면 '국풍 81'은 민족문화의 주체성을 고취하고 우리 국학에 대한 젊은 이들의 관심을 제고시키기 위한 문화축제였다. 그러나 이러한 시도는 예술을 정치적 도구로 활용했던 박정희 정권의 통치전략을 모방한 신군부의 정치적 이벤트였다. 1981년 초 당시 청와대 정무 제1비서관이었던 허문도는 5·18 광주민주화운동 1주기를 앞두고 군사정권에 대한 학원가의 저항을 약화시키고자 하는 의도에서 대학생들의 주의를 분산시킬 수 있는 대규모 축제를 기획했다. 전국 194개 대학의 6,000여명의 학생들과 전통 민속인 및 연예인 등이 참여해 총 659회의 공연을 벌였고 주최측 통산 1,000만 명에 이르는 대규모 인원이 행사에 참여했다. "국풍81", 『네이버 지식백과』, 2015.9.22. 검색.

96) 공경이란 통상 고관대작을 말한다. 領議政, 左議政, 右議政의 三公과 九卿을 아울러 총칭하기도 한다. "공경", 『네이버 한자 사전』, 2015.9.22. 검색.

지 혜 공자의 다양한 대인관계와 개인적인 절제에 대해 말하고 있다. 공직이나 직장에 나가면 상사를 잘 섬기고, 집에 들어와서는 부형을 잘 섬기며, 누군가 상을 당하게 되면 문상을 가서 예에 맞게 상주를 잘 위로해줘야 한다. 여기까지는 대인관계에서 행할 바이다.

또한 공자는 개인적으로는 술로 인해 실수하지 말 것을 강조하고 있다. 공자가 술을 전혀 마시지 않은 것은 아니다. 소크라테스는 아예 술고래였으나, 취중 실수를 절대로 하지 않았다. 예수 그리스도는 최후의 만찬 때 포도주를 마셨으니 그 이전에도 자주 음주했음을 알 수 있다. 당시 지중해 연안의 맛있는 포도주는 대개 13.5도 정도 되었다고 한다. 도수는 그렇게 높지 않았다. 밤새 연회를 지속하기 위해서는 물에 희석해서 마셨으니 실제 도수는 5도 정도 되었을 것으로 여겨진다. 취하기 위해서 술을 마신 것이 아니라 연회를 위한 보조수단으로 활용했던 것이다. 오늘날에는 이 술을 특히 유의해야 한다. 옛날에 비해 오늘날에는 술 마실 목적으로 회식을 한다. 그것도 한 가지만 마시는 것이 아니라 여러 가지를 섞어서 마신다. 이른바 '폭탄주'가 그것이다. 마시는 시간도 짧으며, 도수 또한 높다. 중간 중간 술 마시기 대회를 하는 경우도 있다. 그리고 더욱 심각한 것은 거의 매일 마신다는 것이다. 현대인들이 이렇게 술을 마시니 몸도 성할 리가 없다. 특히 간에 치명적이다. 술 앞에 장사 없다는 말이 있다. 술자리에서 실언을 해보았거나, 술자리에서 다른 사람이 나에게 말이 많다는 얘기를 한 번이라도 들어본 사람은 절주, 금주를 해야 한다. 대인관계의 수단으로 음주이외의 다른 방도를 모색해야 한다. 사업상 꼭 필요하다고 변명하는 사람도 있을 것이다. 술을 핑계로 맺어지는 관계가 정상적이라고 할 수 없다. 스스로 통제할 수 있는 사람에게는 술이 생활문화의 도구가 될 수 있지만, 취하도록 마셔서 실수하는 사람에게는 술은 나의 적이라는 점을 명심해야 한다. 청춘기의 젊은이들은 체력이 좋기 때문에 단기적으로 술을 견뎌낼 수 있을지 모른다. 그렇지만 이것이 누적되면 몸과 정신 모두를 망치게 된다는 점을 잊어서는 안 된다.

원문 子在川上曰 逝者如斯夫인저 不舍晝夜로다

자재천상왈 서자여사부 불사주야

풀이 공자가 시냇가에서 말했다. 세상의 모든 것이 이처럼 흘러가는구나. 밤낮없이 잠시도 쉬지 않고 흘러가는구나!

지혜 이 대목으로부터 사상적인 교훈을 도출해낸다는 것은 쉽지 않다. 이것이 신세 한탄인지 자연의 섭리에 경탄하는 것인지도 구분하기 힘들다. 아마도 논어의 편찬자들이 이 문장을 넣은 것은 공자의 말이므로 무슨 의미를 부여하기 위해서였을 것이다. 제자들과 함께 한적한 시냇가에 앉아 있는데, 시냇물이 졸졸 흘러내려가고 있다면, 우선 심리적으로 안정된 상태에서 한 말이라고 본다. 이 세상 모든 것이 잘 흘러간다는 말은 공자 스스로 생각하고 있는 바가 잘 되고 있다고 볼 수 있다.

제자들도 공부 잘 하고 있고, 원하는 바가 모두 잘 된다는 것이리라. 그러다가 때가 되면 본인이 저 세상으로 가게 될 것이라는 것도 생각하고 있었으리라.

원문 子曰 吾未見好德如好色者也노라

자왈 오미견호덕여호색자야

풀이 공자가 말했다. 나는 덕을 좋아하기를 여색을 좋아하듯이 하는 자를 보지 못하였다.

지혜 덕을 좋아하는 것은 이성적 기능이고, 색을 좋아하는 것은 정서적 기능이다. 하지만 우리의 뇌 속에서 이성과 감성의 기능이 있다는 데는 동의하는 사람들이 많지만, 그것을 전담하는 영역이 고정되어 있다는 데는 대체로 이견이 많다.

대체로 현대 뇌과학자들은 인간의 뇌의 기능 중에 이성적 기능과 감성적 기능이 있다는 데는 반대하지 않는다. 이성은 논리적이고 합리적인 판단을 말하고, 감성은 감정적이고 생리적이며 본능적인 판단을 말한다. 이성의 기능은 다른 사람보다 오래 참고, 간절히 원하는 일이지만 그렇지 못한 환경에서는 양보할 수 있는 등을 말한다. 덕을 좋아 하고 그러한 삶을 지향하려고 하는 것은 전형적인 이성적 기능에 기반한 행동이다. 덕은 내가 좋아해서 만든 것이 아니라 다른 사람이 좋다고 해서 만들어진 것이다. 따라서 내가 그것을 좋아한다는 것은 내 몸과 마음에 진정으로 끌리기 때문에 좋아하는 것이 아니라, 마땅히 그럴 수밖에 없는 조건에 내가 동의했기 때문에 좋아하게 되는 것이다. 그 절차는 매우 복잡하고 어렵고 그래서 덕을 지향한다는 것은 쉬운 일이 아니다. 반면에 여색을 좋아하는 것은 감성의 기능에 의해 작동되는 것이다. 그 여자가 어떤 집안이고 어떤 특징을 갖고 있기 때문에 내가 좋아하지 않을 수 없어서 좋아하는 것이 아니다. 그냥 좋아서 좋아하는 것이다. 즉 내 몸과 마음이 아무런 이유도 없이 그 여자를 좋아하기 때문에 좋아하는 것이다. 남들이 보면 도저히 서로 좋아할 것 같지 않은데, 서로 좋아하는 경우가 이런 것이다.

공자는 바로 덕을 추구하는 것도 그냥 좋기 때문에 좋아하도록 가르치고 싶었던 것이다. 색을 좋아하는 것은 가르쳐주지 않아도 가능하다. 덕을 좋아하는 것도 그렇게 하고 싶었던 것이다.

원문 子曰 譬如爲山에 未成一簣하여 止도 吾止也며 譬如平地에 雖覆一簣나 進도 吾往也니라

자왈 비여위산 미성일궤 지 오지야 비여평지 수복일궤 진 오왕야

풀이 공자가 말했다. 비유하면 산을 만듦에 마지막 흙 한 삼태기를 못 이루고서 중지하는 것도 내 자신이 중지하는 것과 같으며, 비유하면 평지에 흙 한 삼태기를 처음 붓는 것이라 하더라도 나아감은 내 자신이

나아가는 것과 같다.

지 혜 공자가 여기서 전해주고 싶은 점은 두 가지라고 생각한다. 첫째, 스스로의 책임의식이다. 어느 노래 가사 중에 "내 인생은 나의 것이다."라는 대목이 있다. 성공해도 내가 하는 것이고 실패해도 내가 하는 것이다. 만약 내가 히말라야 산과 같은 높은 산을 만들 때나 넓은 간척지를 만든다면, 그 첫 시도는 나의 한 걸음부터 시작된다. 한 삽만 떠서 부으면 히말라야 산만한 높은 산을 만들 수 있을 텐데 그렇지 못한 것은 바로 내 책임이다. 넓은 간척지를 만들려고 하다가 시작하지 못해 실패했다면 그것도 내 책임이다.

둘째, 남 탓을 하지 말라는 것이다. 우리 인간은 머리가 너무 좋아서 항상 자기 합리화를 한다. 성공하면 자기가 잘 해서라고 그렇다고 말하고, 실패하면 다른 사람이 잘못해서 그렇다고 말한다. 그 정도의 차이는 있지만 대부분 그런 생각을 갖고 있다. 특히 자신의 실패의 원인을 다른 사람 탓으로 돌리는 사람은 자신의 실패에 대한 원인 분석이 제대로 되어 있지 못하기 때문에 다음에 무슨 일을 할 때 성공할 확률이 낮다. 내 탓이라고 되돌려 놓아야 한다. 설령 내가 무슨 일을 도모하려고 할 때, 주변의 많은 사람들이 이런저런 조언을 해준다고 하더라도 그것을 취사선택해서 행동으로 옮기는 주체는 바로 나 자신이다. 청춘기의 젊은이들은 심지어 다른 사람의 잘못조차도 나와 관련되었다면, "저의 실수였습니다. 제가 잘못 했습니다"라고 말해보라. 그 다음에 똑같은 상황에서 절대로 같은 실수를 하지 않을 교훈을 내가 사는 셈이 된다.

원 문 子曰 語之而不惰者는 其回也與인저

자왈 어지이불타자 기회야여

풀 이 공자가 말했다. 말해주면 게을리 하지 않는 자는 안회일 것이다.

지 혜 제자 안회에 대한 공자의 끔찍한 사랑을 표현한 대목이다. 이 대목에서는 두 가지 점을 느낄 수 있다. 우선 스승과 제자간의 높은 신뢰감을 느낄 수 있다. 선생을 철석같이 믿고 사소한 행동이나 말투까지도 닮으려고 하는 제자를 보게 되면 기특하게 여겨진다. 이러한 스승과 제자의 모습은 남이 봐도 보기 좋다. 서로 신뢰하지 않으면, "콩으로 메주를 쑨다"고 해도 믿지 않다. 진정으로 신뢰하는 사이에서는 의도적으로 상대를 속이는 일은 없겠지만, 서로 신뢰하는 사이에서는 "팥으로 메주를 쑨다"고 해도 믿으려 한다. 안회는 스승인 공자를 믿고 말해주는 바를 그대로 따르려 했던 것이다.

둘째, 공자는 안회의 성실성을 높게 평가했다는 점이다. 한 번 말해주면 그 원리를 탐구하기 위해 끊임없이 노력하는 안회의 모습이 떠오른다. 안회는 사는 형편이 궁색했지만, 오로지 진리를 탐구하겠다는 일념으로 극복해낸다. 제자가 스승을 신뢰하게 되면 스승은 더 긴장해서 연구를 더 많이 하게 된다. 이런 과정을 통해서 스승과 제자가 동시에 학문적인 성장이 이루어진다는 교학상장(教學相長)의 결과를 낳게 되는 것이다.

원문 **子謂顏淵曰 惜乎아 吾見其進也요 未見其止也로다**

자위안연왈 석호 오견기진야 미견기지야

풀이 공자가 안연을 두고 평했다. 애석하구나. 나는 그가 전진하는 것만을 보았고 중지하는 것을 보지 못하였도다.

지혜 공자가 안연의 죽음을 애도하면서, 안연의 면학태도를 평가한 것이다. 계속 질문하는 제자보다는 쉬지 않고 정진하는 제자가 더 무섭다. 진리는 끝이 없는 것이지만 인간이 도달하는 한계는 있다. 제자가 무한 정진하면 언젠가는 스승을 뛰어넘을 수 있다. 공자에게 있어서 안연은 바로 그런 존재였을 것이다.

그런데 쉬지 않고 정진하는 사람 중에 다른 사람에게 화를 내지 않는 성격을 가진 사람은 단명할 수 있다. 유대계 네덜란드 철학자 스피노자가 그런 경우이다.[97] 적당한 긴장과 적당한 여유가 필요하다. 목표를 설정할

---

97) 스피노자(*Baruch De Spinoza*, 1632~1677)는 네덜란드의 철학자. 유태인 상인의 아들로 태어난 그는 그의 자유주의 사상 때문에 유태 교회에서 파문당했다. 그가 생존했던 시기는 네덜란드가 봉건적 스페인 왕국으로부터 독립하여 자본주의 사회 형성의 선두를 달리던 시대인데, 영국의 베이컨, 프랑스의 데카르트와 마찬가지로 신(新)시대를 환영하는 사상을 표현하

때부터 좌우를 살피고, 중간 단계에서도 계속해서 좌우를 살피고, 그리하여 정도와 수위를 조절해가면서 자신의 위상을 점검해나가야 한다.

였다. 따라서 자연 지배와 인간 개조가 그의 사상의 중심이었다. 그의 철학은 한편으로는 범신론으로, 다른 한편으로는 유물론적 주장으로도 해석된다. 관념론자들은 그를 범신론자로서 관념론적으로 해석하려 하지만, 스피노자의 기본 사상은 오히려 유물론적이라고 보는 것이 타당하다. 왜냐하면 그의 사상의 밑바탕이 되는 '신'(神)은 무한한 계속성을 가지며, 자기 자신으로 존재하는 실체로 해석될 뿐 아니라 또 '자연'으로도 해석되기 때문이다. 다만 그의 유물론은 형이상학적이고, 동적이지 않고 정적이며, 또 발전에 대한 관점이 보이지 않는다. 이러한 자연의 일부로서의 인간은 속성이 개체로서 규정되었다는 의미에서 '양태'(樣態, modus)로 간주되고, 그 유한한 지성(知性)은 무한한 여러 속성 안에서 '연장'(=물질)과 '사고'(=정신)라는 두 개의 속성을 알 수 있을 뿐인데 양자는 실체의 속성으로서 실체에 통일되고 있고, 이 양자는 또한 별개의 존재이지만 양자 사이에는 대응관계가 있으며, 인간에게는 심신(心身) 병행론이라는 견해가 성립된다. 실체에 있어서 전체의 양태(樣態)는 필연적 관계를 가지고 규정되어 있으므로 의지의 자유는 인정되지 않고, 따라서 자유라는 것은 그 필연적 관계의 인식 아래에서 행동하는 것이다. 인간은 그 정신에 감정과 지성을 갖추고 있는데 그것의 근원은 자기보존의 욕구이며, 이것이 진실로 인간답게 실현되려면 감각적 인식을 제거하고, 이성적 및 직관적 인식에 의거해 진실의 존재 방식을 받아들여야 한다고 보았다. 여기에는 감각적 인식을 열등하게 보는 합리주의 정신이 보인다. 스피노자의 사회관은 홉스의 생각을 계승하고 있지만 홉스와는 다르게 국가의 형태를 군주제가 아닌 공화제를 주장하였다. 그의 인물평에 대해서는 러셀의 논평에 의존한다. 버트런드 러셀, 서상복 역, 『러셀 서양철학사』, 을유문화사, 2009, pp.733-746; 질 들뢰즈, 박기순 역, 『스피노자의 철학』, 민음사, 2010.

그래야만 최종 목표에 도달할 수 있다. 특히나 진리의 환경이 급변하는 현대 사회에서는 아무리 전문분야라고 하더라도 자기 전문지식으로는 의미 있게 생존할 수 없다.

자식을 먼저 보낸 부모의 고통을 하늘이 무너지는 고통이라고 했다. 아마도 제자를 먼저 보낸 스승의 고통도 그와 같을 것이다. 언젠가 의학계에서 고통의 순서를 매겨서 발표한 적이 있는데, 부부간의 이혼, 출산, 대상포진 등이 상위에 랭크되었다. 자식의 죽음과 제자의 죽음과 같은 구체적인 죽음의 항목이 없어서 직접 비교할 수는 없겠으나, 이러한 죽음은 기발표된 사례들보다 훨씬 더 높은 고통을 유발할 것으로 생각된다. 나는 지금껏 많지 않은 인생을 살아오면서, 이러한 고통은 아직 겪지 않았다. 다행이라고 해야 할 것이다. 하지만 군 복무를 하면서 동료를 잃는 경험은 여러 번 했었다. 가장 기억에 남는 사례는 육군3사관학교 정훈실에서 근무했었던 후배 정훈장교의 죽음이다. 당시 나는 교수부에서 생도들의 일반학 강의를 맡고 있었기 때문에 업무상 아무런 관련은 없었으나, 정훈참고가 공석이 오래됨에 따라 업무지원을 해주기로 했다. 그 후배장교는 일요일도 마다않고 근무를 했다. 사망 당일도 대구시내에 인쇄물을 확인하고 돌아오는 길이었다. 아주 작은 냇가였는데, 콘크리트 둑에 충돌하고 현장에서 즉사했다. 현장에 가 봐도 도저히 납득할 수 없는 상황이었다. 안전벨트까지 잘 맨 상태였는데, 너무나 안타까웠다. 인근 군 병원에서 영안실이 만들어졌고, 화장장으로 이동하기 전에 영결식이 진행되었다. 그렇지 않아도 눈물이 많은 나로서는 생전에 좀 더 잘해주지 못했던 것에 너무나 미안했다.

우리 주변에는 소중한 사람이 너무나 많다. 진리 탐구를 위해, 업무를 위해 매진하는 것도 좋으나 삶과 바꿀 정도로 몰입하는 것은 적절치 않다. 순간의 몰입과 순간의 여유를 생각해보자. 물 한 모금 입에 물고, 하늘 한 번 쳐다보는 토종닭의 여유를 생각해보자.

원문 子曰 苗而不秀者有矣夫며 秀而不實者有矣夫인저

자왈 묘이불수자유의부 수이불실자유의부

풀이 공자가 말했다. 싹이 났으나 꽃이 피지 못하는 경우도 있고, 꽃은 피었으나 열매를 맺지 못하는 경우도 있다.

지혜 이 대목에서는 공자가 자연의 섭리를 얘기하고 있다. 인간적인 교훈을 직접적으로 말하고 있지 않다. 하지만 이 대목은 어떤 일에 실패한 제자들을 위로해주기 위해서 한 말이지 않을까 생각기 위한 말이지 않을까 생각된다. 뿌린 씨앗이 모두 싹이 트게 되면 씨앗을 먹고 자라는 동식물들은 생존할 수 없을 것이다. 그 다음의 꽃이나 열매 또한 마찬가지이다. 가을철에 산에 올라가서 도토리 너무 많이 주워오지 말라는 말은 곧 다람쥐나 멧돼지와 같이 도토리를 즐겨 먹는 짐승들을 생각해서이다. 우리 조상들은 추수를 할 때 완전히 다 하지 않고 날짐승과 들짐승들을 위해서 소위 '까치밥'이라고 해서 좀 남겨두었다. 홍시도 남겨두었고, 사과나 배도 조금씩 남겨두었다. 미물일지라도

우리와 같이 함께 산다는 마음의 징표였으리라.
혹 우리의 삶의 언저리에서도 이러한 일들이 벌어진다면 공자가 얘기한 대로 그렇게 생각해버리며 위안으로 삼을 필요도 있다. 인생은 뜻대로 다 되지 않는다. 이렇게 하면 반드시 저렇게 되어야 한다는 필연적인 법칙이 언제나 어디서나 통용되는 것은 아니다. 언제나 예외가 있다. 내 인생이 만약 싹을 틔울 수 없다. 꽃을 피울 수 없다면, 열매를 맺을 수 없다면, 단지 씨앗으로 만족하면서 그 존재이유를 찾으면 족할 것이다. 그리고 싹을 틔울 때나, 꽃을 피울 때나, 열매를 맺을 때에도 그 종류는 다양하다. 향기와 맛에 따라 품격도 달라진다. 매 단계마다 내가 원하는 만큼 결과를 얻을 수 없을 때가 더 많다. 미래의 희망인 청년들이 이 말을 들으면 많이 실망할 수도 있다. 그런데 그것은 피할 수 없는 사실이다. 이 세상에 가장 성공한 사람, 가장 돈 많이 버는 사람을 아무렇게나 지목해보고, 그의 전기를 읽어보라. 유년시절부터 자기가 원하는 바대로 자신의 인생을 산 사람은 단 한 사람도 없다. 매 순간 원하기는 했지만 이룰 수 없었던 일들이 크고 작게 많았다. 그러나 그들이 위대할 수 있었던 것은 그 실패를 잘 극복해냈다는 데 있다. 실패는 성공의 어머니라는 말이 있듯이, 인간의 실패를 통해서 성장한다. 실패의 성장통을 통해서 성장한다. 실패의 진통이 잦아들 때, 실패의 상처가 나아갈 때, 새로운 성공의 살이 돋아난다. 청춘의 희망은 언제나 원하는 대로 될 것이라는 희망이 아니라 실패를 통해 새로 일어날 수 있다는 가능성의 희망이어야 한다. 그것인 실속있는 희망이다.

원문 子曰 後生可畏라 焉知來者之不如今也리오 四十五十而無聞焉이면 斯亦不足畏也已니라

자왈 후생가외 언지래자지불여금야 사십오십이무문언 사역부족외야이

풀이 공자가 말했다. 젊은이가 두렵다. 장래 그들이 우리를 따르지 못하리라 누가 단정할 수 있으랴? 그러나 40~50이 되어서도 이름이 알려지지 않았다면 그 사람은 두려워할 것이 못된다.

지혜 공자 같은 인물이 젊은이를 두렵다고 한 것은 의아스럽다. 겸손한 애기일 것이다. 열심히 탐구하는 제자를 보면, 자신의 역량을 뛰어넘어 자신을 극복하게 될 것이라고 생각하는 스승도 있을 것이다. 어떤 경우에는 기분이 좋을 수도 있을 것이고 반대로 기분이 좋지 않을 수도 있을 것이다. 그런데 공자는 40세, 50세가 되어도 일가를 이루지 못하면 두려워할 필요가 없다고 말했다. 40은 불혹(不惑)이고, 50은 지천명(知天命)이라고 했는데, 그렇다면 그 이전에 어떤 노력을 해야 공자가 두려워할 만큼 학문적인 진척을 이루어낼 수 있을까? 그 답은 기초를 탄탄히 하고, 열심히 하면서, 실패를 두려워하지 않는 것이다. 대개 이 기간은 청춘기이다.

공자가 진정으로 젊은이가 두려운 것은 학문적 수준이라기보다는 그들이 도전할 대상이 많다는 데 있다고 생각한다. 공자는 일평생 어떤 한 분야에서 도를 통하기는 했지만, 후학들은 더 다양한 방법으로 다양한

주제로 덕을 이룰 수 있다고 생각했을 것이다. 따라서 이 기간 동안에는 많은 경험을 쌓아야 한다. 어떤 종목의 운동선수라도 그 정도의 차이는 있지만, 훈련과정에서 달리기 연습을 빼놓지 않는다. 그것은 아마도 운동의 핵심역량이라고 할 수 있는 지구력, 순발력, 집중력, 속력 등을 종합적으로 포함하고 있는 운동이기 때문일 것이다. 공부에서도 마찬가지일 것이다. 그것을 우리는 기초학문이라고 말한다. 청춘기에는 철학, 문학, 역사학과 같은 기초학문 분야의 독서를 많이 해야 한다. 그것은 운동에서 달리기와 마찬가지이다. 그리고 외국어 공부를 많이 해야 한다. 기초학문을 더 심화할 수 있는 중요한 도구이기 때문에, 외국어 공부 또한 그 범주에 넣기도 한다.

이와 같은 기본 개념을 토대로, 청년들은 열심히 해야 한다. 실패를 두려워하지 말고 열심히 해야 한다. 대개 30대까지는 의도적이지 않은 실패는 용서될 수 있다. 그 가능성을 보고 용서해주는 것이다. 40대 이후에는 완전한 프로이기 때문에 어떠한 실수도 용서되지 않는다. 40을 불혹이라고 하는 이유는 그 만큼 주변에 현혹되지 말고 자신을 전문화하라는 요청인 것이다. 그렇게 10년을 수행하면 50이 되면서 하늘의 이치를 깨닫게 되고 내가 나서야 할 때와 장소, 그 정도를 조절할 수 있게 되는 것이다.

원문 子曰 法語之言은 能無從乎아 改之爲貴니라 巽與之言은 能無說乎아 繹之爲貴니라 說而不繹하고 從而不改하면 吾末如之

何也已矣니라

자왈 법어지언 능무종호 개지위귀 손여지언 능무설호 역지위귀 열이 불역 종이불개 오말여지하야이의

풀이 공자가 말했다. 법으로 하는 말을 따르지 않을 수 있겠는가? 잘못을 고치는 것이 중요하다. 완곡한 말을 기쁘게 받아들이지 않을 수 있겠는가? 그 실마리를 찾는 것이 중요하다. 기뻐하기만 하고 실마리를 찾지 않고, 따르기만 하고 잘못을 고치지 않는다면, 내가 그런 사람을 어떻게 할 방도가 있겠는가?

지혜 법은 약속이자 기준이다. 내가 공동체에 대해 스스로 규칙을 지키겠다는 언약이기 때문에 약속인 것이고, 행위의 범위와 수준이 되기 때문에 기준인 것이다. 그런데 그 법은 누구에게다 공평하게 열려있다. 법이 요구하는 것은 원칙이기 때문에 따르지 않을 수 없다. 주로 법의 효력이 발동되는 것은 행위자가 기준을 벗어날 때이다. 눈 가리고 아웅하는 식으로 처벌만 면하겠다는 심산으로 법망을 피해가는 사람들은 단기간에는 통용될 수 있을지 모르지만 결국 망하게 된다. 왜냐하면 겉으로는 법에 어긋남이 없었다 할지라도 자신의 잘못을 고치지 않았기 때문이다. 내가 법과 원칙에서 벗어나게 되면 마땅히 그 대가를 치룰 것이라는 각오를 해야 한다. 그러한 각오가 없으면 자신의 과오를 절대로 고칠 수 없다.

한편 다른 사람들이 나에게 얘기하는 완곡한 말은 귀에 듣기는 좋지만 그 핵심이 무엇인지를 명확히 알아야 한다. 누군가가 "요즘 운동 좀 하신다면서요?"라고 친절하게 물어온다면, 혹시 "요즘 운동한다고 많이 설치시던데요?"라는 의도가 아닌지 되돌아봐야 한다. 원수가 아니고서야 면전에서 막말을 하는 사람은 없다. 그 행간을 명확히 읽어야 한다는 얘기다.

곧이곧대로 원칙만 따르기만 하고 자신의 잘못을 고치려고 하지 않는 사람이나 다른 사람의 의중을 명확히 알아듣지도 못하는 사람은 공자도 어쩔 수 없다는 것이다. 가르칠만한 가치가 없다는 얘기일 것이다. 왜냐하면 기본이 안 되어 있기 때문일 것이다. 기본적으로 달리기를 할 줄 알아야 축구를 가르치든가 배구를 가르치든가 할 수 있을 것인데, 그렇지 못하다는 얘기다.

원문 子曰 主忠信하되 毋友不如己者하고 過則勿憚改니라

자왈 주충신 무우불여기자 과즉물탄개

풀이 공자가 말했다. 충과 신을 중심으로 하되, 자기보다 못한 사람을 벗 삼으려 하지 말고, 잘못이 있으면 고치기를 꺼려하지 말아야 한다.

지혜 인격 수양의 중심 덕목과 수행 절차에 대한 내용이다. 또한 이 대목은 앞에서 비슷하게 언급되고 있다. 공자는 충과 신을 중심으로

인격을 수양해야 한다고 가르치고 있다. 충(忠)은 충(充)이다. 충은 우선 스스로에게 최선을 다해 충실(充實)하는 것이요, 나라에 충실하는 것이다. 충은 온 정성을 다해야 하기 때문에, 충성(忠誠)이라고도 한다. 이 충이 부모에게 적용되면 효(孝)라고 할 수 있을 것이다. 즉 충과 효는 대립적인 관계이기보다는 일종의 보완적 관계이거나 순서적 절차의 관계라고 할 수 있다. 그리고 강조되는 것은 또한 신(信)이다. 신은 진실을 기반으로 해야 하며, 그렇게 되면 믿을 수 있게 되는 것이다. 이와 같이 자신에게 충실하고 진실 되어 믿을 수 있는 사람이 되어야, 교류할 수 있는 것이다. 그때 비로소 자기보다 못한 사람을 벗 삼아서 자신의 덕의 함양을 낮추려고 하지 말고, 자신이 잘못이 있으면 고쳐서, 계속해서 인격의 덕을 닦고 쌓아나가야 하는 것이다.

원문 子曰 三軍은 可奪帥也니와 匹夫는 不可奪志也니라

자왈 삼군 가탈수야 필부 불가탈지야

풀이 공자가 말했다. 삼군의 장수는 빼앗을 수 있으나, 필부의 뜻은 빼앗을 수 없다.

지혜 삼군의 장수는 필부들이 병역을 다하기 위해 모인 집단, 즉 군대를 호령하는 리더이다. 그 장수는 자신의 부하들의 안전을 도모하고, 전투력 유지를 위해 교육훈련을 하며, 적을 이길 수 있는 작전계획을

잘 수립해서, 일단 유사시에 적을 이기는 일을 총괄적으로 책임진다. 그러니 장수가 하는 일이 얼마나 다양하고 복잡하겠는가? 그런데 그 장수도 적의 특공대가 침투한다거나 내부적인 특수한 문제로 인해 제거되거나 납치될 수도 있다. 하지만 자신을 호위하는 사람도 한 명 없고, 무기라고는 호미와 괭이 그리고 삽 밖에 없는 한적한 시골의 농군의 마음을 빼앗는 것은 쉽지 않다. 죽임을 당할지언정 자신의 진정한 마음을 줄 수 없다면 불가능한 것이다.

무슨 일을 할 때, 제도상으로 마땅히 해야 할 충성을 강요하기보다는 진정으로 마음속에 우러나는 충성을 유도하기 위해서는 나의 대화 상대자의 마음을 얻어야 한다. 부하의 등창의 고름을 입으로 빨아서 제거했다는 오기의 예화는 우리에게 큰 울림을 준다.[98] 마음 깊은 곳에서 우러난

---

98) 吳起(?~BC 381)가 장군이 되자 가장 신분이 낮은 사졸들과 같은 옷을 입고 식사를 함께 했다. 잠을 잘 때는 자리를 깔고 자지 않았으며, 행군할 때는 말이나 수레를 타지 않고 자기 먹을 식량을 직접 가지고 다니는 등 사졸들과 수고로움을 함께 나누었다. 언젠가 병사 중 하나가 독한 종기가 났는데 오기가 그 종창을 입으로 빨아주었다. 그 병사의 어머니가 이 일을 듣고는 통곡을 했다. 어떤 사람이 "당신 아들은 일개 병사에 지나지 않는데 장군이 직접 종창을 빨아주었거늘 어째서 통곡을 하는 거요?"라고 묻자, 그 어머니는 "그게 아닙니다. 예전에 오공(=오기)께서 제 남편의 종창을 입으로 빨아 제거해 준 적이 있었는데, 제 남편은 전장터에서 물러설 줄 모르고 용감하게 싸우다가 전사하고 말았지요. 오공이 지금 제 자식의 종창을 또 빨아주었으니 이제 언제 죽을지 모르게 되었습니다. 그러니 통곡하지 않을 수 있겠습니까"라고 말했다. 『손자오기열전』, 『네이버 지식백과』, 재인용, http://terms.naver.com/entry.nhn?docId=1633760&cid

관심은 관심과 배려, 그리고 사랑이라는 이름으로 불리게 된다.

원문 子曰 衣敝縕袍하여 與衣狐貉者라도 立而不恥者는 其由也與인저 不忮不求면 何用不臧이리오 子路終身誦之한대 子曰 是道也何足以臧이리오

자왈 의폐온포 여의호맥자 립이불치자 기유야여 불기불구 하용불장 자로종신송지 자왈 시도야하족이장

풀이 공자가 말했다. 해진 솜옷을 입고서 여우나 담비가죽으로 만든 갖옷을 입은 자와 같이 서 있으면서도 부끄러워하지 않는 자는 유(=자로)일 것이다. 남을 해치지 않으며, 남의 것을 탐하지 않는다면 어찌 착하지 않겠는가? 자로가 종신토록 외우려고 하자, 공자가 말했다. 이 도가 어찌 족히 선하다 할 수 있겠는가?

지혜 자로의 인격 수행의 관점에 대한 평가이다. 좋은 옷을 입고 있지 않아도 다른 사람 앞에 주눅 들지 않고, 남을 해치지 않고, 남의 것을 탐하지 않으니 참으로 착하다고 말할 수 있을 것이다. 공자는 그러한 자로의 행동에 대해 칭찬한다. 하지만 자로가 그러한 삶을 잘 외워서 종신토록 고수해 나갈 것이라고 하자 공자는 그러한 방법이

=42987&categoryId=42987, 2015.10.8. 검색.

충분한 것은 아니라고 답한다. 자로의 역량이면 더 큰 덕을 이룰 수 있을 텐데 그렇지 못하다는 아쉬움을 나타낸 것이다.

그리스 고전기에 디오게네스라는 철학자는 거리의 동상 앞에 가서 구걸을 했다고 한다. 왜 그러냐고 누가 물어보니, 거절당하는 것에 민감한 감정을 느끼지 않으려고 그런다고 말했다.[99] 우리의 생각으로는 그 시간에 밭에 나가서 풀이나 더 뽑겠다거나 돼지 사료나 더 주겠다고 말할지도 모른다. 그 사람에게는 그렇게 사는 것이 자신의 철학적 지침이기 때문에 그렇게 실천하는 것이라고 생각해두자.

나는 어렸을 적에 불구이신 아버지를 리어카로 모시고 다녔다. 형이 앞에서 끌면 내가 뒤에서 밀었다. 형이 중학교에 들어갈 무렵, 내가 초등학교 4학년 때 나는 그 리어카의 운전대를 물려받았다. 우리 형제로는 내 위로 형이 있고, 아래로 남동생, 여동생, 막내 남동생이 있다. 어느 날 막내 동생이 형들과 누나가 다 외지로 나가고 나서 집안일을 자기 혼자서 다 했다고 농담 반 진담 반으로 하는 말을 들었다. 사실 우리 형제들 모두 고생하지 않은 사람이 없다. 그 시절 대부분 그 정도의 고생은 다 하지 않았을까 싶지만 우리는 좀 특별했던 것 같다. 동생이 아주 어렸을 적에 형들과 누나가 한 고생을 듣게 된다면 그런 소릴 하지 않을 텐데 하는 생각도 들었다. 나의 형은 초등학교 다닐 적에 급식 빵을 먹지 않고 매일 집으로 가지고 왔었던 기억이 난다. 동생들이

---

99) 로제 폴 드르와 · 쟝 필립 드 토낙, 임왕준 역, 『그리스 로마 철학자들의 삶과 죽음의 명장면』, 샘터, 2005, pp.108-111.

생각나서였을 것이다. 이름은 기억할 수 없지만, 네 개로 쪼갤 수 있는 빵이었는데, 너무 맛있었던 기억이 난다. 그 외에도 형은 장남으로서 그 어려웠던 옛 일들을 혼자서 다 참아내면서, 동생들에게는 일언반구도 하지 않는다. 그것이 장남의 숙명이라고 스스로 다짐하는 듯하다. 하지만 막내 동생의 푸념은 막내로서의 귀여움이라고 볼 수 있겠다. 이제 마흔 다섯이나 되지만 아직도 형들에겐 어린 동생이다. 그런 문제의식을 가져서 그런지는 몰라도 형제들 중에서 제일 부자이다.

나의 집안이 부유하지 않고, 내가 처한 상황이 열악하지만 그것을 부끄럽게 여기지 않는다면 군자의 삶은 시작된 것이다. 부유하지 않았던 가정환경은 나를 더 단단하게 만들어 주었다. 초등학교 4학년 때 동네에 전기가 처음으로 들어왔고, 5학년 가을 운동회를 기념해서 처음으로 운동화를 신어보았다. 옷과 가방은 초등학교 고학년이 되어서야 내 몸에 맞는 것으로 얻게 되었다. 그 전까지는 큰 고모댁의 고종사촌들이 물려준 것으로 사용했었다. 당시로서는 친구들이 마냥 부러웠었다. 하지만 그때나 지금이나 그러한 삶을 숙명으로 받아들였다. 어떨 때는 더 잘 되기 위한 과정이라고 생각하기도 했었다. 이후 장성하고 난 뒤에 그러한 고생을 간간히 망각한 경우도 있었다. 하지만 그 삶의 대강은 올곧게 유지해왔다고 자부한다. 같은 또래의 모든 사람들이 겪었을 법한 일들이다. 자신이 겪은 고통이 제일 극심했고, 자신이 극복한 삶의 얘기가 가장 아름답다고 말할 수는 없다.

따라서 공자의 가르침대로 한 때 내가 가졌던 생각을 금과옥조(金科玉條)로 계속해서 삼을 필요는 없다. 이 세상은 계속해서 변하고, 나의 생활도 계속해서 변하기 때문이다. 내 정신이 바로 되어 있다면, 내 생활의 비루함을 부끄러워 할 필요는 없다. 그렇다고 그 고생을 지나치게 자랑할 필요도 없지만, 운명적으로 겪게 된 소중한 고생의 추억을 망각해서는 안 된다. 고생은 사서한 한다고 하지 않는가.

원문 子曰 歲寒然後에 知松栢之後彫也니라

자왈 세한연후 지송백지후조야

풀이 공자가 말했다. 날씨가 추어진 뒤에야 소나무와 잣나무가 뒤늦게 시듦을 알 수 있다.

지혜 예로부터 우리 조상들은 소나무를 충성스럽고 변함없는 기개의 상징으로 여겼다. 선조들의 많은 문학작품의 소재로서 뿐만 아니라 집을 짓거나 가재도구를 만들 때도 활용되었다. UNESCO 문화유산으로 지정된 팔만대장경도 소나무로 만들어졌다.
대체로 상록수는 추워도 시들지 않는다. 이름대로 상록(常祿, ever green)의 가치가 드러나는 셈이다. 우리 민족의 독립운동의 상징인 일송정(一松亭)에도 소나무가 한 그루 있었다. 공자가 소나무와 잣나무를 얘기하는 것은 위기가 왔을 때 진정한 가치가 드러난다는 점을 강조하기 위해서라고 볼 수 있다. 눈 온 뒤라야 바르게 걷는 사람의 행적이 얼마나 곧은지를 알 수가 있듯이, 날씨가 추워봐야 소나무와 잣나무가 강인한지를 알 수 있다.

우리 주변에서도 이와 비슷한 일들이 많이 있다. 평상시 아무 존재감이 없는 사람이라도 무슨 일이 발생하면 자기의 어려움으로 생각하고 적극 참여하는 경우가 있다. 아마도 우리 전통 속의 의병들이 그러한 존재일 것이다. 임진왜란 당시 일본 정규군이 가장 대응하기 어려웠던 대상이 의병이었다고 한다. 무기도 일정하지 않고 전략전술도 일정하지 않았던 점은 정규군이 대응하기 어려운 한 이유가 될 것이다. 심지어 전쟁이 끝나고 난 뒤에는 폭도로 전환될 우려가 있어서 역적으로 몰려서 처형되기도 했다. 이와 같이 진정한 충성은 아무 대가 없이 발동하고, 폄하되더라도 감내할 줄 아는 덕이라고 할 수 있다. 한 때 소나무는 나라를 망해먹는 망국송(亡國松)이라는 오명도 받았다. 어떤 비난이 있더라도 자신의 존재감을 꿋꿋하게 지켜나가는 것, 이것은 오늘날 우리가 소나무에게서 여전히 배워야 할 점이다.

원문 子曰 知者不惑하고 仁者不憂하고 勇者不懼니라

자왈 지자불혹 인자불우 용자불구

풀이 공자가 말했다. 지혜로운 사람은 미혹됨이 없고, 어진 사람은 근심하지 않고, 용기 있는 사람은 두려워하지 않느니라.

지혜 지인용의 덕에 대해 얘기하는 것이다. 그 덕을 쌓기 위해서는

공자의 가르침을 거꾸로 생각해보면 된다. 즉 미혹을 떨쳐버려서 지혜로운 사람이 되고, 근심을 떨쳐버려서 어진 사람이 되고, 두려움을 떨쳐버려서 용감한 사람이 되는 것이다.

미혹(迷惑)됨이란 사려분별을 못하고 헤매는 것이다. 어떤 것이 옳은 일인지를 알지 못하는 것이다. 더 망령된 것은 그런 상태로 행동에 옮기는 것이다. 그렇게 되면 그 행동의 결과는 수습도 되지 않는다. 마치 어린 꼬마가 장난친 것과 같다. 잘못을 해도 어떻게 잘못했는지를 알 수 있도록 행동해야 한다. 틀려도 제대로 틀려야 고칠 수 있는 것이다. 이런 상황을 극복하면 지혜로운 사람이 되는 것이다.

범인이 근심을 떨쳐버리기는 쉽지 않다. 근심을 줄일 수는 있을 것이다. 한 방편으로 같은 근심끼리는 묶어볼 수 있겠다. 마치 통계학에서 요인분석(factor analysis)을 통해 몇 가지 요인으로 분류하는 것처럼 말이다. 머리가 한결 가벼워질 것이다. 해야 될 일을 나열하지 말고 묶어보는 것이다. 장소에 따라서는 집에서 할 일, 학교에서 할 일 등의 분류가 있을 수 있고, 하는 일의 종류에 따라서는 컴퓨터로 할 일, 직접 이동해서 할 일 등의 분류가 있을 수 있다. 이외에도 많은 분류방식이 있다. 어떻게 보면 공부는 이 분류방식을 어떻게 하는지를 배우는 것인지도 모른다. 그 정도로 중요한 것이다. 이러한 과정을 다 밟고 나면 궁극적으로 남게 되는 단 하나의 일까지 수렴될 수 있을 것이다. 그것은 결국 왜 사느냐에 대한 답이 될 것이다. 그에 맞는 답을 얻을 수 있는 사람이라면 인자라 할 수 있을 것이다.

두려움을 극복하는 일이다. 간혹 자신은 두려움이 없기 때문에 어떤 일이건 아무 문제없다고 하는 사람이 있는데, 그런 사람은 스스로를 조심해야 한다. 왜냐하면 원래부터 두려움이 없다는 것은 아주 심각한 일을 대수롭지 않게 처리해버릴 수도 있기 때문이다. 예외적인 경우를 제외하고는 대부분 두려움을 느낀다. 이것을 어떻게 극복할 것인가가 문제이다. 이를 위해서는 경험의 지혜도 필요하고, 선현들의 조언도 필요하고, 스스로 합리화하는 작업도 필요하다. "나는 할 수 있다"는 자기 체면도 필요하다. 이러한 모든 절차를 통해서 용감한 인물이 되는 것이다. 진정한 용기는 내면 깊이에서부터 우러나는 필연적인 두려움을 억제하면서 자신이 가고자 하는 방향으로 지향하려는 마음자세인 것이다.

원문 子曰 可與共學이라도 未可與適道하며 可與適道라도 未可與立하며 可與立이라도 未可與權이니라

자왈 가여공학 미가여적도 가여적도 미가여립 가여립 미가여권

풀이 공자가 말했다. 더불어 배울 수 있어도 함께 도에 나아갈 수는 없으며, 함께 도에 나아갈 수는 있어도 함께 설 수는 없으며, 함께 설 수는 있어도 함께 권도를 행할 수는 없다.

지혜 공자의 인격수양의 단계에 대한 가르침이다. 그런데 이 내용은 두 가지로 해석될 수 있다. 하나는 동학끼리라도 배우는 단계를 같이 할 수는 없다는 해석이다. 또 다른 하나는 단계를 뛰어 넘어서 갈 수는

없다는 해석이다. 또한 두 가지로 동시에 해석될 수 있는 방법도 있을 것이다. 여기서는 첫 번째의 해석의 예를 따른다.
대체로 인격수양은 배우는 단계, 도에 나아가는 단계, 서는 단계, 권도를 행하는 단계로 이루어진다. 인격을 수양하는 모든 사람들은 이 단계를 거치게 된다. 그런데 총기가 남다른 사람은 단계를 통과하는 시간이 빠를 수도 있고, 단계를 뛰어 넘는 경우도 있다. 따라서 수양하는 사람이나 가르치는 사람은 그 단계에 얽매이지 말고, 깨우치는 정도에 따라 융통성 있게 학습할 필요가 있다. 그런데 제대로 한 단계를 익히지 못하고 마지막 단계까지 성급하게 가는 것에만 급급하면 천천히 단계를 밟는 것만 못하다. 더 큰 대가를 치러야 한다. 잘못된 부분을 잊어 먹는 작업을 별도로 더 해야 하기 때문이다. 언제나 기초를 탄탄히 하는 것이 필요하다. 설령 스승이 다음 단계로 진행을 권유한다고 하더라도 미흡한 점이 있다면 완전히 깨우치지 못했다고 건의하는 것이 필요하다.

원문 唐棣之華여 偏其反而로다 豈不爾思리오마는 室是遠而니라 子曰 未之思也이언정 夫何遠之有리오

당체지화 편기반이 개불이사 실시원이 자왈 미지사야 부하원지유

풀이 당체의 꽃이여! 바람에 펄럭이는구나. 어찌 그대를 생각하지 않겠는가만 집이 멀기 때문이다. 공자가 말했다. 생각하지 않을지언정 어찌 멀다고 할 수 있겠는가?

지 혜 공자가 한 수의 시를 읊고서 그 느낌을 말하고 있는 것 같다. 오늘날의 말로 옮기면 다음과 같은 정취로 표현될 수 있을 듯하다.

> 당체 꽃이여
> 참으로 아름답구나
> 바람에 휘날리는 너의 꽃잎도 아름답구나
> 당체 꽃 같은 그대의 모습
> 오늘따라 많이 생각나네
> 한 번 가보려고 하나
> 너무 멀어 갈 수가 없네

여기서 '그대'는 공자가 평소에 생각했던 어떤 여인일 수도 있을 것이고, 멀리 떠난 애제자일 수도 있을 것이다. 여기서 얻을 수 있는 교훈은 마지막 부분이다. 가려고 하나 거리가 멀다는 것이 이유가 되어서는 안 된다는 것이다. 너무나 보고 싶다면 산 넘고 바다 건너 갈 수도 있을 것이다. 마음을 굳게 먹는다면 갈 수도 있겠지만 갈 수 없는 공자 자신의 마음 상태를 자조(自嘲)하는 것으로 느껴진다. 그렇게 보면 공자도 한 인간이구나 하고 생각도 들고, 그의 인간미마저 느낄 수 있다.

子曰苗而不秀者有矣夫秀而不實者有矣夫

8

鄕黨篇과 청춘의 지혜

원문 孔子於鄕黨에 恂恂如也하사 似不能言者러시다 其在宗廟朝廷에는 便便言하시되 唯謹爾러시다

공자어향당 순순여야 사불능언자 기재종묘조정 편편언 유근이

풀이 공자가 말했다. 향당에 있을 때 신실히 하여 말을 잘 하지 못하는 것처럼 하였다. 공자가 종묘와 조정에 있을 때에는 말을 잘 했으되, 다만 삼갔다.

지혜 공자는 지방에 있거나 조정에 있거나 말하는 것을 삼갔다. 그런데 조정에 있을 때는 삼가기는 했지만 말을 잘 했는데, 지방에 있을 때는 말을 잘 하지 못하는 것처럼 했는지에 대해서는 의구심이 생긴다. 오히려 지방에 있을 때는 주변에 권위 있는 사람들이 없어서 자문할 일이 많아서 말을 더 많이 해야 할 것 같고, 중앙에서는 워낙 명석한 사람들이 많이 모일 터이니 말을 적게 해야 할 것 같다는 생각이 드는데, 실상은 거꾸로다. 본 문장의 대목을 그대로 믿고 상황을 다시 해석해보자면, 지방에서는 공자가 어떤 말을 하지 않는다고 해도 크게 문제될 것이 없으므로 말을 하지 않은 것이고, 중앙에서는 중대한 사안이 많기 때문에 적절한 때에만 말을 했다는 것이다. 아마도 이러한 이해가 바른 해석일 것으로 생각된다. 비단 중앙이 아니라고 하더라도 중대한 일일 경우 꼭 말을 하기는 하되 필요 이상의 말은 하지 않는 것이 좋다.

원문 朝에 與下大夫言에 侃侃如也하시며 與上大夫言에 誾誾如也하시다 君在어시든 踧踖如也하시며 與與如也러시다

조 여하대부언 간간여야 여상대부언 은은여야 군재 축적여야 여여여야

풀이 조정에서 하대부와 얘기할 때에는 강직하게 하며, 상대부와 얘기할 때에는 온화하게 했다. 임금이 있을 때에는 조심조심 걷고 함께 하면서 추종했다.

지혜 앞에서는 비슷한 문장이 나왔는데, 공자의 많은 가르침 중에서 이 대목은 잘 이해되지 않는다. 대하는 사람에 따라 말투와 행동이 바뀌는 것보다 상대와 상황이 어떠하든지 일관되게 행동해야 하지 않을까 하는 생각이 든다. 임금 앞에서는 추종과 존경의 의미를 담아 그 법도에 맞게 조심조심 걷고 말하는 것이 맞다고 하더라도 하대부와 상대부를 대하는 태도를 달리한다는 것은 특히 오늘날의 상황에는 적절하지 못하다고 본다. 상관에게는 아부하고 부하에게는 군림하는 사람으로 보일 수 있기 때문이다.

아주 최근의 일이다. 대학에서 중간관리자로 있을 때의 일이다. 나에게 기관장이 지시를 해서 나의 직속상관에게 보고를 했는데, 그 일을 하지 말라고 한다. 물론 공공조직의 작동 원리 상으로 보면 해선 안 될 일이다. 왜냐하면 직속상관의 명령과 지침이 우선이기 때문이다. 그러면 직속상관인 자기가 직접 기관장에게 가서 하면 안 되는 이유를 설명하고 설득해

서 그 지시를 철회하도록 해야 한다. 간혹 사석에서는 기관장에 대해 좋지 않은 얘기도 한다. 그런데 3자 대면할 기회가 되면 기관장에게 연신 겸손해 한다. 행동의 일관성 유지도 안 될 뿐만 아니라 공공조직의 구성원으로서 좋은 모습을 보여주는 것은 아니다. 그 강도의 차이는 있다고 하더라도 대상에 따라 대하는 마음이 달라서는 안 된다고 본다.

원문 君召使擯이어시든 色勃如也하시며 足躩如也러시다 揖所與立하시대 左右手러시니 衣前後襜如也러시다 趨進에 翼如也러시다 賓退어든 必復命曰 賓不顧矣라하더시다

군소사빈 색발여야 족곽여야 읍소여립 좌우수 의전후첨여야 추진 익여야 빈퇴 필복명왈 빈불고의

풀이 임금이 불러 국빈을 접대하게 하면 얼굴을 밝게 하고 발걸음을 조심했다. 함께 서 있는 동안 읍하되 손을 좌우로 했는데, 윗옷 뒷자락이 가지런하였다. 빨리 나아갈 때는 새가 날개를 편 듯하였다. 손님이 물러가면, 반드시 복명하기를 손님이 돌아보지 않고 잘 갔습니다라고 했다.

지혜 공자가 임금을 대하는 태도에 대해 언급한 내용이다. 공자 시대의 군주는 오늘날의 군주국의 군주와는 달랐다. 당시의 군주는 오히려 세습을 하지 않는 편이었고, 그 권위를 하늘로부터 위임받은 것이라고 생각했다. 따라서 군주를 대하는 공자의 태도는 범인을 대하는

것과는 달랐던 것이다. 임금의 손님을 대할 때도 만나는 순간부터 마지막 배웅하는 시점까지 예에서 벗어남이 없었다. 특히 마지막에는 손님이 뒤돌아보지 않고 잘 갔다는 내용을 임금에게 고해바친다. 뒤돌아본다는 것은 할 일이 더 남았다거나 놓고 간 물건이 있다는 뜻도 될 것이다. 그렇게 되면 재빨리 갖다 줘야 하기 때문에 손님이 뒤돌아보는지를 잘 살펴보아야 했던 것으로 보인다. 임금의 명령에 부응하는 '복명'(復命)만 했지만, 임금이 명령을 하면 그것을 다시금 입으로 되뇌는 '복창'(復唱)의 절차도 잊어서는 안 된다. 임금이 "손님을 잘 배웅해 드리시오"라고 명하면, 그냥 "네 알겠습니다"라고 하는 것이 아니라 "네 손님을 잘 배웅해 드리겠습니다"라고 해야 한다. 이러한 태도는 오늘날 공공조직에서도 통용된다. 간혹 가정에서도 이런 말투를 사용하면 좋은 반응을 얻을 수 있다. 보통 남자들은 아내가 뭘 좀 부탁하면 그냥 알겠다고만 말한다. 복명복창을 한다면 신상이 편해질 것이다.

원문 入公門하실새 鞠躬如也하사 如不容이러시다 立不中門하시며 行不履閾이러시다 過位하실새 色勃如也하시며 足躩如也하시며 其言이 似不足者러시다 攝齊升堂하실새 鞠躬如也하시며 屛氣하사 似不息者러시다 出降一等하사는 逞顔色하사 怡怡如也하시며 沒階하사는 趨進翼如也하시며 復其位하사는 踧踖如也러시다

입공문 국궁여야 여불용 립불중문 행불리역 과위 색발여야 족잠여야 기언 사불족자 섭제승당 국궁여야 병기 사불식자 출강일등 령안색 이

이여야 몰계 추진익여야 복기위 축적여야

풀 이 공문(宮門을 말함)에 들어가실 적에는, 몸을 굽히시어 마치 문이 작아 못 들어가는 듯하였다. 서 있을 때는 문 가운데에 서지 않고, 다닐 때는 문지방을 밟지 않았다. 임금 자리 옆을 지날 때에는 얼굴을 밝게 하고, 발걸음을 조심하며 말하는 것을 아꼈다. 옷자락을 잡고 당에 오를 때에 몸을 굽히며, 숨을 죽이어 숨을 쉬지 않는 것처럼 했다. 나올 때는 한 층계 내려서서 얼굴을 펴서 편안하게 하며, 층계를 다 내려와서는 빨리 걷되 새가 날개를 펼친 듯이 하며, 자기 자리에 돌아와서도 조심조심 걸었다.

지 혜 임금이 사는 궁전에 들어갈 때 얼마나 조심해야 하는지를 세세하게 기술하고 있다. 문이 작아서 못 들어가듯 하라는 말은 몸을 한껏 낮추고 움츠려서 들어가라는 뜻일 것이다. 문지방을 밟고 서거나 출입할 때 밟지 않아야 하는 것은 이음새 부분이 거기 있으므로 소리가 나서 불경한 행동을 비춰질 수 있기 때문으로 보인다. 속설에는 복이 나간다는 뜻도 있다.

오늘날에도 국가원수나 고위관료를 만날 때에는 이런 의전이 중요시된다. 얼굴은 밝게 하고, 악수는 상대가 청하면 응하고 그렇지 않으면 기다리되 만약 하게 되면 가볍게 손을 쥐어야 하며, 주도적으로 흔들어서는 안 된다. 옷은 행사에 성격에 맞춰서 입되 단색으로 하는 것이 좋으며,

넥타이를 할 경우 정장과 조화를 잘 이루는 색깔이 좋으며 단색이 좋다. 주로 파란색이나 보라색이 좋다. 파란색은 희망을 상징하고, 보라색은 화합을 상징한다. 혹시 식사를 하게 된다면 아주 천천히 먹어야 한다. 다 먹으려고 해서는 안 된다. 혹시 중국식이 준비되면 메인을 주문할 때 짬뽕보다는 자장면이 좋다.

예전에 국가보훈위원을 할 적의 일이다. 자문회의를 끝내고 국가보훈처장이 주관하는 오찬장에 가서 식사를 하게 되었다. 다른 사람들은 대부분이 자장면을 주문했는데, 공교롭게도 나만 짬뽕을 주문했다. 중간에 그만 그 국물이 눈에 튀어서 손수건 꺼내서 닦느라고 곤혹을 치룬 적이 있다. 간혹 이런 저런 후일담을 나누기도 하기 때문에 다 먹으려고 하다간 밥알이 튀어나올 수도 있고 체할 수도 있다. 남긴다는 생각으로 천천히 먹기를 권한다.

원문 執圭하사대 鞠躬如也하사 如不勝하시며 上如揖하시고 下如授하시며 勃如戰色하시며 足蹜蹜如有循이러시다 享禮에 有容色하시며 私覿에 愉愉如也러시다

집규 국궁여야 여불승 상여읍 하여수 발여전색 족축축여유순 향례 유용색 사적 유유여야

풀이 홀대를 잡을 적에 몸을 굽혀 이기지 못하는 듯이 했고, 위로는 서로 읍할 때의 위치와 같게 했고 아래로는 물건을 줄 때의 위치와

갈게 했으며, 얼굴빛을 가다듬어 전투에 나갈 때처럼 긴장하는 빛을 띠며, 발걸음을 좁고 낮게 했다. 연향하는 예식에서는 온화한 낯빛을 했다. 사사로이 만날 때에는 편안하게 했다.

지 혜 공자의 궁정법도에 대한 내용이다. 홀대를 잡는 것은 오늘날에 맞지 않지만 다른 태도는 그대로 적용될 수 있다. 그런데 다른 것들은 이해되지만 '발걸음을 좁고 낮게 한다'는 말은 무슨 뜻인지 잘 이해되지 않는다. 다만 발걸음을 팔자걸음으로 넓게 걸으면서 쿵쾅대면서 걷지 않는다 정도로 이해하면 될 듯하다. 마치 예전의 초등학교 시절 복도를 다닐 때의 모습과 흡사하리라 추정된다.
요즘은 정책결정과정이 속속 미디어를 통해서 국민들에게 전해진다. 당정의 고위관료들이 임명될 때 사전 연락을 받게 되는데, 직후에 인터뷰하는 모습을 보면 그 인물 됨됨이를 대충 짐작할 수 있다. 자신이 쓰임새 있게 부름을 받았다고 하는 것은 그만큼 책임이 더 생긴 것이다. 그 책임의 무게를 생각해서라도 고위관료들은 더욱 신중해져야 한다. 홀대가 오늘날 임명장 또는 신분증 정도가 되겠지만, 그것은 곧 책임의 징표이기도 하다. 공직자는 언제나 홀대의 무거움을 인식해야 한다.

원문 君子 不以紺緅飾 紅紫 不以爲褻服 當暑 袗絺綌 必表而出之 緇衣 羔裘 素衣 麑裘 黃衣 狐裘 褻裘長 短右袂 必有寢衣 長一身有半 狐貉之厚 以居 去喪 無所不佩 非帷裳

必殺之 羔裘玄冠 不以弔 吉月 必朝服而朝

군자 불이감추식 홍자 불이위설복 당서 진치격 필표이출지 치의 고구 소의 예구 황의 호구 설구장 단우몌 필유침의 장일신유반 호맥지후 이거 거상 무소불패 비유상 필쇄지 고구현관 불이적 길월 필조복이조

풀 이 군자는 감색과 붉은 색으로 옷깃의 선을 두르지 않으며, 붉은 색과 자주색으로 평상복을 만들어 입지 않았다. 더위를 당해서는 칡 줄기로 만든 겉옷을 바깥에 입었다. 검은 옷에는 염소 가죽으로 갖옷을 입고, 흰 옷에는 사슴 가죽으로 만든 갖옷을 입고, 누른 옷에는 여우 가죽으로 만든 갖옷을 입었다. 평상시에 입는 갖옷은 옷을 길게 하되, 오른쪽 소매를 짧게 했다. 반드시 잠옷이 있어야 하는데, 길이가 한 길하고 또 반이 더 있었다. 여우와 담비의 두터운 가죽옷으로 거처했다. 탈상한 뒤에는 몸에 차지 않는 것이 없었다. 유상[100]이 아니면, 반드시 줄여서 입었다. 염소 가죽으로 만든 갖옷과 검은 관으로 조문하지 않았다. 초하룻날에는 반드시 조복[101]을 입고 조회했다.

지 혜 공자의 의복례에 관한 내용이다. 공자가 말하는 의복례는 처한 상황과 자연조건을 잘 고려하고 있다. 오늘날에도 옷 입는 예법은 중요시

---

100) 朝會에 나가거나 제사를 지낼 때 입는 예복을 말한다.
101) 朝廷에 나아갈 때 입는 의복으로써 붉은빛의 비단(=緋緞)으로 지었다.

된다. 우리나라의 경우 길사(吉事)에는 밝은 색이나 혼합색 또는 혼합 무늬의 옷을 입고, 흉사(凶事)에는 어두운 색 또는 단일 무늬 옷을 입는다. 길사에 혼합을 강조하는 것은 기쁨을 나누면 두 배가 된다는 뜻이 담긴 듯하고, 흉사에 단일 무늬를 강조하는 것은 슬픔을 나누면 반으로 줄어든다는 뜻이 담긴 듯하다. 하지만 하얀색 옷은 길사와 흉사에 모두 애용되는 것 같다.

서양에서도 비슷한 의복례가 있다. 장례식에는 검정색이, 결혼식에는 밝은 색과 흰색이 많이 애용된다. 여성의 경우 브롯지와 목걸이를 어떤 것으로 하는지에 따라 주목을 받으며, 남자의 경우 넥타이의 종류와 모양이 중시된다. 체코 출신으로 미국 국무장관을 지낸 올브라이트의 경우 브롯지를 특별히 애용했던 인물이다. 당일 자신의 의도를 사전 고지하는 듯한 뉘앙스를 풍기곤 했다. 남성의 경우 긴 넥타이는 정장에, 나비 넥타이는 파티 등에 애용된다. 청바지는 실용성을 상징한다. 애플사의 창업주였던 스티브 잡스가 청바지를 입고 신제품 설명하는 장면은 지금도 인상 깊다.

원문 齊必有明衣러시니 布라 齊必變食하시며 居必遷坐하시다

제필유명의 포 제필변식 거필천좌

풀이 재계할 때 반드시 명의가 있었으니, 베로 만들었다. 재계할 때에는 반드시 음식을 바꾸고, 거처할 때에는 반드시 자리를 옮겼다.

지 혜 제사를 지낼 때, 좋은 옷을 입었다. 좋은 옷감으로 만든 옷을 말하지만, 처한 여건에 따라서 깨끗하게 정성을 다하면 그것도 좋은 옷이라 할 수 있다. 그런데 제사지낼 때, 음식물을 바꾸는 것과 거처할 때 자리를 옮긴다는 말은 좀 더 깊이 생각해볼 필요가 있다.

우선 음식물을 바꾼다는 것은 제사를 지낼 때 여러 위를 모시게 되는 경우에 발생한다. 만약 5위를 대상으로 제사를 지낸다면 위패만 바꿔가면서 제사를 올리는 것이 아니라 그 올려 진 음식을 모두 바꿔야 한다는 것이다. 요즈음에는 허례가 너무 많다는 얘기도 있기 때문에, 위패, 밥과 탕국 정도만 바꾸고 나머지 음식물은 그대로 두는 방식으로 하기도 한다.

거처할 때 자리를 옮기는 것은 동참하는 사람들과의 관계에 따른 이동을 의미한다. 예컨대 최고 상석에 앉아있는데, 손위 분이 방안에 들어올 경우, 일어나서 상석을 내어주는 것을 말한다. 손님을 영접할 때에는 방의 안쪽으로 모셔야 한다. 대개 안쪽이 아랫목이라 가장 따뜻하고 시원하기 때문이다. 그러나 온열장치의 특수한 구도에 따라 위치는 변경될 수 있다. 방안에 벽난로가 있으면 그 바로 앞이 상석이 될 것이다. 그리고 최상급자와 그 다음 서열을 정하는 것도 중요하다. 최상급자가 중앙에 앉으면 오른쪽이 제2서열, 왼쪽이 제3서열이 된다. 장애자나 여성의 경우는 일반적인 의전이 그대로 적용되지는 않는다.

이와 같이 예는 절대적으로 정해진 것이 아니라 때와 장소, 그리고 대상에 따라 올렸다 내렸다 할 수 있는 것이다. 변하지 않는 것은 상대를 공경하는 마음일뿐이다.

원문 食不厭精하시며 膾不厭細러시다 食饐而餲와 魚餒而肉敗를 不食하시며 色惡不食하시며 臭惡不食하시며 失飪不食하시며 不時不食이러시다 割不正이어든 不食하시며 不得其醬이어든 不食이러시다 肉雖多나 不使勝食氣하시며 唯酒無量하시되 不及亂이러시다 沽酒市脯를 不食하시며 不撤薑食하시며 不多食이러시다 祭於公에 不宿肉하시며 祭肉은 不出三日하시나니 出三日이면 不食之矣니라 食不語하시며 寢不言이러시다 雖疏食菜羹이라도 必祭必齊如也러시다

식불염정 회불염세 식의이애 어뇌이육패 불식 색오불식 취오불식 실임불식 불시불식 할부정 불식 부득기장 불식 육수다 불사승식기 유주무량 불급란 고주시포 불식 불철강식 불다식 제어공 불숙육 제육 불출삼일 출삼일 불식지의 식불어 침불언 수소식채갱 필제필제여야

풀이 밥은 도정을 잘 한 쌀로 지은 것을 싫어하지 않았고, 회는 가늘게 썬 것을 싫어하지 않았다. 밥이 상하여 쉰 것과 생선이 상하고 고기가 부패한 것을 먹지 않았으며, 빛깔이 나쁜 것을 먹지 않았고, 냄새가 나쁜 것을 먹지 않았으며, 요리가 잘못된 것을 먹지 않았고, 때가 아닌 것을 먹지 않았다. 자른 것이 바르지 않으면 먹지 않았고, 장이 없으면 먹지 않았다. 고기가 비록 많으나 밥 기운을 이기게 하지 않았으며, 술은 일정한 양이 없었는데, 어지러운 지경에 이르지 않았다.

시장에서 산 술과 포를 먹지 않았다. 생강을 먹는 것을 거두지 않았다. 많이 먹지 않았다. 나라에서 제사지내고 받은 고기는 밤을 재우지 않았으며, 집에서 제사지낸 고기는 3일을 넘기지 않았으니, 3일이 지나면 먹지 못하기 때문이다. 음식을 먹으면서 말하지 않았으며, 잠을 자면서 말하지 않았다. 비록 거친 밥과 나물국이라도 반드시 제하되, 공경히 하였다.

지 혜 이 대목은 공자의 음식물에 대한 예법을 말한다. 상한 음식 먹지 않고, 과식하지 않는다는 것 등은 누구나 아는 상식이다. 못사는 사람들은 그것도 없어서 못 먹었다. 한국 현대사에서 '부대찌개'의 탄생과 쉰 보리밥으로 한 '단술'은 공자의 음식물에 대한 예법을 벗어난다. 하지만 우리 한국민족은 그 질적인 변화를 통해서 질이 다른 새로운 것으로 바꾸어 신선한 새 요리로 탈바꿈하게 했다. 음식재료가 많을 경우 공자의 가르침대로 하는 것이 정석일 것이다.

공자가 강조한 음식관 중에서 곰곰이 생각해볼만한 내용도 있다. 우선 요리가 잘못된 것을 먹지 않았고 한 것은 국을 만들려다 찌개가 되었거나 찌개하려다 졸임이 된 것을 말한다. 원래의 음식에는 거기에 부합된 맛의 원형이 있었는데, 정성이 부족하여 다른 음식이 되어버린 것이다. 공자는 때가 아닌 것을 먹지 않았다. 풋과일이 전형적인 예가 될 것이다. 무르익어야 몸에 이로울 텐데 설익은 과일을 먹게 되면 배탈도 나고 몸에 이로울 것이 없다는 얘기다. 그런데 이것도 경우를 잘 따져봐서 자연의 섭리대로 하면 예법에 벗어나는 것은 아니다. 아무리 단감이라도 익지 않은 단감은 먹을 수 없지만, 연녹색으로 생긴 일본말로 '아오리사과' 라고 일컫는 '초록사과'의 경우 나름대로 맛이 있다.
공자는 바르게 자르지 않으면 먹지 않았다. 두부나 도토리 묵의 경우 반듯하게 잘라야 한다. 그리고 무김치 담글 때나 채를 쓸 때도 마찬가지 가지런히 잘라야 한다. 그런데 기계로 자르지 않는 한 아무리 똑같은 크기로 자르려 해도 조금은 차이가 난다. 음식재로를 다듬을 때도 온 정성을 담아서 하라는 뜻일 것이다.
공자는 장이 없으면 음식물을 먹지 않았다. 고기나 다른 식재료들도 모두 소금기가 있어야 제 맛이 난다. 그런데 소금을 그대로 찍어서 많이 먹게 되면 몸에 해롭다. 그래서 콩을 이용해서 소금의 독기를 제거한 조미료를 만들었는데, 그것이 바로 간장과 된장이다. 요즘 순대를 소금에 많이 찍어서 먹는데, 전통간장이나 된장에 찍어서 먹으면 맛의 품위가 훨씬 더 있다. 모든 음식물의 맛은 바로 그 집안의 간장과 된장의 맛과 그 농도에 따라 결정된다. 그래서 한 집안의 장맛이 변하는 집안에 변고가 있다고 하는 말이 있다. 그것은 안주인의 건강이 안 좋다는 뜻이다. 대체로 우리가 짜다 짜지 않다의 기준을 자신의 눈물 맛의 농도를 기준으로 하는데, 장맛이 변했다는 것은 장을 담그는 안주인의 눈물샘에 이상이 생겼다는 뜻이다. 여기서 공자가 말한 것은 음식을 먹을 때 구색과 궁합을 잘 맞춰서 먹어야 한다는 뜻으로 이해하면 좋겠다.
공자는 고기가 비록 많으나 밥 기운을 이기지 못하게 했다. 우리가 '밥을 먹는다'는 것은 밥이 주식임을 의미한다. 물론 밥이 조상대대로 입맛에 적응되었기 때문일 것이다. 그리고 분명 고기가 밥보다는 맛이 있고 값도 더 나간다. 인간의 위장은 제한되어 있는데, 맛있는 고기만으로 배를 채워서는 안 된다는 뜻이다. 그렇게 하면 집안 가계에 문제가 있다는 뜻이 아니라 몸의 균형이 무너질 것을 걱정하는 것이다.

공자는 술을 많이 마셨는데, 취해서 사려분별을 못할 정도는 아니었다. 옛날에는 곡물로 술을 담그는 곡주(穀酒)시대라서 아무리 도수가 높았다고 해도 다음날까지 큰 영향을 주지 않는다. 중국의 고량주(高粱酒) 중에는 60도가 넘는 것도 있다. 불을 붙이면 워낙 휘발성이 강해서 금방 불이 붙는다. 하지만 오늘날에는 제조방식이 뒤엉켜있어서 더 조심해야 한다. 더 안 좋은 것은 같은 술자리에서 제조방식이 다른 술을 동시에 마신다는 데 있다. 같은 막걸리만 해도 종류가 다양하다. 인공감미료를 추가한 것도 있고, 효모가 살아있는 생탁도 있다. 또 어떤 경우에는 현장에서 식초와 같은 재료를 첨가해서 마시는 경우도 있다. 옛 사람들이 낭만으로 읊었던 취중 작시(作詩)와 같은 풍광을 지금 이 시대에 적용하려 해서는 안 된다. 꼭 필요하다면 밥 먹으면서 반주로 와인 한 잔 정도가 적당할 것이다.

공자는 시장에서 산 술과 포를 먹지 않았다. 이 대목은 오늘날의 상황과는 맞지 않다. 공자는 술과 포는 완성된 음식인데, 그것은 집에서 만들어진 것이라야 한다는 생각을 전제하고 있는 듯하다. 음식재료는 시장에서 사오겠지만, 완성된 음식을 밖에서 사오지 않았다 정도로 이해하는 것이 좋겠다.

공자는 생강을 적당량 먹었다. 생강이나 후추와 같은 것은 향신료이다. 맛을 더 돋우는 향신료를 적당히 활용한 것으로 이해할 수 있다. 우리가 추어탕을 먹으면서 후추를 뿌리는 것이나, 돼지 보쌈을 먹으면서 새우젓 갈을 먹는 것과 같다고 보면 되겠다.
공자는 많이 먹지 않았다. 원래 공자가 많이 먹지 않았던 것인지 술을 많이 마시기 때문에 안주 정도로만 먹어서 그런 것인지는 정확히 알 수 없다. 음식수행을 한 군자이므로 전자의 해석이 정상적일 것이다. 술을 좋아했기 때문에 후자도 일면 일리가 있다. 그런데 원래 많이 먹는 사람이 술을 마시면 더 많이 먹게 된다. 특히 조심해야 한다. 술이 마취제 역할을 하기 때문에 위가 포만감을 제대로 감지하지 못하게 방해할 수가 있기 때문이다.
공자는 오래된 음식을 먹지 않았다. 상해서 몸이 해롭기 때문일 수도 있겠으나, 음식물 고유의 정체성을 잃어버렸다고 보았기 때문일 것이다. 그리고 음식을 먹으면서 말하지 않고, 잠을 자면서 말하지 않는다는 것은 이중적인 행동을 함으로 해서 원래 지향하고자 하는 마음이 흐려지는 것을 예방하려는 조치로 보인다. 그런데 잠꼬대도 하지 않았다고 하는데, 무의식의 세계를 의식세계의 의지로 조절이 가능할지는 의문이다. 다만 간절히 원하는 일은 꿈 속에서도 이루어지기 때문에 가능성이 전혀 없는 것은 아닐 것이다.

원문 席不正이어든 不坐러시다

석부정 부좌

풀이 자리가 바르지 않으면 앉지 않았다.

지혜 공자는 자리가 바르지 않으면 앉지 않았다. 이것은 일종의 원칙이다. 정도가 아니면 들으려 하지 않았고, 말하려 하지 않았고, 행하려 하지 않았다는 뜻도 될 것이다. 바르지 않은 자리는 어떤 것이 있을까? 쓰레기로 가득한 자리, 누군가 먹다 남은 음식물을 버린 자리 등이 일차적으로 떠오른다. 그런데 여기서 공자가 말하는 바르지 않은 자리는 이런 것을 말하는 것이 아니다. 내 능력이 턱없이 부족한데 높은 지위의 관리가 되는 것, 윤리를 전공한 사람에게 국사를 가르쳐보라고 하는 것 등이 바르지 않은 자리가 될 것이다.
마땅히 해야 할 것(=당위성)과 할 수 있는 것(=능력)은 다르다. 어떤 대학에서 자기가 맡은 전공분야가 아닌 주제로 어떤 과목을 개설하는 교수가 있는데, 이는 마땅히 해야 할 것과 할 수 있는 것을 구분하지 못한 경우이다. 마땅히 해야 할 바를 회피하는 것도 문제이지만 마땅히 하지 말아야 할 것을 자신이 할 수 있다고 해서 무턱대고 덤벼드는 것은 더 큰 문제이다.

원문 鄕人飮酒에 杖者出이어든 斯出矣러시다 鄕人儺에 朝服而立於阼階러시다

향인음주 장자출 사출의 향인나 조복이입어조계 조

풀 이 지방 사람들이 함께 술을 마실 적에 지팡이를 짚은 분이 나가면 따라 나갔다. 지방 사람들이 굿을 할 적에 조복을 입고 동쪽 계단에서 있었다.

지 혜 공자의 웃어른을 공경하는 자세와 제사지낼 때의 행동에 관한 내용이다. 우선 공자는 지팡이를 짚은 분이 나가면 따라 나갔다고 했다. 이것은 공자의 웃어른 공경하는 마음을 표현하고 있는 것이다. 지팡이를 짚은 분은 몸이 안 좋거나 나이가 많은 경우인데, 특히 술을 마시고 길을 나선다면 넘어져서 다칠 수가 있을 것이다. 그래서 따라서 동행해준다는 의미로 이해할 수 있다. 그런데 그 해당하는 사람은 자신의 몸 상태를 알고 자제할 줄도 알아야 한다. 언제나 젊은 사람들이 도와주겠지 하는 잘못된 의지는 자생력을 잃게 한다.

다음으로 지방 사람들이 굿을 하는 동안에는 조복을 입고 동쪽 계단[阼階[102]]에 가서 서 있었다고 하는데 이 부분은 이해가 잘 안 된다. 그런데 여기서는 신분의 차이로 인해 향리 사람들의 굿에는 참여하지 않고, 슬쩍 자리를 피해준다는 가벼운 의미로 이해해야 될 듯하다. 그런데 자신의 신분도 있으므로 다른 곳으로 가지 않고 제주가 다니는 길이자 가장 높은 자리로 상징되는 동쪽 계단으로 이동하게 된 것이다. 만약

102) 이 阼階의 '阼'는 다양하게 해석된다. 자전에 보면, 祭主가 堂에 올라가는 계단, 寶位 또는 天子의 자리, 祭肉 즉 제사지내고 나누어주는 고기 등의 의미가 있다.

이러한 해석이 없게 되면, 같이 굿은 하지 않고 혼자서 다른 곳에 가 있다가 멀리서 구경만 하고 있다가 그 굿이 끝나면 와서 술과 고기를 먹겠다는 식으로 이해될 수도 있다. 공교롭게도 '胙'에는 '제사 지낸 고기'라는 뜻이 있기 때문이다.
이러한 상황은 오늘날에도 적용될 수 있을 것이다. 고향으로 낙향한 고위공직자 출신이, 지역의 행사에 참석했다고 가정해보자. 반상회도 있을 것이고, 동네잔치도 있을 것이고, 마을 회관에서의 크고 작은 모임도 있을 것이다. 그럴 때마다 자기가 전직 무슨 직위에 있었던 사람이라면서 마을 사람들이 하는 일에 일일이 자문한다면, 좋은 모습이 아닐 것이다. 슬쩍 자리를 피해주거나 같이 있다고 하더라도 덕담 정도만 해주는 것이 적절할 것이다.

원 문 問人於他邦하실새 再拜而送之러시다 康子饋藥이어늘 拜而受之曰 丘未達이라 不敢嘗이라하시다

문인어타방 재배이송지 강자궤약 배이수지왈 구미달 불감상

풀 이 사람을 다른 나라에 보내어 안부를 물을 때 두 번 절하고 보냈다. 계강자가 약을 보내오자 공자가 절하고 받으면서 말했다. 나는 이 약의 성분을 알지 못하기 때문에 감히 맛보지 못하노라.

지 혜 이 대목은 두 가지 메시지를 가지고 있다. 하나는 설령 심부름

하는 사람을 통해서 물건을 주고받게 되더라도 최종으로 주고받는 사람을 직접 대하듯이 예를 다한다는 것이다. 옛날에 전쟁이 났을 때, 왕의 전권을 위임받아 특정 지역에 파견된 사람을 도체찰사(都體察使)라고 했다. 오늘날에도 국가원수의 권한을 모두 위임받은 대사를 전권대사(全權大使)라고 한다. 이러한 지위에 있는 사람들은 최고통치자의 의도를 전달하는 기능도 가졌고, 그 나라를 대표하는 기능도 가졌다. 이런 사람은 국가원수에 버금가는 신변의 안전과 의전을 받게 된다. 심지어 적대국에 가서도 안전은 보장된다. 만약에 이 사자(使者)를 죽일 경우 전면전이 벌어지게 된다. 공자가 사자에게 극진한 예를 다하고자 했던 것은 본인을 대신할 사람이기 때문에, 그대로 전하라는 뜻이었을 것이다.
다른 하나는 약의 주성분을 모르면 기꺼이 먹지 않는다는 것이다. 언뜻 보기에 공자가 비위가 약해서 그런가라고 생각할 수도 있을 것이다. 그런데 오늘날 이슬람 문화권에서는 이와 유사한 전통을 가지고 있다. 돼지고기로 만든 것은 먹지 않을 뿐만 아니라 그 음식물을 무엇으로 만든 것인지 모르면 먹지 않는 것이다. 공자가 보내온 약을 먹지 않은 것은 상대를 믿지 못해서가 아니라 얼마나 내가 감사한 마음으로 먹어야 할지를 모르기 때문에 그런 것으로 이해할 수 있다. 그러나 상대를 완전히 신뢰할 경우는 비록 그 공정을 모른다고 해도 먹어도 되지 않을까 생각한다. 갓난 애기 시절에 어머니가 주는 젖을 거부할 이유가 없듯이, 친척집에 보내온 처음 보는 떡을 먹지 않을 이유가 없다.

원문 廐焚이어늘 子退朝曰 傷人乎아하시고 不問馬하시다

구분 자퇴조왈 상인호 불문마

풀이 공자의 집 마구간에 불이 났는데, 퇴청(退廳)하여 돌아온 공자가 물었다. 다친 자는 없느냐? 말의 화상 여부는 물어 보지 않았다.

지혜 공자가 인간에 대한 중요성을 강조하는 대목이다. 그런데 왜 마구간에 불이 났는데 말의 안부는 묻지 않았을까? 평소에 타고 다니던 말이 아니라는 억측은 제외하고서라도 많은 질문이 있을 수 있다. 마구간에 있었던 집기류나 말 먹이통, 깔개로 쓰일 볏짚 등도 안전한지 궁금했을 수도 있었을 것이다. 그런데 굳이 사람의 안부만을 챙겼다. 말의 안전에 대해 챙길 사람은 따로 있었기 때문일 수도 있다. 자기가 가장 소중한 사람의 안전만 물어본다고 해도, 다른 중요한 일이 있으면 집안일을 돌보는 사람이 따로 얘기 줄 수도 있었기 때문일 것이다.

원문 君賜食이어시든 必正席先嘗之하시고 君賜腥이어시든 必熟而薦之하시고 君賜生이어시든 必畜之러시다 侍食於君에 君祭어시든 先飯이러시다 疾에 君視之어시든 東首하시고 加朝服拖紳이러시다 君命召어시든 不俟駕行矣러시다 入太廟하사 每事問이러시다

군사식 필정석선상지 군사성 필숙이천지 군사생 필축지 시식어군 군제 선반 질 군시지 동수 가조복타신 군명소 불사가행의 입태묘 매사문

풀 이 임금이 음식을 하사하면 반드시 자리를 바르게 하고 먼저 맛을 보며, 임금이 날고기를 주면 반드시 익혀서 조상께 올리고, 임금이 살아있는 것을 주면 반드시 길렀다. 임금을 모시고 밥을 먹을 때에는 임금이 제하면, 먼저 밥을 먹었다. 병이 났을 때에 임금이 문병 오면 머리를 동쪽으로 두고 조복을 몸에 걸치고 띠를 그 위에 걸쳐 놓았다. 임금이 명하여 부르면 수레에 멍에하기를 기다리지 않고, 도보로 걸어갔다. 태묘에 들어가서는 매사를 물었다.

지 혜 공자가 음식과 관련하여 왕을 대하는 태도에 관한 내용이다. 임금이 하사한 음식을 어떻게 처리하는지는 오늘날에도 쉽게 이해된다. 귀한 분이 귀한 음식을 선물해주었을 때 통상 공자가 취했던 방식대로 하게 된다.

그런데 몇 가지 검토해봐야 할 대목들이 있다. 우선 임금이 제하면 먼저 공자가 밥을 먹었다고 대목이다. 대개 상대에게 먼저 음식을 권하는 것이 예이다. 그런데 여기서는 제사를 지내는 장면이기 때문에 일종의 음복(飮福)하는 절차에 해당되는데 당시에는 제사지낼 때 도와주는 사람이 먼저 먹어보고 난 뒤에 임금이 음식을 먹었다고 한다.[103] 따라서 공자가 제사지낼 때 도와주는 사람 역할을 대신해서 임금으로 하여금 무안하지 않도록 했다는 것으로 이해해야 한다.

---

103) 成百曉 역주, 『論語集註』, 傳統文化硏究會, 1999, p.199.

임금이 병문안을 오면, 머리를 동쪽으로 두었다고 한다. 임금이 오게 되면 북쪽 창문으로 와서 남쪽을 보게 되는데(=南面), 오른손을 뻗어서 임금의 손에 닿도록 했을 것이다. 마치 제사지내는 사람의 입장에서 보면 물고기의 머리를 동쪽에 두는 것과 같은 원리라고 본다. 그리고 몸이 좋지 않아 벌떡 일어나서 옷을 입을 수는 없는지라 누운 상태에서 몸 위에 걸쳐두었던 것이다.
공자는 임금이 불렀을 때 즉각 부응했다. 흔히 집안에 반가운 손님이 찾아오면 버선발로 뛰어나가는 것과 같다. 걸어서 먼저 가면 장구를 꾸려서 뒤따라올게 될 것이다. 군대에서는 이와 같은 것을 지휘주목(commanding attention)이라고 말한다. 부대관리를 위해 지휘관이 어떤 생각을 하는지 항상 주목하는 것이다. 그런 주목을 하고 있으면 다음에 내가 맡은 분야에서 어떻게 해야 할지를 예측할 수가 있다. 이러한 지휘주목은 어떤 공공조직에서도 통용된다.

원문 **朋友死하여 無所歸어든 曰於我殯이라하시다 朋友之饋는 雖車馬라도 非祭肉이어든 不拜러시다**

붕우사 무소귀 왈어아빈 붕우지궤 수차마 비제육 불배

풀이 친구가 죽어서 돌아갈 곳이 없으면 “우리 집에서 빈소를 차리라”고 했다. 친구의 선물이 수레를 끄는 말이라도 제사지낸 고기가 아니면 기꺼이 받지 않았다.

지 혜 공자가 친구를 어떻게 대하는지에 대한 대목이다. 친구의 장례치를 장소가 없으면 자신의 집을 빌려주었다. 가난해서일 수도 있고, 객사(客死)했기 때문일 수도 있다. 아마 여기서는 후자일 가능성이 높다. 장례가 다 끝나고 나서 친구 집안에서 감사의 표시로 수레를 끄는 말을 보내와도 제사에 들어간 고기 정도가 아니면 기꺼이 사의를 받지 않았다. 여기서 배(拜)의 여러 뜻 중에서, '절하다'로 보지 않고 '사의를 표하다'로 보았다.

오늘날에도 친구는 여전히 중요하다. 친구 사이의 우정이 중요한 것은 서로의 유치한 경험을 공유하고 있기 때문이다. 사업하는 사람끼리의 우정은 찾기 힘들다. 왜냐하면 이해관계로 엮여 있어서, 서로에게 좋은 모습만을 보고 싶어 한다. 그렇지 않으면 당장 그 관계는 끝이 난다. 그런데 진정한 우정은 친구의 오랜 아픔과 좋지 않은 추억까지도 다 포용한다. 그런 친구는 친구가 어떤 형국에 처해도 들어주려고 한다. 흔히 극단적인 선택을 하는 사람이 있는데, 그런 사람에게 진정한 친구 단 한 명이 없었기 때문이다. 회심하여 정상적인 마음을 되찾은 사람의 경험담에 의하면, 최후의 순간에는 자신을 붙들어 줄 단 한 사람이 필요하다고 한다. 조건에 구속된, 술자리만 함께 하는, 취미를 같이 하는, 그런 종류의 친구가 아니라, 일생일대의 위기상황에서 내 얘기를 단 1분간이라도 들어줄 수 있는 그런 친구를 만들기 바란다. 그리고 스스로도 그런 친구가 되어줄 수 있도록 준비해야 한다.

원문 寢不尸하시며 居不容이러시다 見齊衰者하시고 雖狎이나 必變하시며 見冕者與瞽者하시고 雖褻이나 必以貌러시다 凶服者를 式之하시며 式負版者러시다 有盛饌이어든 必變色而作이러시다 迅雷風烈에 必變이러시다

침불시 거불용 견제쇠자 수압 필변 견면자여고자 수설 필이모 흉복자 식지 식부판자 유성찬 필변색이작 신뢰풍렬 필변

풀이 잠잘 때에는 죽은 사람처럼 하지 않으며, 집에 거처할 때에는 모양을 내지 않았다. 상복 입은 자를 보면 비록 절친한 사이라도 반드시 낯빛을 변하며, 면류관을 쓴 자와 장님을 보면 비록 사석이라도 반드시 예모로 대했다. 상복 입은 사람을 만나면 공경하고 지도와 호적을 짊어진 자에게 공경하였다. 성찬을 받으면 얼굴빛을 변해 일어났고, 빠른 천둥번개와 폭풍우가 일면 반드시 얼굴빛이 변했다.

지혜 공자의 일상생활 중의 예법에 대한 대목이다. 잠잘 때에 죽은 사람처럼 하지 않았다고 한다. 대체로 죽은 시체는 마지막 호흡을 위해서 입을 벌리게 된다. 그리고 특별한 일이 아니면 눈을 감고, 온몸은 경직되어 아무 미동도 하지 않는다. 사람이 죽지 않는 한 조금의 미동이라도 하게 된다는 점을 고려한다면, 공자의 이 말은 쉽게 이해되지 않는다. 아마도 누워있는 중에도 자연의 기를 받아들이는 마음을 열어두라는 의미로 이해하면 될 듯하다.

공자는 집에서 거처할 때에는 편한 복장을 했다. 그런데 집에 있을 때도 기본적인 복장을 갖추고 있었다고 해야 할듯한데 의외이다. 아마도 기본적인 예를 위한 마음은 항상 준비해 있지만 복장은 간편하게 하고 있어서, 어떤 일이 발생하면 곧장 그에 부합되는 의복을 갖추어 입을 준비를 했다고 이해하는 것이 좋을 듯하다.

공자는 상대방이 처한 일의 특성에 맞게 공경하는 마음을 가졌다. 예컨대 평상시 절친한 사이라도 그 사람이 상을 당했다면 경건한 마음을 대하고, 임금을 만나면 높은 예우로 모시고, 장님과 같은 장애인을 거기에 부합된 예를 다했으며, 지도와 호적을 짊어진 사람을 만나면 공경심을 표했다. 여기서 지도와 호적을 짊어진 사람은 오늘날로 치면 공무를 집행하는 공무원을 말한다. 지도와 호적을 공적인 목적에 활용하지 개인이 이용할 리는 없기 때문이다. 물론 대동여지도(大東輿地圖)를 그린 김정호와 같은 선각자는 예외가 될 수 있을 것이다.

풍성하게 잘 차린 음식을 대접받게 되면 얼굴에 화색을 띠며 즉각 일어나서 베푼 자에게 예를 표했다. 천둥번개가 치고 폭풍우가 일 때도 얼굴빛을 바꾸었다. 그런데 천둥번개와 폭풍우에 왜 공자가 얼굴빛을 달리 했는지에 대해서는 쉽게 이해되지 않는다. 추측컨대, 항상 우러러 볼 하늘, 즉 자연에 대한 경외심의 표현 정도일 것으로 본다. 만물을 생성소멸하고 유지하는 권능을 가진 조물주가 천둥번개와 폭풍우를 공자에게 주는 것은 무슨 이유가 있다고 보았기 때문일 것이다. 이런 기반 위에서 공자가 역(易)을 공부했을 것이라는 생각에까지 이를 수 있다.

원문 升車하사 必正立執綏러시다 車中에 不內顧하시며 不疾言하시며 不親指하시다

승차 필정립집수 차중 불내고 불질언 불친지

풀이 수레에 오르게 되면 반드시 바로 앉아서 수레의 끈을 잡았다. 수레를 몰고 가는 중에는 집안일이나 처자(妻子)를 생각하여 걱정하지 않으며,[104] 말을 빨리 하지 않으며, 손가락으로 가리키지 않았다.

지혜 공자는 심지어 말을 몰고 갈 때에도 예법을 지켰다. 우선 수레에 오르게 되면 반듯하게 앉았다. 정서적으로도 반듯하게 하는 것이 중요하지만, 현실적으로도 그렇게 해야 수레에서 떨어지는 것을 예방할 수 있을 것이다.
말을 할 때도 빨리 하지 않았다. 여기서 말하는 것은 다른 사람들에게 평상시 하는 상황이 아니라 말에게 하는 말일 것이다. 많이 하지도 않았겠지만 만약 하게 된다면, 천천히 "이랴~"라고 하지 않았을까 생각된다. 또한 손가락으로 무엇인가를 바로 가리키지도 않았다. 손가락을 무엇인가를 가리킨다는 것은 절박한 상황에서 하는 행동이다. 이것저것과 같은 구체적인 일을 하는 일은 군자가 해야 할 일이 아니다. 이것저것을

---

104) 여기서 내고(內顧)는 직역하면 수레 안의 이곳저곳을 둘러보는 것을 말한다. 하지만 자전에 보면 ①집안일을 살피고 돌봄, ②집안일이나 처자를 생각하여 걱정함이라고 되어 있다. 여기서는 후자로 본다.

모두 포괄하는 더 큰 일을 하는 것이 군자이기 때문에 직시할 필요가 없어서 그런 것이다.

원문 色斯擧矣하여 翔而後集이니라 曰 山梁雌雉가 時哉時哉인저 子路共之한대 三嗅而作하시다

색사거의 상이후집 왈 산량자치 시재시재 자로공지 삼후이작

풀이 (꿩이) 동태를 살피고 날아올랐다가 빙빙 돌다가 내려앉아 모인다. 공자가 말했다. 산비탈의 암꿩이여, 때에 맞는구나, 때에 맞는구나. 자로가 그 꿩을 붙잡아서 드리니 세 번 냄새를 맡고는 일어났다.

지혜 주자의 주석에 의하면, 이 문장에는 빠진 부분이 있어서 완전한 해석이 안 된다고 한다.[105] 특히 끝부분이 이해가 안 된다. 제자가 실컷 노력해서 꿩을 잡아왔는데, 냄새를 세 번 맡아보고는 삶아 먹을 생각은 하지 않고 일어나버렸다. 혹시 앞에서 음식에 대한 예에서 볼 수 있었듯이 상한 음식은 안 먹는다는 신조 때문인지, 아니면 또 다른 이유가 있어서 그런 것인지 궁금하다.

하지만 상상력을 동원해서 공자의 원래 뜻이 무엇인지 예상해보자. 일단 꿩이 날아올랐다가 공자가 볼 수 있는 거리에 내려앉은 것은 맞다.

---

105) 成百曉 역주, 『論語集註』, 傳統文化硏究會, 1999, p.203.

그런데 공자가 본 꿩은 암꿩이었다. 이것이 실마리가 된다고 본다. 산행을 한 시기는 봄기운이 만연했을 터이다. 봄날 암꿩의 기지개는 알을 낳을 때가 되었음을 알리는 것이다. 그래서 공자는 때가 되었다고 한 것이다. 하지만 제자 자로가 그 꿩을 생포해서 공자에게 가져다 드리니 냄새를 세 번 맡아보고 잡아서 먹자고 하지 않고 다른 곳으로 가버린다. 제자들이 암꿩을 잡을 수 있었던 것은 그 꿩이 알을 품는 중이거나 알을 가지려고 하는 중이어서 동작이 날쌔지 못했기 때문일 것이다. 세 번 냄새를 맡아본 것은 그것으로 제자들의 정성은 잘 접수했다고 의사표시로 된다. 그리고 잡아서는 안 되는 때에 잡게 되어 먹지는 않겠다는 뜻으로 그 자리를 이탈했을 것이다. 이것은 공자의 음식에 대한 예법이라기보다는 생명존중 의식이라고 봐야 할 것이다.

孔子於鄕黨
恂恂如也似
不能言者

論語 주제편과 함께하는 청춘의 지혜

1판 1쇄 인쇄 2015년 12월 01일
1판 1쇄 발행 2015년 12월 10일
저　　자 박균열
발 행 인 이범만
발 행 처 **21세기사** (제406-00015호)
경기도 파주시 산남로 72-16 (10882)
Tel. 031-942-7861 Fax. 031-942-7864
E-mail : 21cbook@naver.com
Home-page : www.21cbook.co.kr
ISBN 978-89-8468-631-1

정가 15,000원